講談社文庫

天子《てんし》蒙塵《もうじん》

第1巻

浅田次郎

講談社

目次

天子《てんし》蒙塵《もうじん》 第1巻

天子蒙塵《てんしもうじん》

第1巻

序章

ボンベイの港を出るとじきに、海がエメラルドの色に変わった。

とうとう目がどうかなってしまったかと思い、金切声を上げてカルバート博士を呼んだ。忠実な英国人医師は、夜昼かまわずこうして呼び出されても、けっして務めをおろそかにはしない。きちんと麻の上衣を着てパナマ・ハットを冠《かぶ》り、医療器具を捧《ささ》げ持った看護婦を従えて、後甲板《こうかんぱん》のテラスにやってきた。

デッキ・チェアに身を横たえたまま、私は指先で水平線をなぞった。

「海の色が変わってしまった。絵の具を撒《ま》いたような緑色だ」

英語でそう訴えると、博士はさほどあわてるふうもなく、私の瞼《まぶた》を指で拡げて覗《のぞ》きこみ、脈を取り、血圧を測定した。

「色が識別できなくなったら、戦場には立てない」

「落ちついて下さい、将軍。お体に異状は何もありません」

私は信じなかった。異状なし。オール・ライト。没有情況《メイヨウチンクアン》。その報告をしながら私の軍隊は敗け続け、私の国家は喪《うしな》われてしまった。

「まだそんなことを言うつもりか。私欲と保身のために、君は私の息が絶えても、オール・ライトと言い続けるのだろう」

護衛が駆け寄ってきて、私の手足を押さえつけた。

「では、将軍。あなたの目や脳には異状がないことを証明しましょう」

私は後甲板のテラスの端に連れて行かれた。七層の最上階にある私のキャビンから、船尾に向かって張り出した広いデッキである。その端からはコンテ・ロッソ号の長大な舷側《げんそく》を一望できる。

「船体の色は白です。洗いたてのシーツのような」

イエス、と私は答えた。

「空の色は？」

「青。まるで天国に続くようだ」

「そう。天使が降り落ちてきそうな青ですね。では、将軍。ファンネル・マークの色は」

私は手すりから身を乗り出して、コンテ・ロッソ号の煙突を見上げた。艫《とも》に向かって流れるように傾《かたむ》いた二本の煙突には、この客船を所有する海運会社の、固有の色が塗られている。

「太い赤に、細い黄色と緑色」

「ご名答です、将軍。では次に、船尾の国旗をご覧下さい。あなたの目に異状があれば、船籍がフランスなのかベルギーなのか、それともイタリアなのか、わからないはずです。さて、いかがでしょうか」

エメラルドを切り裂く白い航跡の上に、縦縞の三色旗が翻《ひるがえ》っていた。

「赤、白、緑。イタリアの船だ」

「ソー・グッド。これで将軍が正常な色覚をお持ちであることは証明されました。この明るい緑色はアラビア海の色です。たしかにインド洋とはちがいますね。このさきは晴れの日が続きますから、デッキにお出ましの折にはサングラスをお忘れなく」

私はふたたび後甲板のデッキ・チェアに身を横たえた。キャビンの丸窓から、朝食のテーブルを囲む家族の和《なご》やかな笑い声が聞こえてきた。上海《シャンハイ》を出港してしばらくは、誰もが私の体を心配してくれていたが、十日も経つと食事の誘いもなくなった。

そのつど私が癇癪《かんしゃく》を起こすのだから仕方がない。

「オートミールはいかがでしょうか」

肥《こ》えた看護婦が言った。英語でやりとりをするときの私は謙虚だった。子供のころ家庭教師から、上品な英語とともに貴族的ビヘービアまで教えこまれたせいなのだろう。

「いや、満足だ」

「船の厨房には中国人の料理人もおりますから、お粥《かゆ》でも作らせましょう」

怒鳴り返すかわりに、私はみずからシャツの腕をまくり上げた。

「それよりも、治療をしてほしい。面倒な飲み食いをしなくてすむだけの栄養と、お節介な忠告に腹を立てぬ程度の鎮静剤を」

看護婦は私の左腕に点滴の針を打った。飢え渇している体にブドウ糖がしみこんでゆく。頭と体がすっかり仲たがいしてしまっていて、べつだんここちよくもなく、おいしいとも思わない。

カルバート博士はかたわらの椅子に腰掛けて処方箋を見つめていた。たったひとりの患者のために、適切な薬量を考えているのだろう。

体を蝕《むしば》む阿片《あへん》の毒を抜くために、モルヒネの注射をする。実に毒を以《もっ》て毒を制するのである。カルバート博士が上海のドイツ人医師と協議して導き出した治療方法は、そんな荒療治だった。

阿片も吸引用具もこの旅には携行しない。禁断症状は同じ成分のモルヒネで制圧する。そして注射する薬量の按配《あんばい》によって、モルヒネ中毒も回避しようという作戦だった。

「そうそううまく運ぶものか。これは戦争だ」

博士は処方箋から顔を上げ、老眼鏡をかしげて私を睨《にら》みつけた。

「何だって作戦通りに行くのなら、私は国を奪われなかったし、阿片に溺《おぼ》れもしなかった」

病み爛《ただ》れた心がそんな悪態をつかせているのだが、偽らざる本音でもあった。

阿片に手を出したきっかけは、八年前に起きた郭松齢《グオソンリン》の反乱だった。私の最も敬する師傅《しふ》が、私の最も愛する父に叛旗《はんき》を翻したのだ。そして師は処刑され、父は謀殺され、国は奪われた。

「もし治療によって私が命を落としても、君は責任を問われない。その旨は自筆の書類にして、上海の英国総領事に托してある。だから怖れることは何もない」

いちどきつく鎖《とざ》されてから、ふたたび瞠《みひら》かれた博士の目は悲しげだった。

「少帥《シャオシュアイ》――」

東北軍の生え抜きの幕僚がそう呼ぶように、博士は私の渾名《あだな》を口にした。

「私が怖れるのは、あなたが死んでしまうことだけです。人の命に軽重《けいちょう》はないが、あなたは例外です」

腹の底からおかしみがこみ上げてきた。私は仰向けに太陽を見上げながら笑った。

「もう死んでいるも同じだ。父の国は日本に奪われ、父の軍隊は蔣介石《ジャンジエシイ》に横取りされた。軽重を問うのなら、今の私の命は誰よりも軽い」

ノー、と博士は白鬚《しろひげ》を蓄えた顎《あご》を振った。

「大元帥《グレート・マーシャル》の果たせなかった国家統一の夢を、蔣将軍《ゼネラル・ジャン》が実現できるとは思えません。だからあなたは死んではならない。もう死んでいるとおっしゃるのなら、甦《よみがえ》らなくてはいけない」

これまでどれくらい同じ言葉を聞かされてきただろうか。博士の声は私の体を、海風のようにすり抜けた。

アルコールを含んだ綿が静脈を探った。注射痕で石のように硬くなった皮膚をためつすがめつしたあとで、ようやく二の腕の裏側に針が通された。

酩酊はすぐに訪れた。アラビア海の太陽に焙《あぶ》られた体が快く冷えて、海鼠《なまこ》のようにしどけなく、重くなった。

カルバート博士の革靴が、デッキを踏んで去って行った。看護婦がキャビンの軒下から、白い帆布の日除けを引き出した。私はこの世で最も幸福な、生ける屍《しかばね》になった。


ああ、それにしても――どうして私の人生はかくもこみ入っているのだろうか。

父から譲り受けた国も軍隊も喪い、さらにほとんどのものを削り落として、行方《ゆくえ》も知れぬ流浪の旅に出た。ならば私の周辺はよほど淋しいはずだが、そうではない。

二人の妻と四人の子供。最小限の家族でもそれだけいる。

フランス語の通訳と秘書兼英語通訳。それぞれが妻を帯同しているのは、余分な使用人を節約するためだそうだ。

外国人は医師のリード・カルバートと看護婦。政治顧問のウィリアム・ドナルド。

軍人は副官がひとりと護衛がふたり。どれも信頼できる東北軍の将校だが、軍服は着ていない。どうやら私は、腐り果てても国民政府軍の将軍にはちがいないらしい。

ほかには妻たちに長く仕えている中国人のメイドがひとりだけ。彼女の存在理由は雑用ではなく、やんちゃ盛りの四人の子らの監視と、二人の妻の蝶番《ちょうつがい》だろう。

しめて十七人。たしかにこれ以上は省略できない。もし私が、あらゆる権威を剝奪された流亡者ではなく、中国の四分の一を統治し、百万の兵を養う軍閥の領袖《りょうしゅう》であり続けたなら、一行は十倍の数を要しただろう。

かくもおちぶれた。ならば上海の路地裏かどこかで、安物の阿片に酔い潰《つぶ》れて野垂《のた》れ死んでもよさそうなものだが、あいにくそういう結末は許されない。こみ入った人生のしがらみが、どうあっても生きよと私に命ずる。

骨と皮ばかりに痩《や》せ衰え、皹《ひび》割れて黴《かび》の生えた、まさか三十一歳の壮年には見えぬこの私に。

十七人。どう削り落としても十七人。ふつうの人生というものは、もっと単純だろう。そうでなければ人は幸福を嚙《か》みしめることも、不幸を認めることもできまい。

「おはよう、漢卿《ハンチン》。ご機嫌はいかがかな」

癇に障る高い声で、チャーノ伯爵が挨拶《あいさつ》にきた。私は目も開かずに、唇だけで「上々《ファイン》」と答えた。貴族の尊厳などはかけらもなく、一年三百六十五日が自分のバースデイのようなイタリア男である。

「何か欲しいものは」

夫人のエッダが香水の匂いをふりまきながら、私の耳元に囁《ささや》いた。

「阿片《オピウム》。上等の」

冗談にはならぬのだろう。夫妻は返す言葉が思いつかず、まるで瀕死の病人を見守るように立ちすくんでしまった。

二人は私の従者ではない。チャーノ伯爵は中国駐在のイタリア公使で、このたび帰国するにあたり同行することとなった。イタリアに到着したあとは、一行の案内役も務めてくれるという。

チャーノは私と同年配だが、エッダはずっと若い。美男美女には気をつけろと、死んだ父は言っていた。見映《みば》えのよい人間は、たとえ本人が善人であろうと、目に見えぬ悪意が付きまとっているそうだ。

思慮深い政治顧問のウィリアム・ドナルドにその話をしたところ、彼はさもありなんという顔で肯《うなず》き、「伯爵は外交官ではありません。セールスマンですよ」と言った。なるほど、フィアット社の飛行機や自動車を売ることが本分ならば、一年中バースデイでなければなるまい。

しかし、だからと言ってこのイタリア人夫婦には油断がならない。夫人の旧姓はムッソリーニ。エッダ・ムッソリーニ。そう、父はあの独裁者。

「ほかにご要望は」

と、気を取り直したエッダが言った。

「音楽と、サングラスを」

君たちのかわりにそれらが欲しい、と言ったつもりだったのに、私の意思は通じなかったらしい。エッダは私の注文を告げるためにキャビンへと向かい、チャーノは隣のデッキ・チェアに横たわると、シャツの襟元をくつろげて胸毛を露《あら》わにした。

「ねえ、漢卿《ハンチン》――」

チャーノはイタリア訛《なま》りの、ひどい英語で語りかけてきた。親しげに私の字《あざな》を呼ぶのは、彼らだけである。同じ貴種に属するという自負なのか、それとも安易な友情の表現なのかはわからない。だが少くとも私は、彼らを同じ目の高さの人間だとは思っていないし、ましてや友情など感じてはいなかった。

護衛は少し離れた場所から、チャーノを睨みつけていた。警戒しているわけではない。父の代から私に仕える生え抜きの東北軍将校にとって、彼の態度は許しがたいのだ。

もしチャーノが伯爵でも外国公使でもなく、エッダがムッソリーニの娘でさえなかったなら、上海を出港してから二週間の毎日、へたをすれば一日に何度も撃ち殺されているだろう。いや、かつての私ならばたぶん部下を煩《わずら》わせるまでもなく、みずから手を下していたはずだ。顔色ひとつ変えず。ほほえみをうかべたまま。

「きのうの記者会見は、なかなか立派だったよ。きっと今ごろは世界中の新聞に、君の訪欧が伝えられていることだろう」

写真は掲載されるだろうか、と私は思った。フラッシュは焚《た》かれていた。秘書か副官が気を利かせて、何年か前の写真を配ってくれていればよいが。

ボンベイの港に近いヴィクトリア駅の貴賓室で行われた記者会見には、大勢の新聞記者が詰めかけた。代表質問はロンドン・タイムスの特派員だった。いきなり東北における日本と中国の問題について質問された。

こんな私に答えられようはずはなかった。英語をまったく解さぬふうを装《よそお》って、私は顧問のウィリアム・ドナルドに空気の耳打ちをし、彼がもっともらしく答えた。

昨今頻発せる両国の武力衝突につきましては、外交上の影響を鑑《かんが》み、わたくしからの発言は控えさせていただきます。しかるに昨年春、わたくしの故地である東北三省に、突如として満洲国なる日本の傀儡《かいらい》政権が起こりました件については、強い憤《いきどお》りを感ずるところであります――。

つまり、ノーコメントだ。それからも、渡欧の目的や日程について質問は続いたが、ドナルドは私の意思を伝えるふりをして時間を稼ぎ、そつなく回答した。

どうやら記者たちは、私が失脚し、亡命するのではないかと疑っている様子だった。失脚も下野もまちがいではない。だが、国を捨てるつもりはなかった。

会見はほんの五分か十分で終わったと思う。上海からはお忍びで出航したし、途中の寄港地では下船しなかった。私は世界中の新聞記者を翻弄《ほんろう》したあげく、亡命という誤解をとくためにボンベイで会見を開いたのだった。

むろん、私には何ひとつ意志がない。同行者たちがそう判断したのだ。

獄中にあるマハトマ・ガンジーに面会するのですか、という質問に対してだけは、ドナルドの耳にはっきりと回答を伝えた。

熱望しているのだが、許されますまい、と。

ドナルドは少し考えるふうをしてから、ありのままを記者団に伝えた。そして、私たちはただちに席を立った。

マハトマ・ガンジーに興味はない。むろん、面会する予定などなかった。思いもかけぬその名前が記者の口から出たとき、私はとっさに考えたのだ。「不抵抗将軍」の汚名を、彼らがいくらか晴らしてくれるかもしれぬ、と。

それは蔣介石《ジャンジエシイ》が、恣意的《しいてき》に流布《るふ》させた私の汚名だった。香港《ホンコン》でもシンガポールでも私が下船しなかった理由は、新聞記者たちのインタビューを怖れたからではない。大勢の中国人が桟橋に群らがり、「不抵抗将軍は去れ」と気勢を上げていたのだった。

日本軍に対して不抵抗の姿勢を崩さなかったのは、総司令の蔣介石だった。長い留学経験もあり、友人も支援者も多い日本を彼は憎まなかった。だが私はちがう。副総司令の立場など捨てて、国を奪い親を殺した日本軍と戦わねばならなかった。

度重なる議論の末に蔣介石は言った。怒濤《どとう》の中の小舟に二人は乗れない、君と私のどちらかが下りなければならない、と。

懊悩《おうのう》の末に、私は嵐の中の小舟から下りようと決心した。そして東北軍の全将兵に対し、今後は総司令の命令を私の命令と思って戦えと布告した。

蔣介石はそんな私を「不抵抗将軍」とすることで、国民世論から身を躱《かわ》したのだった。

ヴィクトリア駅で一方的に記者会見をおえたあと、車の中に転げこむなりドナルドは言った。

少帥《シャオシュアイ》、あなたは実に頭がいい。ジャーナリストたちにとって、不抵抗《ノンレジスタンス》ほど魅力的な言葉はありません。あなたはマハトマ・ガンジーを利用して、汚名を美名にすりかえた。

そんなことよりも、私は早くコンテ・ロッソ号に戻って、モルヒネにありつきたかったのだが。

チャーノ伯爵はデッキ・チェアに仰向いたまま、身ぶり手ぶりよろしくしゃべり続けている。手錠をかければ黙るだろうか。

記者団はナポリ港で待ち伏せているから、南イタリアのブリンディジという港で下船しよう、と彼は言った。

そこから特別列車を仕立て、ナポリは通過してローマに向かう。ベニート・ムッソリーニはお待ちかねだ。国王ビットリオ・エマヌエレ三世への拝謁《はいえつ》もかなうだろう。

「好好《ハオハオ》。けっこうな話じゃないか」

英語を使うことが面倒になり、中国語で水を差した。モルヒネの卓効《たっこう》が現れていた。カルバート博士が私の言を容れて薬量を増やしたのか、それともボンベイでインド産の上物を仕入れたのか、いつもとはちがう、青空に向かって浮き揚がるようなここちよさだ。

中国語を解さぬチャーノはしゃべり続けていた。好好。ムッソリーニにもアドルフ・ヒトラーにも会ってはみたいけれど、君が私を案内したいのは、フィアットの飛行機工場ではないのかね。

ところで、東北軍の軍艦や戦闘機はどこに消えてしまったのだろう、と私は考えた。今さら仕方のない話だが、蔣介石《ジャンジエシイ》もほかの軍閥も手の届かぬ立派な海軍と空軍を私は持っていた。

もういっぺん飛行機を買い揃えて、蔣介石に奉《たてまつ》るのはごめんだよ、伯爵。

だが私は怒らない。モルヒネはあらゆる負の感情を他人事にしてくれる。痛み、苦しみ、怒り、恨み、嫉《ねた》み――そんなものはみな、水平線の彼方の話さ。

「お待たせしました、漢卿《ハンチン》」

エッダが耳元で囁き、サングラスを私の鼻梁にかけた。まばゆい光が遮《さえぎ》られると、いっそうの安らぎがやってきた。

ギリシアの女神のようななりをした白人娘が、白い裳裾《もすそ》を曳《ひ》いてデッキに現れ、私に向かって優雅なお辞儀をしてからハープを奏で始めた。レコードにもピアノにも飽き飽きした耳に、ドビュッシーが快い。

蔣介石の言った「怒濤の中の小舟」について、私は数日間も夜昼なく考え続けた。そして結論を見た。二人が乗れない小舟ならば、私が下りよう、と。東北軍の幕僚はこぞって反対したが、私は動じなかった。

理由は簡明だ。かつて二度にわたり、直隷軍との戦争を指揮した私は、同胞相撃つことの愚を知り尽くしていた。もし今、蔣介石《ジャンジエシイ》の率いる南京政府軍と私の東北軍が戦えば、勝者はどちらでもない。この機に乗じて長城を越える、日本軍が覇者となる。だから彼がどうしても舟を下りぬのなら、私が下りるほかはなかった。

保定軍官学校の大会議室で、私たちはふたたびまみえた。それぞれの幕僚を退室させ、大きな円卓の、上《かみ》も下《しも》もない向かい合わせに私たちは座った。

無条件の私の決心が、彼はよほど意外であったらしい。なにしろ父から譲り受けた大東北軍を手放すのだ。

「どうしても君に服《まつろ》わぬ者もいると思うが、手荒な真似はやめてほしい。彼らの敵は君ではなく、父を殺した日本軍だ」

対《トエ》、と蔣介石は肯いた。それから私は、一切の官位を捨てて下野し、国外に退去すると告げた。怒濤の中の小舟を彼に托するための全《まった》き方法は、それしかなかった。

彼が私よりすぐれた軍人であるとは思わない。戦場にて相まみえれば、勝つとは言い切らぬまでも負けぬ自信はあった。だが、彼はとにもかくにも北伐を達成し、私は父を殺されたうえに国土を奪われていた。少くとも、運気は彼がまさっていた。

「漢卿《ハンチン》。君がけっして嘘をつかぬ士君子であることは承知している。よくぞ決心してくれた」

　西陽《にしび》が大窓の翳《かげ》りを円卓の上に倒していた。蔣介石は人目のあるときは威丈高にふるまうが、私と二人きりになると別人のように謙《へりくだ》った。今も父を敬しているのか、東北軍の実力を怖れているのか、それともほかに何かべつの理由があるのか、私にはわからなかった。

　円卓の上に両掌《りょうて》を差し出して、蔣介石は言った。

「これは天下の禅譲に等しい。ならば君には、もうひとつ譲り渡すものがあるのではないかね」

　まさか、とは思う。だがそのときだけは、感情の窺《うかが》えぬあの鉄面皮が紅潮していた。私は空とぼけて答えた。

「海軍も空軍も譲ろう。まさかそのうえ、私財までよこせとは言わせない」

　不対《プートエ》、不対、と彼はあわてて否定した。それから広い室内をいちど見渡し、隣室の耳すら憚《はばか》るように声を絞った。

「龍《ロン》、玉《ユイ》――」

　天命の具体。遥か三皇五帝の昔から、この国の覇王に引き継がれてきた巨大なダイアモンド。それを持たずに天下を制した例はなく、天命なき者がそれを持たんとすれば、五体はたちまち砕け散る。

顔色には出さなかったはずだが、鼓動が耳を搏《う》ち、膝頭《ひざがしら》が震え、軍靴の踵《かかと》に付けた拍車がかたかたと床を叩いた。

「漢卿《ハンチン》。君は正直者だ。どうやら噂は本当だったらしい」

そういう蔣介石《ジャンジエシイ》の口元は歪《ゆが》んでおり、坊主刈の頭までが上気し、やはり拍車がかたかたと鳴っていた。

私たちは人間が神秘に立ち入る怖ろしさに、わななき怯《おび》えていた。号令一下、幾万の兵の命を奪ってきた私と彼だが、人為の及ばぬ領域は怖ろしかった。

「私には国家を統一する義務がある。龍玉《ロンユイ》を譲ってほしい」

答えを声にするのは難しかった。誤解されぬよう、なおかつ彼の自尊心を傷つけぬよう、私は言葉を選んだ。

「介石よ。君が救国済民の英雄であることは認めよう。だから私は、ひとりしか乗れぬ小舟から下りる決心をしたのだ。しかし、君が天命を戴くに足る人物かどうかは、いまだわかりかねる」

「私を値踏みするつもりか。それとも、国を奪われ軍隊を手放しても、いつかは自分が覇王になるのだと、君は信じているのか」

「そうじゃない」

私は顔を被《おお》った。この男に天命があるとは、どうしても思えなかった。もし私が龍玉を托して下野すれば、遠からず蔣介石はその勇名のみを歴史にとどめて砕け散る。父は天命我にありと信じたのだろうか。いや、それはちがう。運命に反逆してこその人間だと信じて、父は長城を越えた。

私は耳を塞《ふさ》いだ。山海関で馬上に拳銃を揮《ふる》い、「越過長城《ユエグオチヤンチヨン》」と叫び続けた父の声が甦ったのだった。

親も家も銭もなかった父は、運命に逆らい続けることこそ人間の尊厳であると知っていた。貧乏人は挙《こぞ》って運命の長城を越えよと、号令したのだった。天下を取ろうが取るまいが、死のうが生きようが、そんなことはどうでもよかった。

そして父の体は、ばらばらに砕けてしまった。

「介石、よく聞いてくれ。もし私が、天命我にありと信ずるならば、舟を下りずに君と雌雄《しゆう》を決するだろう。私には天命がない。父と同様、天命の伝達者に過ぎぬ。君を値踏みするわけではないが、もし君に万一のことがあれば国家の舵取《かじと》りはいなくなってしまう。君の望むままに龍玉を委《ゆだ》ねることは簡単だが、それは蛮勇というものだ」

「伝達者、かね」

蔣介石《ジャンジエシイ》は疑《うたぐ》り深い目を向けた。

「当然《ダンラン》。もはや自明である。父の最期は私にそのことを教え、それから今日までの経緯も、重ねてそのことを証明した。私は天命の伝達者としての務めを果たさねばならない」

私たちは長いこと見つめ合った。夕日が窓辺に沈み、会議室にたそがれが忍び寄るまで。

やがて庭の槐《えんじゅ》の枝にたわむれる、不吉な鵲《かささぎ》の群に目を向けて、蔣介石は言った。

「冗談だよ、漢卿《ハンチン》。君の潔《いさぎよ》い決断に面食らって、間を繕《つくろ》っただけだ。忘れてほしい」

それから私たちは、いかめしい軍服の肩を並べて会議室を出た。軍官学校の廊下には、たがいの幕僚たちがかたずを呑んで待ち受けていた。

父とともに戦った老将や、日本の陸軍士官学校を卒業した参謀や、奉天の講武学堂でともに学んだ若い副官たちが、一斉に私を見つめた。

「漢公の愛国心に心からの敬意を表す」

と、蔣介石は彼らに向かって冷ややかに告げた。その一言だけで泣き出す部下もあった。

私は彼らに、最後の命令を下さねばならなかった。

「介公の命令は私の命令である。各部隊ともただちに東北軍の軍旗を焼き、国軍総司令部の指揮に従え。服《まつろ》えぬ者は異議を唱えず、潔く軍服を脱げ」

私は拍車を鳴らして回れ右をし、長い廊下の暗みに向かって歩み出した。追いすがる部下のひとりとてないことが、私のせめてもの救いであり、指揮官としての矜《ほこ》りでもあった。

捧げ銃《つつ》で見送る兵隊までもが、磨き上げた銃剣の先を震わせ、声を殺して泣いていた。

こうして、栄光の東北軍は消滅した。


アラビア海には光があふれている。

左腕から点滴薬の針が抜かれると、私はすべての縛《いまし》めから解き放たれた。

青空に天女が舞っている。羽衣の裾を私の手や足に絡《から》め、天に向かって浮き揚がらせようとする。だが、天国に連れ去るつもりはないらしい。ハープの奏でるドビュッシーにあわせて、何人もの天女が笑いながら私を弄《もてあそ》ぶ。

と囁きかける。
漢卿《ハンチン》、眠ってはだめよ、とひとりが言えば、もうひとりが、醒《さ》めてもいけないわ、と囁きかける。

ときおりさまざまの顔が、浮かんでは消えた。十一歳で死に別れた母の顔。そののち私が孝養を尽くさねばならなかった、六人の母たち。彼女らが産んだ、たくさんの弟妹。今の私はそれら夥《おびただ》しい家族についての責任を、何も果たしてはいなかった。父はすべてを私に托して死んだ。かくもこみ入った人生のことごとくを。天命のみしるしまでも。

どこからか持ち帰った龍玉《ロンユイ》を、父はおそるおそる私の胸に抱かせた。父の怯える顔を見たのは、後にも先にもその一度きりだ。

凍えそうな冬の夜だった。私の体が砕けないと知るや、父は嬉しさのあまり私を肩に担《かつ》いで、四合院《スーホーユアン》の庭を跳ね回った。あれほど歓喜した父の顔も、そののち見たためしはない。

父は夜空高く私を抱き上げて、「天子《テイエンヅ》!」と叫んだ。

ずっとそう信じ続けていたのか、あるいは人生のどこかで、息子も自分と同様に龍玉の伝達者に過ぎぬと気付いたのか、私にはわからない。

海風がけだるい体を吹き抜けてゆく。鷗《かもめ》はボンベイの港に帰り、イタリア人は眠ってしまった。

シャハラザード姫が暴虐の王に語ったアラビアの夜の物語の一篇に加えても、けっして遜色《そんしょく》のない私の人生。いったい、いつまでどこまで続くかもわからぬ未完の冒険譚。

潮のゆくえに身を委ねて、飽きてしまったらみずから命を鎖《とざ》してしまえばよい、と私は思った。

ふとそのとき、円く豁《ひら》けた蒼穹《あおぞら》のきわみから、私の心の与《あずか》り知らぬ乾いた媼《おうな》の声が降り落ちてきた。


満洲の真白き虎の子、汝《なんじ》、張学良《チャンシュエリャン》よ。

大いなる紫微宮の星座に護《まも》られし貴子よ。

父も故地も兵《つわもの》も奪われて異土へと流亡する哀れなる公子よ。

その体は毒に冒され病に蝕まれているが、いかなる苦杯を嘗《な》めようともけっしてみずから命を滅してはならぬ。

やがて汝は関中の野、渭河《いか》のほとりに尽忠正義の徽旗《しるしばた》を掲げ、兵諫《へいかん》の壮挙をなすであろう。それは四億《しおく》の民草の幸《さきわ》うところ、すなわち天の嘉《よみ》するところ、よってその大業をなす汝は、おのが命をわたくししてはならぬ。

心せよ、張学良《チャンシュエリヤン》。汝は凡下《ぼんげ》の将軍ではない。この漂泊の羇旅《きりょ》は敗走にあらず出奔にあらず、天子蒙塵《てんしもうじん》の已《や》むなき挙と知れ。

左伝に曰《いわ》く、

天子塵《ちり》を于外《うがい》に蒙《こうむ》る、敢えて奔《はし》りて官守に問わざらんや、と。

今、汝を困《くる》しめたるは塵埃《じんあい》に過ぎぬ。今、人心の離るるも一時に如《し》かぬ。堪忍して来たるべき秋《とき》を待て。

忍耐にまさる徳はなく、天は最も忍耐強き汝に、上《じょう》の大夫《たいふ》の卿《けい》なる漢《おとこ》の名を与えた。

東北の若き将星、張学良よ。宙天に動かざる北辰のごとく、高く清らかに輝け。

偉大なる兵諫ののち、汝は百年の天寿を全うするであろう。

第一章　自由への飛翔

一

何もかも凍りつく北京《ペキン》の冬がようやく終わった。

しかし待ちこがれた春は、気温が上がって濠《ほり》の氷が解け、槐《えんじゅ》の街路樹が芽吹き始めたというだけで、心が弾《はず》むような日本の春のうららかさとはまるでちがった。

遥かなゴビ砂漠からおし寄せてきた黄砂《こうさ》が空を蓋《おお》い、太陽は日がな一日、真珠のように蹌《よろ》めきながら頭上を過ぎた。

冬にはきっぱりと見えていた風景も、朧《おぼ》ろに霞んでいる。それは粉となって蟠《わだかま》る黄砂の仕業《しわざ》だから、町なかを少し歩けばたちまち、咽《のど》も鼻もからからに干からびてしまう。街頭の売り水は怖いので、辛抱たまらなくなったら茶館に入るしかない。

北村修治《きたむらしゅうじ》は二階の窓辺から、大柵欄《ダアチャラン》の目抜きを見おろした。風景は朧ろなままに西陽を含んで、代赭色《たいしゃいろ》の絵具で描いたようだった。ひび割れた咽を茶で湿らせながら、見ようによってはこれもロマンティックな景色だなと、北村は思った。

ところかまわず屋台が並び、大道芸人たちのまわりには人の輪ができていた。日本の寺社の縁日のように、商いを仕切る香具師《やし》の親分などはいないのだろう。まこと雑然としているが、悶着《もんちゃく》のひとつも起こらないのは支那《しな》人のふしぎだった。

茶館の二階は特等席である。高級な店らしく椅子も卓も立派な紫檀《したん》で、サテンの支那服を着た女給がしばしば茶や菓子を運んできた。何度めかにようやく思い当たって心付けの銅貨を渡すと、女はけっしてお愛想ではない、花の蕾《つぼみ》の綻《ほころ》ぶような笑顔を見せた。上海《シャンハイ》よりも北京のほうが、人々は純朴な気がする。

北村修治は朝日新聞の特派員である。上海支局に二年余り勤務したあと、昨昭和七年三月に建国された満洲国への転勤を希望したのだが、回された場所は北京だった。

北京の特派員たちが満洲に出たあとの穴埋めである。五族協和の理想を掲《かか》げる新天地は記者たちの誰もがめざす勤務地であったから、年功を優先すればそうした結果になるのは当然だった。

国民政府の政権は定まらず、いまだ軍閥の寄り合い所帯とも思える。そのうちの最大勢力であった東北軍閥の張学良将軍《チャンシュエリャン》が、熱河《ねっか》における敗戦の責任をとって下野したことで、蔣介石《ジャンジエシイ》政権はかろうじて持ちこたえた。だがこのさき天下がどう転ぶか、わかったものではなかった。

ならば風雲急を告げる北京にこそベテランの記者をとどめて、自分のような若い者を新京や奉天に出すのが当たり前の人事だとは思うのだが、何の伝《つて》もなく知り合いもほとんどいない北京で、寒さに身を震わせ黄砂に咽を嗄《か》らして取材をするはめになった。

「你好《ニイハオ》。お待たせして申しわけない」

岡圭之介《おかけいのすけ》が対《むか》いの椅子に腰をおろした。黒繻子《くろじゆす》の小帽《シャオマオ》に丸い色眼鏡、藍色の長袍《チャンパオ》。誰がどう見ても琉璃廠《リウリチャン》からの帰りがてらに立ち寄った老碩学《せきがく》である。

茶館の常連客や店員たちは、彼を「圭大人《グイダアレン》」と呼ぶ。正体を知る人は誰もいないのだろう。

大道芸に見とれていて、礼を失してしまった。腰を上げかけた北村を、岡は細い指先をひらひらと振って宥《なだ》めた。そうしたしぐさまでが、鷹揚《おうよう》で寛大な北京の読書人である。辛亥《しんがい》革命で職を失った清朝の遺臣とでもいえば、人は疑うまい。

「はたの耳がある。言葉はこのままでいいかね」

折目正しい北京官話で岡が言った。

「かまいません。我没関係《ウオメイクワンシイ》」

「まるでスパイか何かのようだが、茶飲み友達にあれこれ訊《たず》ねられるのも面倒だ。茶館に集まるご隠居たちは暇だからね」

北村が中国語を学び始めたきっかけは、大学で教鞭をとっていた中国人教授の薫陶《くんとう》による。まず北京語の唄《うた》うような美しさに魅了され、やがてその教授の高潔な人格に触れ、彼の周囲に集まる留学生たちとも親しくなった。

新聞社に採用されたのはその中国語のおかげである。上海に赴任してから、帰国した恩師の消息を尋ねたが、梁 文秀《リアンウエンシウ》という名前だけでは調べようもなかった。

大柵欄《ダアチヤラン》の街頭では路上の京劇が始まろうとしている。ほかの大道芸人たちは、そそくさと店じまいをした。鳴物入りの口上を述べながら、孫悟空に扮装した道化役者が見物料を集める。どうやら背にした薬屋の宣伝を兼ねているらしく、それから長々と薬種の効能などが語られた。

「あれは太監《タイチエン》だよ」

岡が街路を見おろして言った。「タイ・チェン」の漢字が思いつかずに、北村は首をかしげた。

「宦官《ホアンクワン》さ。皇帝が紫禁城を追われて、大勢の宦官が職を失った。宮廷には南府劇団という宦官だけの一座があってね。なにしろ西太后《シータイホウ》の肝煎りだから、梅蘭芳《メイランファン》も顔色なしというぐらいの名優が揃っていたらしい。世が世ならば門外不出の芸をああして見ることができるんだから、誰もが見物料をはずむ。薬屋は大繁盛だ」

薬種の宣伝が終わると、再び鉦鼓が打ち鳴らされ、いよいよ芝居が始まるかと思いきや、二人の役者が白い敷布を拡げて茶館の軒下に寄ってきた。

「桟敷《さじき》のお代金は高うございますよ」

孫悟空が愛嬌《あいきよう》たっぷりに呼びこむと、人々はどっと笑い、茶館の窓々からは「好《ハオ》!」のかけ声もろともに、銀貨や紙幣が投げ落とされた。そうしてようやく、芝居が始まった。

「ところで、折入っての話というのは、何かね」

岡圭之介は卓の上に身を乗り出して、北村の顔を指で呼んだ。華やかな楽曲はむしろ都合がいい。茶館の客たちも窓辺に集まって、芝居に心を奪われている。

一世を風靡《ふうび》した「万朝報《よろずちようほう》」の北京特派員として、三十何年も北京の政情を見続けてきた岡は、北村にとって頼みの綱である。満洲国に転勤した前任者がその存在を申し送ってくれなかったなら、仕事らしい仕事は何ひとつできなかった。

岡が回りくどい言い方を嫌うことは知っている。そこで北村は、何の前置きもせずいきなり切り出した。

「宣統帝の皇妃の所在を捉《つか》みました。何とか取材をしたいのですが、日本人を受け付けません。あなたの力をお借りしたい」

北村と額《ひたい》をつき合わせたまま、岡がおもむろに色眼鏡をはずした。いささか驚いた様子である。

「特ダネだな」

「対《トエ》。どうあっても物にしたいのです」

岡は立ち上がってガラス窓を閉め、長身の足を組んで座り直した。音曲や喝采は遠ざかったが、大柵欄《ダアチヤラン》の甍《いらか》に沈みかかる夕陽が眩《まぶ》しい。

「落ち着きたまえ。僕も若い時分は同じだったが、がつがつすれば元も子もなくなる。切り口は考えているのかね」

「切り口、ですか」

「そうさ。かつて皇帝の妃であった人に、クーデターの裏話や宮廷生活について質問して、答えてくれると思うかね。先さんにしてみれば、今さら思い出したくもなかろう。僕を頼る前に、もう少し頭を使いなさい」

岡は手を叩いて女給を呼び、茶葉をさし替えさせた。挙措《きょそ》の逐一までが支那人だった。

この白髪の人物は戊戌《ぼじゅつ》の政変も義和団事件も辛亥革命も、すべて取材してきたのだと思えば、北村はおのれの性急さを恥じ入った。他人に頼るならそれなりの準備ぐらいはしておけ、と叱責されたのである。

紫禁城を追われた廃帝には、皇后のほかにひとりの皇妃があった。天津《テイエンジン》の日本租界に匿《かくま》われている間に、その皇妃が失踪した。やがて彼女は離婚訴訟を起こし、和議を勝ち取って一市民に戻ったのだが、行方は杳《よう》として知れなかった。

北村が皇妃の消息を摑んだのは、まったくの偶然である。北京の街なかで恩師の梁 文秀《リアンウエンシウ》を尋ね歩いていたところ、同じ発音の「文繡《ウエンシウ》」の消息を耳にしたのだった。

日本の大学で教鞭をとっていたのだから、もし北京にいるのなら大学か師範学校に招かれたのではあるまいかと思った。あちこち聞き回るうち、数年前に国立大学に昇格した清華大学のおしゃべりな事務員が、「文秀は知らんが文繡なら知っている」と、冗談まじりに言ったのである。

見当ちがいの答えだが聞き捨てならなかった。そこで、いくらか金を掴ませると、老頭児《ラオトウル》の事務員は大蒜《にんにく》くさい息を吐きかけながら、「ここだけの話だよ」と耳打ちをした。

皇妃文繡は傅玉芳《プウユエフアン》という漢人の名で、小学校の教員をしていた。中南海《チョンナンハイ》の西岸に沿った府右街《フヨウジエ》にある、名門の私立小学校である。

いきなり校門で待ち伏せたのがいけなかった。岡の言う「がつがつすれば元も子もなくなる」とは、まさしくそれであろう。

十年前の大婚の折に配られた肖像写真を支局から持ち出し、校門から出てくる二十三、四歳の女の顔と照合すればよかった。

当然のことながら、かつての皇妃は取材を拒否した。立ち止まろうともせず、北村が食い下がると眦《まなじり》を決してたったひとこと、「不自由毋寧死《プーツーヨウウーニンスー》」——自由が与えられないのなら死を、と呪うように呟《つぶや》いた。それは思わず耳を疑うほどの、高貴な北京語だった。

「取材の切り口は——自由、です」

北村は思いついて言った。少し考えるふうをしてから、岡は「対《トエ》」と肯《うなず》いた。

「もう少し詳しく言いたまえ」

「皇帝と皇妃の離婚に、政治的な意味は何もありません。しかし、皇妃という立場にある女性が自由を獲得した事実については、大いなる意義があります」

「好《ハオ》。いい切り口だ。つまり一面の記事にはならんが、三面の特ダネにはなる。このごろ勢いの盛んな女性運動家は泣いて喜ぶぞ。僕が主筆なら、くだらん連載小説など打ち切って、皇妃の独白録を始めるがね。まあ、それはそれとして――」

岡圭之介は長袍《チャンパオ》の腕組みをして、しばらくおし黙った。何かを考えているというよりも、折よく始まった女形《おやま》の歌声に聞き惚れているようだった。

「いい声だな。男を捨てた宦官《ホアンクワン》でなければ、あの澄みきった裏声は出せない。僕がかつて知っていた南府劇団の立役者は、西太后《シータイホウ》の宝物だった」

さしもの岡圭之介でも、いったん元も子もなくしてしまった取材を蒸し返すことはできないのだろうか。北村は今さらおのれの軽率さを悔《く》やんだ。

「やはり無理なお願いでしょうか」

「いや。無理だと思ったら、新聞記者はたちまち飯の食い上げだ。親子ほど齢《とし》の離れた後輩に物を頼まれて、それは無理だなどと言えるものかよ」

それから岡圭之介は、上品なしぐさで茶葉の香りを嗅《か》ぎながら、独《ひと》りごつような日本語で「任せとけ」と呟いた。

皇帝陛下はあまりお好きではなかったようですけれど、徐世昌は忠臣でございましてよ。

ひょっこり訪ねてきたときでも、こうまでは驚きませんでした。

女中の取り次いだ名刺を拝見して、びっくり仰天。民国大総統まで務めた徐世昌《シュシイチャン》が

これは、これは。

二

わたくしが離婚をして北京に舞い戻って参りましたとき、まっさきに出迎えて下さったのは彼でした。ほかにも出迎えは大勢おりましたが、この劉海胡同《リウハイフートン》に目立たぬ四合院《スーホーユアン》を世話して下さり、ぼんやりしているだけでは気が滅入るだろうからと、勤め先まで紹介してくれたのは徐世昌です。ほかの旧臣たちは、お義理の挨拶だけでした。

あの小学校はね、もともと彼が創設したものなのです。わたくしはべつだん何の資格を持つわけではございませんが、算《かぞ》えの十四で入内《じゅだい》いたしましたから、立派な先生方からあれこれと教育を施《ほどこ》されておりましてね。それで、国語と美術の教員として採用されました。

むろん師範学校を出たほかの先生方とは較《くら》ぶるべくもございませんが、わたくしなりにさまざま考えまして、わたくしにしかできぬ授業をいたしていたつもりです。中南海《チョンナンハイ》の近くにあることでもわかる通り、あの小学校は特別なおうちの子弟ばかりが通っています。宮廷の師傅《しふ》たちから古めかしい国語教育を受け、皇帝陛下のお宝をこの目で見てきたわたくしでなければできない授業を、いたしていたつもりでございます。

わたくし、とても幸福でしたの。十年間の出来事は、みな悪い夢だったと思うことにしました。満洲貴族の娘として生まれ育ち、師範学校を出てここに就職したのだと、自分自身に言い聞かせていたのです。

自由《ツーヨウ》。ひとりでふるさとの街を歩き、好きなものを食べ、誰に気がねすることもなく生きる自由。わたくしの希《のぞ》みはそれだけでした。

そんなささやかな暮らしに、残酷な楔《くさび》を打ちこんだのは――そこにいる、あなた。わたくしを校門で待ち伏せて、何の遠慮もなく悪夢を語れと迫ったのは、あなたですね。

わたくし、翌日から学校を休みましたのよ。あなたがこの世のものならざる悪魔に思えたから。

かつての夫は、日本人の担《かつ》ぐ輿《こし》に乗って、満洲国とかいう東北の国の執政におなりあそばされました。あなたは日本の新聞記者だと名乗ったが、わたくしをふたたび満洲の宮廷に搦《から》め取るつもりなのではないかと勘繰ったのです。

何日かのちに校長先生がここを訪ねて下さったので、何も申し開きはせずに辞表を書かせていただきました。理由を言えばややこしくなると思いましたから。

いいえ。あなたを責めはいたしません。わたくしの行動が、少し早かっただけなのです。離婚が成立してからたった二年ばかりで、人並の自由を手に入れようなんて、虫がよすぎますね。

わたくしはそのあたりのお大尽の妻ではなかった。

第十二代大清皇帝、宣統帝《シュアントンディー》愛新覚羅溥儀《アイシンギョロプーイー》の皇妃だったのです。

それにいたしましても——前《さき》の大総管太監《ダアツオンクワンタイチエン》ともあろうお方が、わざわざおみ足を運ばれるとは。

入内《じゅだい》いたしました折、女官長からまっさきにこう言われました。

お妃様が礼を尽くさねばならぬお方が、御城の中には六人おいでになります。まず、夫にあらせられる皇帝陛下。正妻たる皇后陛下。先代と先々代の三人の妃嬪《ひひん》。そしてもうひとり、正二品の官位を持つ、大総管太監。

そのほかのもろもろは、たとえ王公大臣といえども家臣にすぎませぬ、と。つまり愛新覚羅家の家令である大総管太監に対しては、それくらい敬意を払わねばならぬ、と教えられたのです。

大総管はおいくつにおなりでしょうか。
五十八、ですか。それにしてはお若く見えますね。さすがはかつて南府劇団の花と称えられ、西太后《シータイホウ》様のご寵愛をひとりじめになさった名優です。
お久しぶりでございます、李春雲老爺《リイチュンユンラオイエ》。きっとこの出会いは、今は亡きおばあちゃまのお引き合わせでございましょう。

仕事を辞めてこの屋敷に引きこもってからというもの、訪ねて下さる人も絶えてなく、わたくしの憧れていた自由は、もしや孤独の異名ではなかろうかなどと、疑い始めていたところなのです。いくらか口が軽くなっておりますのは、そうした事情のせいでございますから、どうかご容赦下さいましね。

ところで、日本人の新聞記者をご同道なさっているのは、いったいどうしたことでございましょうか。

いいえ、あなたは何も言わなくてけっこう。李老爺のお口から、そのわけを聞きとう存じます。

好《ハオ》。とてもよくわかりました。

国や民族の分け隔《へだ》てなく、虐《しいた》げられた女性に自由と平等の精神を伝えたい、と。わたくしがその先駆けだとおっしゃるのですね。

初めからきちんとその旨を伝えて下されば、勤めを辞めなくてもよかったのに。

もっとも、日本人の新聞記者にはうまく言えますまいね。そこで李老爺《リイラオイエ》に仲介をお願いした、と。それは妙案でした。

なぜならば、李老爺があえておっしゃるまでもなく、女性の自由と平等は亡き太后陛下の悲願であったはずですから。おばあちゃまの胸のうちを誰よりも存じ上げていた李老爺は、わたくしの声を希《のぞ》んでおいでなのでしょう。だとするとこの出会いは、いよいよもって亡きおばあちゃまのお引き合わせですわね。

好。よくわかりました。でも、わたくしから注文をひとつだけ。

日本人のインタビューに応じるつもりは毛頭ございません。

前の大総管《ダアツオンクワン》太監《タイチエン》李春雲《チュンユン》老爺が、元の淑妃《シューフエイ》文繍《ウエンシウ》を訪ねた。新聞記者は同席を許されただけです。よってあなたには、質問が許されません。

それでいいわね、春児《チュンル》。

いつかどこかで誰かに、真実を聞いてほしかったの。

貧乏でもなく、病気でもないのに、こんなにも不幸な男と女のこの世にいることを。


あの人と初めて出会ったとき、何という凶相の持ち主だろうと思った。

これが龍顔《りゅうがん》と言えるだろうか、と。

背は高いけれど病人のように薄っぺらな体で、ひどい撫《な》で肩だった。宮廷では体を使えば命が減ると信じられていたから、あらゆる運動を禁じられて育ったあげく、人間とは思われぬそんな体ができ上がった。

花の茎《くき》のように細い首の上に、じっとしていても殆《あや》うげに見える顔が載っていた。小さくて虚《うつ》ろな目に、度の強い近眼鏡をかけていた。すべての部分が華奢《きやしゃ》で小さいのに、唇だけが、まるで海鼠《なまこ》のようにぼってりと厚かった。ともかくすべてが、ひどく不均衡に見えた。

わたくし、ひとめ見たとたんに跪礼《きれい》することも忘れて後ずさったわ。この凶相に近付いたら、自分も災厄を免《まぬか》れないと思ったから。でも、わたくしはこの人の妻なの。

けっして拒むことはできない。

御前太監《ごぜんタイチエン》に「淑妃様《シユーフエイ》、陛下にご挨拶を」と促《うなが》されるまで、こごえついたように立ちすくんでいた。

夫は温床《オンドル》に腰をおろしたまま、そんな新妻をぼんやりと見つめていた。何を思うでもなく、何を言うでもなく。それはまるで、知性も感情もない爬虫類《はちゆうるい》が、ただおのれの存在だけを信じてじっとしているように見えた。

もともと占術や不合理なことを信じるたちではないの。でも満洲貴族の家は、どこも出入りの道士や占い師がいたから、吉凶の常識ぐらいは心得ていた。

他人の凶相ならどうでもいいわ。でも、この人はわたくしの夫。運命を共にしなくてはならない。すなわちこの人の運命はわたくしの運命なの。

没法子《メイファーツ》ね。もう、どうしようもない。なにしろこの人は中華皇帝で、わたくしは選ばれた皇妃なのだから。


わたくしの旧姓は額爾徳特《オルドト》。満洲八旗のうちの鑲黄旗《じようこうき》に属する貴族の出身です。

祖先は肇国《ちようこく》の英雄、睿《ルイ》親王ドルゴンの麾下《きか》にあって、まっさきに長城を越えたと伝えられていた。しかし母は漢族であったから、実は純血の満洲族ではなかった。

もしかしたらそのせいで、わたくしは皇后になりそこねたのかもしれない。今となってはまだしも幸運だったと思うけれど。

皇后陛下のご実家は満洲正白旗《せいはくき》の郭布羅《ゴブロ》氏。家の格だけでいうなら、わたくしの実家のほうが上等だった。

婉容《ワンロン》はかわいそうな人よ。自分が皇后であることに何の疑いも持たず、つまり自分自身の存在そのものに懐疑しなかった。そのくせ、まるで商家の女房みたいに嫉妬深かった。

上三旗は同じ格式なのよ、と婉容は口癖のように言っていた。皇后に冊立されてからも、まるで呪文でも唱えるみたいに。たしかに八旗のうち、正黄旗、鑲黄旗、正白旗はひとからげに上三旗と呼ばれることがある。でも、序列は歴然としていた。

何人かの候補者のうちからわたくしを推薦したのは、先々代同治皇帝《トンジイホアンディー》の妻たち――敬懿太妃《ジンイターフェイ》と栄恵太妃《ロンフイ》の二人だったらしい。ところが、もうひとりの姑が異を唱えた。

先代光緒皇帝《グアンシュ》の皇妃、端康太妃《ドアンカン》が婉容を推したの。

ねえ、李老爺《リイラオイエ》。あなたは何から何までご存じよね。内廷の序列でいうのなら、同治帝の妃のほうが格は上なのに、端康様はともかく押しの強い人だった。

義和団騒動の折に、井戸に落ちたか落とされたかして亡くなった、あの珍妃《チエンフエイ》の姉。「月餅《ユエピン》」と渾名《あだな》される太っちょ妃の瑾妃《チンフエイ》様。気の強さだけは妹と似ていた。

端康太妃《ドアンカンターフエイ》は珍妃様の霊代だという噂まであった。だから人々は、祟りを怖れて彼女には逆らわない。いったい珍妃様の身の上に何が起こったのかはいまだに謎だけれど、そのころから数えてたった二十二年前の出来事ならば、悲劇の一部始終を知る人はいくらもいたはずだわ。

少くとも、敬懿《ジンイ》太妃と栄恵《ロンフイ》太妃はすべてを目撃していたと思う。もちろん、李老爺《リイラオイエ》。あなたも。

わたくし、珍妃様の御魂《みたま》に救われたのかしら。もし端康太妃が、二人の姑や皇帝陛下のご宸念《しんねん》まで覆《くつがえ》して押し切らなかったら、日本人のこしらえた満洲の宮殿で、今も不自由な暮らしを強いられていたでしょう。

そうよ。そもそも皇上《ホアンシヤン》がおんみずから選んだのは、婉容《ワンロン》ではなくてわたくしだったのです。でも、端康太妃は説得した。

婉容はわたくしより三つ齢上。背も高くて、ずっと美人ね。だから写真を見ただけで、どうして皇上がわたくしを選んだのかは、いまだに納得ができないの。

辛亥革命のあと、貴族の家はみな没落してしまったけれど、婉容の実家は例外だった。父親が商売で成功して、大金持ちになった。だから婉容はミッション・スクールに通っていて、英語も達者だった。

何から何まで、わたくしの実家とは大ちがいだったの。わたくしの祖父は大臣まで務めた高官だった。あの徐世昌《シュシイチャン》も、もとを正せば祖父の弟子だったの。

でも、父は病弱なうえに学問も芳《かんば》しくなくて、出世は叶わなかった。そうこうするうちに革命が起こって、家は没落してしまった。

今でも花市胡同《ホワシーフートン》の小さな借家を夢に見るわ。四合院《スーホーユアン》の一棟を借りた、貧しい家よ。父は念仏ばかり唱えながら死んでしまった。母は造花の内職をして子供らを養った。

小学校から走って帰り、母の内職を手伝った。学校の月謝ぐらいは自分で稼ごうと思ったから。

成績は一番。いつも一番。どんな科目でも一番だった。だから叔父が学費を出してくれて、中学に進んだ。

端康太妃の言い分はごもっともね。彼女は理を説いただけ。容貌、年齢、教育、家柄と現在の生活状態。それらすべてを較べれば、百人の男が百人とも、婉容を選ぶに決まっているもの。

ならばどうして、皇上《ホアンシャン》と二人の太妃《ターフェイ》様はわたくしをお気に召したのかしら。わからない、わからない。

婉容《ワンロン》が選ばれた。それでいいわよ。わたくしは皇后の候補になったことだけを一生の誇りとして、平凡に生きてゆけばよかった。たぶん師範学校に進んで、小学校の教員になっていたと思う。

誰かと結婚しているかしら。でも、仕事は辞めないわ。共働きをしながら親を養って、妹も上の学校に行かせて、子供だって立派に育ててみせる。

皇后ではないが皇妃に、という話がなければ、まちがいなくその人生を歩んでいたと思う。

十七歳の皇帝に、どうして側室が必要なのだろう。まずそれが疑問だった。結婚は愛情の保証がなければいけないし、いくら皇帝でも複数の妻に対して、同じ愛情を抱けるはずはないと思った。

皇妃となることが嫌だったのではなく、そうした制度そのものが厭《いと》わしかった。でも、そんなふうに考えたのはわたくしひとり。父も母も親類も大喜びだった。本人の意志などもっぱらかかわりなく、話は進んだ。

什刹後海《シーシャホウハイ》のほとりの大翔鳳胡同《ダアシャンフォンフートン》に、皇妃の実家にふさわしい邸宅が与えられた。恭親王府《クンチン》や慶親王府にも近く、貴顕の御殿が建ち並ぶお屋敷街だった。家族は満洲鑲黄旗の暮らしを取り戻したの。

入内するまでの数ヵ月間は、女官や師傅たちが毎日やってきて、行儀作法や経典や王朝の歴史を詰めこまれた。学問は好きだからつらくはなかった。そのかわり、懐疑した。

民国十一年。西暦なら一九二二年。でも宣統十四年じゃないわ。御城から届けられる文書には、必ずそのありもせぬ「宣統十四 壬戌《みずのえいぬ》歳何月何日」という日付が書かれていた。北京のまんまん中の、お濠と紅色の壁に囲まれた内側には、世の転変とはまるで関係のない時間が流れているのだと知った。洋人《ヤンレン》たちが世界を、民国政府が中国を支配している。だから今年は西暦一九二二年で、民国十一年。でも大清皇帝が統治しているのは、紫禁城の中だけだった。そのまぼろしの帝国に輿入《こしい》れすることを、父母も親類も周囲の人々もみな、なぜ慶事と呼ぶのだろう。

師傅に質問をした。「政《まつりごと》が皇帝陛下に還る日はくるのでしょうか」と。

答えはこのようなものだった。

「孫文《スンウエン》の民国には力がなく、今は呉佩孚《ウーハイフー》の軍隊と張作霖《チャンヅオリン》の東北軍が覇を競って戦っておりまする。しかるにやがていずれも力尽き、国民はこぞって大清の復辟《ふくへき》を願うことと相成りましょう。天命は康熙乾隆の昔と相変わらず、今上の宣統《シュアントン》陛下がお持ちあそばされますれば、淑妃《シューフエイ》様におかせられましてはどうかご疑念を抱かれませぬよう」

誰が得心するでしょうか。わたくしひとりが欺《だま》されているのならいい。でも、まぼろしの帝国にしがみついている人々が、みなそうした希望を抱き、かつ信じているのだとしたら、きっと怖いことになると思った。

婉容《ワンロン》はどうか知らないわ。彼女の実家は革命ののちにも没落していなかったから。

わたくしはちがいます。ほかの貴族たちと同様に財産を食い潰し、しまいには街なかの四合院《スーホーユアン》の一棟を借りて、内職で生計を立てていた。革命は算《かぞ》えの四歳のときだったから、幸福だったころの記憶はない。坂道を貧乏の底に向かって転げ落ちるような、ひどい暮らししか知らなかった。

何もかも失ったあと、残った財産はひとつだけ。「満洲鑲黄旗額爾徳特《オルドト》氏の娘」という目に見えぬ肩書。そしてその最後の財産が、わたくしを皇妃に押し上げた。

希望は人間にとってとても大切なものです。でも、ありえぬ未来に托する希望は毒薬と同じ。

わたくしの抱くべき正当な希望は、師範学校を出て教員になり、母に孝養を尽くし、子供を立派に生み育てることだった。それは努力次第で実現のできる夢だったから。

宝石が毒にすりかえられた。懐疑の末にわたくしがはっきりと得た結論はそれだった。ささやかだがたしかな希望を捨てて、わたくしは歩き始めねばならなかった。まぼろしの王朝の、まやかしの皇妃の宝座に向かって。

大婚の儀は宣統十四年十二月一日の吉祥日。

その前日の真夜中に、初めてあの人と会った。養心殿の書斎は、天井も壁も床もひといろの黄色だった。机に置かれた文房具や湯呑茶碗まで。あの人はやはり黄緞《ホワンドウアン》の長袍《チャンパオ》を着て、少し寒そうに温床《オンドル》に腰かけていた。

黄色は皇帝の色だから北京の街にはありえない。母の手内職の造花にも、黄色の花はなかった。

あの人の顔が、まるで硯《すずり》のように黒く見えたのは、部屋中を埋め尽くした禁色《きんじき》のせいかもしれない。でも、まちがいなく、いつどこで出会っても震え上がってしまいそうな凶相だった。

五千年の遺恨が穿《うが》ち出した凶々《まがまが》しい顔。紛《まご》うかたなき最後の皇帝の貌《かお》。

「淑妃《シューフエイ》様、陛下にご挨拶を」

御前太監《ごぜんタイチエン》に促されてようやく我に返り、あの人の足元に跪《ひざまず》いて叩頭した。

「文繍《ウエンシウ》にございます」

おののきながらそう言ったとたん、黄色い床がひび割れて、真黒な絶望の底に呑みこまれてゆくような気がした。

没法子《メイファーヅ》。もう、どうしようもない。

物心ついてから人前で涙をこぼしたのは、あのときが初めてだったと思う。もちろん誰ひとり怪しまなかっただろうけれど。

どのような運命が待ち受けているかはわからなかった。ただ、貧乏もせず病気もせず、ひたすら指の先から切り刻まれてゆくような無間《むげん》地獄をさまようにちがいないと、そのとき確信したの。

そんな涙など贅沢《ぜいたく》だと、人は笑うかもしれない。でも、李老爺《リイラオイエ》。あなたはきっとわかってくれるはず。

老仏爺《ラオフオイエ》のお側に長くお仕えして、女心を知りつくしているあなたならば。

三

話が一段落するころあいを見計《みはか》らっていたかのように、茶道具を捧げ持った女が客間に入ってきた。

「あいにく使用人が出払っておりまして、勝手がわからず、遅くなりました」

女の声に振り返った李春雲《リイチュンユン》が、椅子から腰を浮かせた。

「これは、これは。文　珊《ウエンシアン》様にお茶を運ばせるなど、畏《おそ》れ入りまする」

北村修治も立ち上がって頭を下げた。一瞥《いちべつ》して文繡の妹だとわかった。顔かたちも佇《たたずま》いもよく似ている。何よりも李春雲が口にした「文」の排行が同じである。

「どうぞお楽になすって下さい。姉もわたくしも、今は北京の一市民にすぎません」

文珊は紫檀《したん》の茶盤を卓上に据《す》え、姉に並んで座った。

「と、申しますと――」

「あら、李老爺はご存じなかったのかしら。わたくしも姉を見習って、離婚いたしましたのよ。夫には何の落度もございませんが、こうした次第になったからには、のうのうと王府に住まっているわけにも参りませんので」

李春雲《リイチユンユン》はおし黙ってしまった。事情はよくわからないが、皇帝と離婚した姉に続いて、王府に嫁いでいた妹も自由を得た、というところだろうかと、北村は勘を働かせた。

質問は許されない。客間の隅の椅子に腰かけたまま、北村は一言一句も聞き洩らすまいと耳を欹《そばだ》てた。

「立ち入ったことをお伺いいたしますが、よろしゅうございましょうか、文珊《ウエンシアン》様」

「どうぞ、李老爺《リイラオイエ》。でも、そちらの新聞記者さんは、聞かなかったことにして下さいましね。わたくしは何を書かれようとかまいませんが、慶《チン》親王家の名誉にかかわりますから」

「是《シイ》、遵命《ツンミン》」

仰《おお》せの通りに、と北村はていねいに答えて肯《うなず》いた。

慶親王といえば、かつて袁世凱《ユアンシイカイ》とともに清国の軍機大臣を務め、天下を恣《ほしいまま》にした慶親王奕劻《イークワン》の名が思いうかぶ。年齢からすると、文珊はその孫に嫁いだのであろう。

李春雲が訊ねた。

「それは王府の思し召しにござりましょうや。それとも、溥鋭《プールイ》殿下があなた様を離縁なさったのでしょうか」

姉妹は鏡に向き合うように、片手を口に添えた同じしぐさで笑った。

「いいえ。わたくしのほうから離婚訴訟を起こしましたのよ」

「しかし、殿下には何の落度もなかった、と」

「はい。姉の夫とはちがって、とてもやさしい人です。中華民国の法律に順《したが》い、妻はわたくしひとりでしたし」

「溥鋭殿下のお人柄は、ご幼少の砌《みぎり》よりよく存じ上げております。あなた様から離婚を申し出る理由がござりますまい」

「あら、そうかしら。わたくし、少なからず姉の離婚を手引きいたしましたのよ。そんなわたくしがどうして、王妃の立場にとどまれましょう。フランス人の弁護士が申しますのには、性格が合わないというだけで立派な離婚理由にはなるそうです」

「溥鋭殿下のどこがお気に召さなかったのでしょうか」

「いえ、夫としては非の打ちどころのない人です。たがいに心から愛し合っておりましたし。つまり、そういう離婚理由をでっち上げでもしなければ、慶親王家の面目《めんぼく》が保てないと考えました。もちろん、金銭の要求などは一切いたしておりません」

「いやはや、それではあまりに殿下がお気の毒でございます」

「でも、夫以外の一族はみなさま賛成して下さいましたわ。形ばかりの訴訟は起こしましたけれど、裁判も何もございません。とりわけ舅姑《しゆうとしゆうとめ》は大喜びでした」

色にこそ表さないが、李春雲《リイチユンユン》は苛立《いらだ》っている。長袍《チヤンパオ》の裾《すそ》から覗《のぞ》く黒繻子《くろじゆす》の靴の踵《かかと》が、こつこつと石床を叩いた。

西太后《シータイホウ》という保守反動の権化《ごんげ》に長く仕えた彼には、姉妹の行為が理解しがたく、かつ寛《ゆる》しがたいのだろう。

「慶王府《チンワンフ》とは、胡同《フートン》をいくつか隔てただけのご近所ですな」

「はい。目と鼻の先ですわ。夫もたびたび通って参ります」

「何と。殿下がおみ足を運ばれまするか」

文珊《ウエンシアン》はいささかも悪びれずに答えた。

「わたくしたち、離婚をして恋人同士になりましたの。もちろん復縁はありえませんけれど、今も愛し合っておりますから。何か不都合がございまして？」

二の句が継げぬ老太監《ラオタイチエン》をよそに、文珊は艶《あで》やかな所作で茶を淹《い》れた。陶磁ではなく、深い紅色の紫砂《しさ》茶器である。湯を注ぐと、馥郁《ふくいく》たる青茶の香りが立ち昇った。

北村は手帳に挟んだ写真を見た。支局から持ち出した「淑妃文繡《シユーフエイウエンシウ》」の肖像である。算《かぞ》え十四歳の盛装の姿は痛ましいほど幼いが、十一年の歳月を経て、目の前にある彼女は正視することも憚《はばか》られるほど美しかった。

少女の写真はよほど緊張していたのか、頰《ほお》を膨《ふく》らませて不機嫌そうである。あるいは大きく結い上げた両把頭《リャンパトウ》の重みに耐えているのかもしれない。しかし今の彼女は、すっきりと頰も削られて、象牙色の毛糸のセーターの胸元からは、人生のうちの最も華やかな季節にさしかかった女の、匂い立つような艶が感じられた。額は賢《さか》しげに秀でており、一重瞼《まぶた》の目元は涼しく、眉は凜《りん》として細く濃かった。

姉妹は双子のように似ている。見るほどにそれらの造作が、漢民族ではない異民族の骨相に思えてきた。遥か三百年前、満洲の野に興《おこ》って長城を越え、漢土をわがものとした女真族の裔《すえ》。

ふと、彼女らは落日の王家から逃走したわけではあるまい、と思った。自由の旗印を掲《かか》げ、陋習《ろうしゅう》に塗りたくられた長城を、二人して越えたのだ。

そう思うと気味がよくなった。自分が書くべき記事は、けっして王室の醜聞《しゅうぶん》であってはならない。長城を乗り越えた勇敢な女たちを、日本の社会にも紹介しなくては。

「記者さんもこちらへどうぞ」

文繡が嫋《たお》やかな手を差しのべて、妹の淹れた茶を勧めた。北村は卓に椅子を寄せ、茶の香りを聞き、ひとくち含んだ。お世辞ではなく、思わず「好《ハオ》」と声が出た。街なかの茶館ではけっして味わえぬ清香《チンシャン》である。飲み下したとたん、酒とはちがうさわやかな酩酊感がやってきた。

上目づかいに北村の表情を窺いながら、妹が詩を吟《ぎん》じた。

「坐《ざ》して酌《く》む　冷々《れいれい》の水
看《み》て煎《せん》す　瑟々《しつしつ》の塵《ちり》
由無《よしな》くして一碗を持ち
寄せんとす　茶を愛する人に」

二口めの青茶を舌の上で転がしながら、北村はガラス窓ごしの庭に目を向けた。空は黄砂に濁《にご》っているが、ちょうど窓枠を額縁にして、みごとな紅白の梅が咲いていた。

清朝の遺臣であり、民国の大総統まで務めた徐世昌《シュシイチャン》が用意してくれた四合院《スーホーユアン》である。小ぢんまりとした屋敷だが、自由を得た貴人の姉妹がひそやかに住まうには、いかにもふさわしかった。

芳香を聞きながら睫《まつげ》を伏せて、文繍《ウエンシウ》が誰に訊ねるでもなく呟《つぶや》いた。

「東北の少帥《シャオシュアイ》は、どこでどうしているのかしら。このごろとんと噂も聞きませんが」

李春雲《リイチユンユン》が茶を啜《すす》りながら答えた。

「張学良《チャンシユエリヤン》のことでございますか。はて、奴才《ヌーツアイ》は隠居の身ゆえ詳しくは存じません」

――君は知っているかね」

なかなかの老獪《ろうかい》ぶりである。張学良の消息を知らぬはずはなかろうが、話題があまりに唐突であったから、空とぼけたように思えた。

北村は文繍の顔色を窺った。質問は許されなくても、知るところを答えるのならかまうまい。

「熱河《ルーホー》における敗戦の責を負って、下野いたしました」

「それくらいは知っています。わたくしが訊ねたのは、今どこで、どうしているのかということ」

張学良が重度のアヘン中毒に陥《おちい》って廃人同然であるという事実は、新聞記者たちの間ではよく知られている。だが、どの新聞にも書かれたためしがない。東北軍閥を率いてきた彼の存在は重すぎて、軽々と記事にはできないのである。その去就によって中国は変わってしまう。

「しばらくの間は、外遊するのではないかと言われています。いや、もしかするとすでに出発しているのかもしれません」

「外遊、ですか。亡命ではないのかしら」

その判断は難しい。なにしろ父親から引き継いだ大東北軍を、蔣介石《ジャンジエシイ》に譲り渡したのか、それとも投げ出したのか、ともかくそっくり喪《うしな》ったのである。

文　珊《ウエンシアン》が口を挟んだ。

「まったく、どうしようもない花花公子《ホワホワコンヅ》ですこと。昼間は外国の公使館員たちと香山《シャンシャン》でゴルフ三昧。日が昏《く》れれば舞踏会。それも夜ごとお相手がちがうの」

たしかに張　学　良《チャンシユエリヤン》には、プレイボーイの渾名《あだな》が付いて回った。もっとも、そうした不行跡《ふぎょうせき》も、父親が非業《ひごう》の死を遂げる以前の話だろうけれど。

「蔭口はおやめなさい」

文繡《ウエンシウ》はやさしく叱って、妹に退室を促《うなが》した。客間を出るとき、文珊は両拳をセーターの胸前に重ねてスカートの膝《ひざ》をわずかに折り、優雅な万福《ワンフー》の礼をした。

「あの親子は大清復辟《ふくへき》の希望だったのに。ねえ、そうは思いませんこと、李老爺《リイラオイエ》」

李春雲《チユンユン》は小さな紫砂の碗をつまんだまま、しばらく思いあぐねるようにしてから、無言でひとつ肯いた。

四

ねえ、李老爺。

わたくし、西太后様《シータイホウ》と会ったことがあるの。それも、一度や二度ではありません。ある時期には日ごと夜ごと。一晩中ご一緒したことだってあるのよ。

笑わないで、李老爺。西太后様のおそばに長くお仕えしたあなたに面と向かって、こんな冗談が言えるわけはないでしょう。

み仏様のように偉大なわたくしたちの祖先、老仏爺《ラオフオイエ》。咸豊帝《シアンフオンディー》の側室でいらしたから、わたくしにとっては義理のおばあちゃまね。

老仏爺はわたくしが生まれる少し前に亡くなりました。ご先代の光緒帝《グアンシュディー》とともに、まるで心中でもなさるように旅立たれた。

だから、笑われても仕方のない話ですね。でも、嘘ではありません。

婚儀のあと、わたくしは西六宮の長春宮に住まいました。そうよ、李老爺。おばあちゃまが長くお暮らしになり、あなたにとっても思い出深いはずの、長春宮です。

婉容《ワンロン》の御殿は少し奥の儲秀宮。わたくしのほうがほんの少し、夫の住まう養心殿に近いことが嬉しかった。

初めて長春宮に足を踏み入れたときの心細さは、今も忘られません。石畳のお庭のぐるりを、御殿と回廊が囲んでいて、空は途方もないほど大きくて、こんな広い家で暮らすのかと思うと、不安でたまらなくなった。お庭のまんなかに、立ちすくんでしまったんです。高鞋《たかぐつ》を履いていなかったら、たぶん膝を抱えてしゃがみこんでいたことでしょう。

「どうなさいました、淑妃《シューフェイ》様」

女官に訊ねられて、わたくしは答えた。「おうちに帰りたい」、と。

十四歳のわたくしには、結婚そのものが絵空事でしかなかった。輿入れの儀式も軍隊の儀仗も、紫禁城の広ささえも現実味がなかった。ましてや自分の意志など毛ほどもありえないのだから、夢のほうがまだしもましでした。

婉容《ワンロン》はちがったと思うわ。わたくしより三つ齢上だったし、嫌なら嫌とはっきり口に出して言える性格ですもの。それに、彼女は生まれ育ちがよかった。

わたくしの家は没落していました。花市胡同《ホワシーフートン》の粗末な四合院《スーホーユアン》の一棟を借りて、造花作りの手内職をしながら成長したのです。小さなお庭や空ですら、わたくしのものではなかった。

妃に選ばれたあと、まさかそんな家から輿に乗るわけにはいかないので、大きな御屋敷を賜《たま》わりました。でも、その家ですら落ちつかなくて、花市胡同に帰りたいと思っていたくらいなのです。

「おうちに帰りたい」

心からそう希《ねが》った。その「おうち」とは大翔《ダアシャンフォン》鳳胡同の実家ではない。母と妹とわたくしが、肩寄せ合って暮らした花市胡同の家でした。

身丈を合わせて暮らしていかなければならない。人間ならば当たり前のことですね。誰もがそうやって生きてゆく。

でも、花市胡同の借家で育ったわたくしが、長春宮の大きさに身丈を合わせるのは難しかった。それどころか、日ましに御殿が膨《ふく》らんでゆくか、自分の体がちぢこまってゆくような気がしたものでした。

天下はとっくに民国のものとなり、大清の朝廷は形ばかりの礼遇を享《う》けて、御城の北半分に住まっていました。南側の半分は市民たちが誰でも入れる博物館なのですから、わたくしたちはとっておきの展示品みたいなものですね。

保和殿の裏側のテラスからは、内廷が見えるのです。日曜日などはそこに見物客が鈴《すず》生《な》りになって、時間の止まった内廷を覗いていましたっけ。

お濠《ほり》の外には自動車が走り回り、どうかすると頭上を、東北軍ご自慢の飛行機が飛んでゆくのです。外界は西暦一九二二年、民国十一年。でも紫禁城の北半分にだけ、宣統十四年 壬戌《みずのえいぬ》という時間が流れていました。

思えばそのころは、まだ内戦の真最中でしたのね。長城を越えた奉天軍は破竹の勢いで、張作霖《チャンツオリン》が天下を取れば、きっと大清の復辟も成るだろうと、内廷の人々は噂をしていましたっけ。

でも、何となく余所事《よそごと》。お濠の外側の出来事は、ちがう世界のちがう暦。幼いわたくしだけではなく、皇上《ホアンシャン》も婉容《ワンロン》も、その感覚は同じだったのではないかしら。

張学良《チャンシユエリヤン》は東北空軍の司令官だったそうですね。自分でも飛行機の操縦をするらしいから、もしかしたらわたくしたちの暮らしを、空から眺めていたかもしれません。内廷の女官たちは、みな彼のブロマイドを持っていたんですよ。若くてハンサムな将軍。そのうえ飛行機のパイロット。大人気も当然ですね。

わたくしもブロマイドが欲しい、と言ったら、女官たちは顔色を変えました。何の悪気もなく口にしたのに、どうして叱られるのかわからないくらい、わたくしは子供だったのです。

しかし、わたくしのすべてを専有しているはずの夫が、長春宮を訪れることはありませんでした。

そのころには、御城の使用人たちもずいぶん減ってしまっていたようです。李老爺《リイラオイエ》が大総管《ダアツオンクワン》を務めていらっしゃったころは、千人の上の太監《タイチエン》がいたと聞きますが、何十人かになってしまえば仕事が追いつきませんね。見上げればどこの御殿の屋根も雑草が伸び放題、御膳坊から届く三度の食事も、たいてい冷たくなっていました。

長春宮がことさら広く大きく感じられたのは、そんな暮らしぶりのせいかもしれません。

お付きの女官は二人きり。それもしばしば交代してしまうので、親しくなった人はありません。太監は三人か四人いて、毎夜そのうちの二人が、回廊に設《しつら》えられた小さな部屋で寝ずの番をしていました。

長春宮の御殿は、正面の太柱だけで六本もある立派な造作ですね。あの柱に紐《ひも》をかけてぐるぐる回り、しまいに目を回してしまうのが好きな遊びでした。

いいえ、遊びとも言い切れないわ。目を回しているうちに世の中が変わって、気が付けばまったくちがう場所で、ちがう暮らしをしていることを希ったのです。べつに花《ホワ》市胡同《シーフートン》の借家じゃなくてもよかった。ここ以外のどこかならば。

御殿の西側にわたくしの部屋がありました。書斎も寝台も、調度品のすべてはかつて老仏爺《ラオフオイエ》がお使いになったものだそうです。

庭に面した南向きに温床《オンドル》があって、古い緞子《どんす》の絨毯《じゅうたん》の上に、黄色い座蒲団が敷いてありました。

読み書きが大好きなので、暖かな書斎があるのは嬉しかった。きっと老仏爺もここでお勉強をなさったのでしょう、古今の書物やお手本になる書も、たくさん置かれていました。

困ったことがひとつ。漢族の貧しい暮らししか知らないわたくしは、満洲族の座り方ができなかったのです。

いわゆる、胡座《あぐら》というもの。どれほど気位の高い満洲族でも、世祖様の入関から三百年近くも経てば、暮らしぶりは漢族とどこも変わりません。ましてや没落したわたくしの家などは、満洲族であることをひた隠し、姓名まで漢族を名乗っていたのです。まさかいまだに宮廷の中で、こうした習慣が生きているとは思わなかった。

机の向かいには乾隆帝《ガンロンディー》の尊像がかかっていました。龍袍《ロンパオ》をお召しになって、堂々と胡座をかかれているお姿です。それを手本として試みたのですが、どうにも膝が曲がらない。無理に曲げてもうしろにひっくり返ってしまいます。

仕方がないので座蒲団を二つ折りにして腰掛けていると、女官が叱るのです。

「淑妃《シューフェイ》様。御城内の調度品は何から何まで、みな皇上陛下のものです。黄色のお蒲団を二つ折りにするなど、玉体を二つに畳むのと同じでございますよ」

だからといって、胡座を教えてくれるわけではありません。満洲族の女官だって、そんな習慣はとうに忘れてしまっているのです。

そこで一計を案じましてね。椅子を温床の前に曳《ひ》きずってきて、机の位置も変えた。ちょうど学校の教室と同じ、椅子と机の高さになりました。

ところが、それを見た太監《タイチエン》が、やにわに両膝を屈し、叩頭して泣くのです。

「淑妃様、淑妃様。長春宮の調度品は、今は亡き老仏爺がご生前お暮らしになったままに置かれているのです。たとえ皇上陛下であろうと、一寸たりとも動かしてはなりませぬ。そのようなことをなさったら、老仏爺の御みたまのお帰りになる場所がなくなってしまいます」

もちろん、もともと漢族の太監たちは胡座などかけません。

胡座。まさしく胡《えびす》の座り方。定住地を持たず、獣を追って山野に生きた、北方騎馬民族のならわしです。

そんなある晩のことでした。

冷たい食事をひとりで摂ったあと、例によって胡座に四苦八苦しておりますと、どこかから名を呼ばれたような気がしたのです。

「蕙心《フェイシン》――」

それは呼ばれなくなって久しい、わたくしの通り名でした。「蕙」は愛らしくかぐわしい花。父母も妹も、わたくしをそう呼んでいた。

窓を開けても誰もいない。宵《よい》の口から降り始めた雪が、磚《せん》の上にうっすらと積もっていて、足跡もなかった。

空耳かな、と思ってふたたび胡座のお稽古を始めました。するとじきに、今度は御殿の中に谺《こだま》するほどはっきりと、名を呼ばれたのです。

「蕙心。あれもこれもやろうとしなくていいのよ。できることからひとつずつ。できるところまで。だいたいでいいからね」

膝を抱えて目を閉じた。怖かったんじゃないわ。母か祖母のようにやさしいその声が、とても懐しくてありがたかったの。

「差不多《チャープードゥオ》？」

だいたいでいいんですか、と俯《うつむ》いたまま訊き返した。

「そうよ。あなたは皇帝の妃。文句をつける者は叱りつけておやり。おやおや——食事にもほとんど手を付けてないじゃないの。もっとも、冷たいごはんなんて食べる気にもならないわね」

そこでようやく顔を上げた。知らない女の人が椅子に腰かけて、卓の上の食べ残した夕食を見つめていた。

何てきれいな人！

藍色の無地の旗袍《チーパオ》に真白なサテンの褲子《ズボン》。高い立襟に真珠の首飾り。耳たぶから同じ大きさの真珠の耳墜子《アルチユイツ》が垂れていた。飾り物はそれだけ。黒くて艶《つや》やかな髪も、引っつめの円頭《ユアントウ》に結っていた。だからよけいに、顔立ちのよさが際立った。

「ご実家のおかあさんだって、あなたに冷たいものなど食べさせなかったでしょうに」

その通りですね。貧しくも温かかった母の手料理を思い出して、悲しくなった。

「だったらはっきり文句をつけなさい。お膳をひっくり返したってかまわないわ。婉容《ワンロン》はきっとそうしているわよ」

皇后を呼び捨てにした。いったいこの人は誰？

「あの、ご先代の光緒様と、先々代の同治様のお妃様方とはお目通りがかないました。もしご無礼をしておりましたなら、なにとぞお許し下さい。わたくし、何もかも言われたままにいたしておりますので」

ほかに考えようはありませんね。どのような事情かは知らないけれど、紫禁城の中には姑として紹介されなかった、四人めの貴妃がいた。その人がひょっこりと、長春宮を訪ねていらしたと思ったのです。

お齢はおいくつかしら。四十歳ぐらいかな。それとも五十？　でも、そんなことはどうだっていいくらい、その人は美しかった。

黒檀の大きな椅子の上で、小柄な体をやや斜めにして、少し居ごこちが悪そうに足を組んだ。そうした科《しな》のいちいちまでが、とてもおしゃれだった。偉そうにしているばかりの貴妃様方とはまるでちがう。白鳥と家鴨《あひる》ぐらいちがう。

「そうじゃないのよ、蕙心《フエイシン》。同治帝は私の子供。光緒は私の甥《おい》です」

少し考えてから、背筋がぴんと伸びた。ありえない、ありえない。でも、まちがいない。お写真よりもいくらか若やいでいるけれど、この人はまちがいなく西太后《シータイホウ》様だ。

転げ落ちるように温床《オンドル》から下りて両膝をつき、請大安《チンダアアン》の礼をくり返した。ありがたくて涙が出た。大臣まで務めた祖父は、終生西太后様を尊敬していて、しばしば幼い孫たちに思い出話を聞かせてくれた。だから家が没落して食うや食わずの生活になっても、父母は西太后様から賜わった品々だけはけっして手放さなかったし、花市胡同《ホワシーフートン》の借家には、観音像に並んで老仏爺《ラオフオイエ》のお写真が掲げてあった。

「顔を上げなさい、蕙心。死んだ仏より、生きている人間のほうがずっと偉いのよ」

「何を仰せられます。こんなわたくしが、老仏爺より偉いなんて」

「死んでしまったら何もできないもの。生きてさえいれば、何だってできるわ。さあ、顔をお上げ」

おそるおそる美しいお顔を仰ぎ見た。西太后様は目を細めてお笑いになった。

「おじいさんによく似ているわね」

「え？　そうですか」

「私に叱りつけられて困り果てたとき、そっくり同じ顔をしたわ」

それから老仏爺は、立ち上がって手を差し延べて下さった。まるで子供みたいに小さくて白い掌を、わたくしは握った。

並んで温床に腰を下ろした。書斎を懐しげに見渡して、老仏爺はおっしゃった。

「私がここに住んでいたころは、まだ電灯がなかったのよ。机に蠟燭《ろうそく》を立てて読み書きをした。やっぱり胡座がかけなくてね。ああしたりこうしたり、あなたと同じ」

「お齢は、おいくつだったのでしょうか」

「十八だったわ。婉容《ワンロン》と同じくらいね。あなたは少し早すぎた。世の中の仕組みも、男と女のことも何ひとつ知らないでしょうに」

やさしい言葉をかけられたのは、初めてのような気がしました。誰もがていねいに扱ってくれたけれど、真心が感じられなかったから。

西太后《シータイホウ》様はわたくしの慄《ふる》える肩を抱き寄せて下さいました。温かな胸に甘えたとき、とても悲しくなって、「おうちに帰りたい」と呟いてしまった。

「死者には何もできないのよ。でもね、蕙心《フエイシン》。あなたは生きているの。生きている限り、できないことは何もない。あきらめるのではなく、戦いなさい。女だろうと子供だろうと、人間ならばけっして、没法子《メイファーツ》を口にしてはいけません」

次第に悲しみが睡気《ねむけ》に変わっていきました。うつらうつらとまどろみながら、両手で西太后様の腰にしがみついていた。この人と離れたくなかった。

「私はあなたと同じ境遇だったのよ。側室のひとりにすぎず、夫には皇后がいたの。でも、二人の御殿がすぐ近くというのはいただけないわね。何もそこまで姑たちに気遣うこともないのに」

「昔はどうだったのですか」

「皇后様は東六宮にお住まいになって、私は西六宮の長春宮か儲秀宮だったわ。だから夫の亡くなったあとは、東太后と西太后って呼ばれたのよ」

いいえ、この人は老仏爺《ラオフオイエ》。本物のみ仏様だ。観音様やお釈迦様は何もしてくれないけれど、この人は何もできないと言いながら、こうして抱きしめ、励ましてくれるのだもの。

その夜、わたくしはひとつの言葉を捨てました。輿入れしてからずっと胸の中で呟き続け、まるで蜘蛛《くも》の糸のように心を柵《しがら》めていた、「没法子《どうしようもない》」という言葉を。

それさえ口にしなければ、できないことは何もないと思ったから。そして没法子《メイファーヅ》と口にしない限り、この闇の中にもいつかは、自由という光明がさすと信じたから。

おや、李老爺《リイラオイエ》。いかがなされました、涙などお流しになって。

このような話、笑われるだけだと思っていたのに。だから口に出したことはございませんのよ。初めて打ちあけるつもりになったのは、何となくあなたなら信じてくれそうに思えたからです。おばあちゃまに長くお仕えした、あなたならば。

李老爺はいったいおいくつで御城に上がったのかしら。

――何と算えの十二で浄身《チンシエン》して、十四で入廷なさった、と。その翌《あく》る年に御前小太監《ごぜんシヤオタイチエン》に召されたとは、ずいぶんと早い出世でしたのね。それからずっと、おばあちゃまのお亡くなりになるまで、かたときも離れずお側にお仕えした。戊戌《ぼじゆつ》の変法も政変も、義和団の騒動も、辛亥《しんがい》の年の革命も、みなその目で見届けたのですね。

ごめんなさいね、春児《チユンル》。きっとその涙には言葉につくせぬさまざまの思いがこめられているのでしょう。奇《く》しくもあなたとわたくしは、同じ齢で御城に上がったのですもの。

信じようと信じまいと、わたくしはおばあちゃまに勇気をいただいた。どんなにつらくてもけっして没法子《メイファーツ》とは言わず、運命に抗《あらが》い続ける勇気を。

されればこそ虫けらではなくて人間なのだと、おばあちゃまは訓《おし》え諭して下さいました。

皇妃が皇帝に対して離婚を申し立てるなど、とんでもないことですね。中華五千年の歴史の中にも、例は二つとないでしょう。でも、前例がないからといって、理不尽な運命に甘んじてよいものでしょうか。たとえ言葉にしなくとも、そうした人生こそが没法子そのものだとわたくしは考えました。

ある人は言った。毒を嚥《の》んで死ねばよい、と。

またある人は言った。行方をくらまして、ひそかに生きればよいではないか、と。

ちがう、ちがう。そんな方法はどれも、没法子のうちだと思いました。大清は滅びてしまったけれど、おばあちゃまが命がけで残して下さったこの国の、新民法に則《のっと》って自由を勝ち取ること、それだけがわたくしの正義だと信じました。

落魄《らくはく》の身の皇帝を捨てただけではないか、と言う人もいるでしょう。でもわたくしたちは、皇帝と皇妃である前に、溥儀《プーイー》という男と文繡《ウエンシウ》という女でした。

結婚してから九年の間、もちろん今も、わたくしは処女のままなのです。彼の名誉のために口にはできませんけれど、これにまさる離婚の理由を、わたくしは見出せません。

紫禁城での暮らしは二年しか続かなかった。ある日まったくふいに、わたくしたちは追い出されたのです。

今少しお時間を頂戴して、その時分のことを語らせていただきましょうか。

先年、民国の首都が南京《ナンキン》に定められて、わたくしたちの北京は「北平《ペイピン》」と名を改めました。

都ではなくなったのだから、仕方ありませんね。でもやはり、北平という名にはなじめません。

みなさんそうじゃないかしら。住所も役所の看板も北平市となっているけれど、市民の会話の中に北平という呼び方はありません。

もうひとつ、「故宮」というのも嫌な名前ですね。紫禁城も故宮博物館と名を変えて、王朝時代の遺物にされてしまいました。そこにはたった二年しか住んでいなかったわたくしでも、こんなに嫌な気分になるのですから、長いことお住まいになっていた李老爺《リイラオイエ》にしてみれば、まったく我慢ならないでしょう。

紫禁城はずっと、歴史の表舞台でした。大清の三百年に限っても、李自成《リイヅチヨン》の反乱や順治帝のご入城から始まって、康熙乾隆の栄光の時代も、西太后《シータイホウ》様のご苦労も珍妃《チエンフエイ》様の悲劇も袁世凱《ユアンシイカイ》の一人芝居も、毀誉褒貶《きよほうへん》のことごとくは紫禁城を舞台にしていたのです。

革命のあと、外朝は博物館となり、内廷は民国の提示した優待条件に基いて、皇帝一家の住まいとなりました。

皇帝皇族を称し、年間四百万元のお金を受け取り、なおかつ紫禁城の内廷に住み続ける権利を、わたくしたちは保証されていたのです。

今にして思えば、ずいぶん無理のある話ですね。皇帝には何の実力もなく、国民とは無縁で、民国政府からは外国国王としての礼遇を受けている、というわけです。中華民国という主権国家の、都のまんまん中に、大清帝国というまぼろしの外国の皇帝が住んでいるなんて。

内心は誰もが考えていたはずです。こんな暮らしが長く続くわけはない、って。だったら、どうなるの？

わからない。わからない。いえ、そうじゃなくて、真剣に考えたくなかっただけ。まぼろしの小宮廷が存在した理由は、民国の政権が不安定だったから。統一国家の正体は軍閥の寄せ集めで、袁世凱には求心力がなかった。三百年も続いた大清から天下を禅譲されたという大義名分が、彼には必要だったのです。だからわたくしたちは礼遇を受けた。

いずれ政権が確立し、軍閥も国民もみな中華民国に服《まつろ》ったならば、小宮廷の存在理由はなくなります。わたくしたちは殺されるか自殺するかして、宣統皇帝は明の崇《チヨン》禎《チエンディー》帝と同じ運命をたどるでしょう。

そんな話、考えたくはありませんね。いつか、たぶんそうなると思っていても。

しかし、希望はありました。長城を越えて北京に乗りこんできた、張作霖《チャンヅオリン》です。ご承知の通り、彼は東三省に君臨する大軍閥でしたが、もとは馬賊の頭目だという話で、とうてい恃《たの》みになるとは思えなかった。

ところが、聞くのと見るのとでは大ちがい、北京に現れた東北軍は馬賊どころか、空軍まで持っている近代的な軍隊でした。灰色の軍服を着た兵隊たちは軍規も厳正で、たちまち小宮廷の中は、「白虎張《パイフーチャン》」の噂で持ち切りになったのです。

李老爺《リイラオイエ》。あなたも期待を寄せたのではありませんか？　もし張作霖が天下を取れば、大清の復辟《ふくへき》が成るのではないか、と。

でも、そうはならなかった。直隷軍閥との戦争には勝利したものの、覇者となるには至らなかったのです。

わたくしが紫禁城に住まっていた二年の間、白虎張はまるで洞窟に眠る虎のように、中南海《チョンナンハイ》に近い順承王府で、じっとしていたのです。

皇帝も側近たちも、そんな張作霖に希望を繋《つな》いでいました。でも、一切の政治行為を禁じられている小宮廷には、何もできなかった。

とても不穏な日々でした。張作霖は北京を手中に収めたまま動かない。一方の孫文《スンウエン》は広州で吠《ほ》えていた。北の白い虎と南の黒い虎が、中国という檻《おり》の中で睨《にら》み合っていたのです。

　そしてわたくしたちは、その檻の中に置かれた紫禁城という匣《はこ》に入って、目を被《おお》い耳を塞《ふさ》いで運を天に任せていました。

　そうしたふしぎな時間の中で、溥儀《プーイー》と婉容《ワンロン》は十九歳になり、わたくしは十六歳になり、ほかに変わったことといえば、あのかわいそうな珍《チエンフエイ》妃の姉の瑾妃《チンフエイ》様——月餅《ユエピン》と渾名《あだな》されていた太っちょの姑、端《ドアンカンターフエイ》康太妃様がお亡くなりになった。

　李老爺はあのお方をどのように思っていらしたかは知りませんが、わたくしにとってはとてもわかりづらい人でしたわ。

　さきに申し上げました通り、皇后を選定するにあたって、ほかの二人の太妃様はわたくしを推したのに、端康様だけが婉容を推して譲らなかった。その主張は異常なほどだったそうです。

　でも、淑《シユーフエイ》妃として迎えられてから、わたくしにやさしかったのは端康様でした。初めのうちは、皇后にさせなかった罪滅ぼしに、わたくしの機嫌を取っているのだと思っていたのですが、次第にそうとは思えなくなってきた。親身になって下さっている、と感じたのです。

　わたくしたちは愛新覚羅《アイシンギヨロ》の家族ですから、年長者には毎朝、礼を尽くさねばなりません。

同治光緒の後を継いだ溥儀《プーイー》は、まず同治帝の側室であった二人の貴妃の宮殿を訪ね、それから光緒帝の側室であった端康《ドアンカン》様を永和宮に訪《おとな》いまして、朝のご挨拶《あいさつ》をする。次に皇后の婉容《ワンロン》が同じ順序でめぐり、最後にわたくしが伺《うかが》うのです。

それぞれお伴を連れた仰々《ぎょうぎょう》しさですから、どうかするとわたくしが永和宮に伺うのは、お茶と点心を勧める十時ごろになってしまうこともありました。

そんなとき、端康様はきまってわたくしの分まで、お茶とお菓子を用意して下さったのです。儀礼上は、母の前で椅子に腰を下ろすなど許されません。でも端康様は、丸いお顔をいっそうまんまるに綻《ほころ》ばせて、「おすわりなさい」とおっしゃった。

そして、旧《ふる》きよき時代の宮廷のありさまや、西太后《シータイホウ》様の思い出を、楽しげに語って下さいました。

夫である光緒陛下のお名前が、一度も出なかったのは悲しいですね。ご寵愛は妹君の珍《チェンフェイ》妃様がひとりじめにしていらした、というのは町なかにだって知らぬ人のない話でした。ご正室の隆裕《ロンユイ》太后様はとっくの昔に亡くなっておられましたから、端康様はとてもお淋しかったのでしょう。

つまり、三人の母と一人の息子と二人の嫁。この奇妙な六人家族が、中華民国の優待条件によって保護された、あるいは共和国に残された「故宮」に寄生する、愛新覚羅家の「宗室」だったのです。

わたくしたち三人の「子」は、三人の「母」を、ひとからげに「皇額娘《ホアンクーニャン》」と呼んでいました。

三人の母と一人の息子と二人の嫁。それだけだってありえない。でも、考えてみて下さいな。もっとありうべからざることに、その六人の家族には、おたがい何の血のつながりもなかったのです。

六人を結びつけているのは、「乾隆様の末裔」「西太后様の遺族」という、死者の絆だけでした。そしてもうひとつ――わたくしたちにとってはけっして「故宮」などではない、「紫禁城」という家。

端康太妃《ドアンカンターフエイ》様はお病気になって、もういけないというとき、ひそかにわたくしをお召しになりました。

李老爺《リイラオイエ》はご存じでしょうか。めっきりと少なくなった太監《タイチエン》たちの中に、平仲清《ピンチヨンチン》と申す生き字引のような者がおりましてね。役職も官位も持たない老宦《ホアンクワン》官なのですが、宮中の礼式にやたら詳しいのと、胡弓《こきゆう》の名手なので、まるで黒衣《くろご》のように御城に住みついていたのです。

ああ、やはりご存じでしたか。そうです、体が小さいので、みんなから「小平《シャオピン》」と渾名されていた、平仲清《ピンチョンチン》です。

一九二四年の十月もなかばを過ぎた、肌寒い晩でした。長春宮の書斎で英語の独習をしていると、窓ごしに小平が身を屈《かが》めて呼んだのです。

「淑妃《シューフェイ》様、淑妃様。急ぎ永和宮にお出まし下さりませ」

端康《ドアンカン》様のお具合が思わしくないとは聞いておりましたので、悪い報《しら》せだと思った。

「両陛下は？」と、わたくしはとっさに訊き返しました。いかな急ぎでも、溥儀《プーイー》や婉《ワン》容《ロン》に先んじてはならないからです。

「いえ。淑妃様おひとりをお召しでございます」

少しほっとして、ならばいったいどうしたことなのだろうと思い悩みながら長春宮を出ました。連れは小平ひとりで、足元を照らす光といえば、保和殿の屋根の上にぽっかりと浮かんだ満月だけでした。

内廷の中央にある乾清宮を横切ることはできませんから、東六宮の永和殿に至るためには、その北側の御花園を回らなければなりません。

真夜中だというのに、皓々《こうこう》たる月かげに絆《ほだ》されたのでしょうか、御花園には白や黄の菊の花がいっぱいに咲き誇っていました。

影のように付き随《したが》いながら、小平が言った。

「老太監《タイチエン》のひとりごとでございますよ——ああ、何としたことだ。瑾妃《チンフェイ》様はすっかり耄碌《もうろく》してしまって、今は亡きお妹君と淑妃様を取りちがえている。どちらもとびきりの別嬪《べっぴん》だし、お顔立ちもよく似ているがね」

「対《トエ》。もういいわ、小平」

その先は聞かずに、小平の声を遮《さえぎ》りました。すべてがわかってしまったから。

端康様がわたくしを皇后に推さなかった理由も、それでいながらかわいがって下すったわけも。

光緒帝の寵愛をひとりじめにして、ときには政《まつりごと》にまで嘴《くちばし》をはさんだという珍《チエン》妃《フェイ》様は、ほかのお妃様方や廷臣たちや太監たちの嫉妬を一身に受けて、倦勤斎《チュアンチンチャイ》の奥の井戸の底に沈められてしまった。

きっと実の姉の端康様——入内に際しては「瑾妃」というお対《つい》の称号までもらった彼女も、その最期を見届けていた。あるいは、共犯であったかもしれません。

端康様のお命が、いくばくも残されていないことはわかっていました。だからわたくしは、彼女が何を語ろうがすべてを甘んじて受け入れ、場合によっては亡き珍妃様になりすまして、お慰めしようと思いました。

だって、義和団の騒動から二十四年もの間、端康《ドアンカン》様はいっときも心安んずることなくお苦しみになっていらしたのだから。その縛《いまし》めを解いて、魂を天に昇せることのできるのは、わたくしのほかにはいないと思ったから。

永和宮には外国製の石炭ストーブがあって、とても暖かかった。

端康様は月餅《ユエピン》のようなお顔を見る影もなく衰えさせて、月かげの差し入る寝台に横たわっていました。女官と御前太監《タイチエン》のほかに、漢人の侍医と外国人の医師がいた。誰もがひとめで病人の容態が知れる顔をしていました。

「みなの者、何も言ってはなりません」

寝室に入るなり、わたくしは命じました。端康様を安んずるためには、「淑妃文《シューフエイウエン》繡《シウ》」であってはならなかった。血のつながりのない母と子などではなく、実の妹になって姉の懺悔《ざんげ》を聞き、かつ恕《ゆる》し、心からの愛を捧げねばならなかったから。

ところが意外なことに、端康様はわたくしの顔を見たなり、苦しげなお顔をにっこりと綻《ほころ》ばせて、「ようこそ、文繡」と言って下さったのです。

その先は息が続かぬとみえて、跪《ひざまず》いたわたくしの手を、力なく握るだけでした。いったい何と申し上げてよいやらわからず、わたくしもその手を握り返しました。

しばらくしてから、端康様は唇だけで何かを呟かれた。

「ツー・ヨウ」

意味がわからずに、耳を近付けました。今度ははっきりと聞こえた。

「自由《ツーヨウ》」

とたんに、涙が溢《あふ》れてしまいました。

文字と言葉に埋めつくされた世界の、涯《は》てもない海原の中から、端康様が一粒の真珠を掬《すく》い取って、わたくしに托してくださったのだと思ったのです。

かつては革命党員が標榜《ひょうぼう》した「自由」。今も兵火と略奪に苦しむ国民が夢見る「自由」。しかしその理想を誰にもまして願う人は、生涯を紫禁城の囚人《めしゅうど》として生きた、端康様にちがいなかった。

思いを托すように、端康様はわたくしの手を二度三度と握りました。

「かしこまりました。どうか天に昇らず、わたくしの体の中にお住まい下さい。いつか、必ず――」

そう。いつか必ず、端康様の魂とともに自由になる、とわたくしは誓ったのです。

彼女ばかりではなく、同じ思いを抱いて亡くなった、数え切れぬ「皇額娘《ホアンクーニャン》」のみたまを背負って、自由になるのだ、と。

端康太妃《ドアンカンターフエイ》はその翌《あく》る朝に息を引き取られました。時節がら、葬儀が簡単であわただしかったのは仕方ありませんが、西陵に眠る珍妃《チエンフエイ》様の隣に棺が納められたときには、何だか永遠の囚われ人になってしまわれたような気がしたものです。

端康様にはとてもかわいがっていただいた。もちろん、愚痴をこぼしたり不満を口にしたりはできませんけれど、おたがいの立場に支障のないことなら、いろいろと教えて下さいました。

手なぐさみの麻雀《マージャン》も。まずはあの色とりどりの牌にこめられた、ひとつひとつの意味から。

「どうしてこの牌だけ、何も書いてないのでしょうか」

「それはね、お妃たちのおしろいなのよ。あなたもお化粧は念入りにね」

「それじゃ、この赤い『中』の意味は」

「二つあるの。男の人にとっては、科挙の試験に合格する、中《あた》るという意味。でも女にとっては、口紅の色なのよ。あら、紅が落ちてますよ。お気を付けなさい」

「だとすると、もうひとつのこれは、『緑なす黒髪』ですね」

「ご名答。あなたは何て頭がいいのかしら。でも、髪の乱れにはご用心」

牌の中には悲しい意味を持っているものもありました。竹で数字を表した索子《ソウヅ》の「一」が、なぜ羽を拡げた孔雀《くじゃく》なのでしょう。

「それはね、竹の柵に囲まれたような暮らしを強いられている女の人が、いつか広い大空に翔《はばた》けますように、という願いをこめて作ったのよ」

思いがけぬ答えに驚いて、「どなたがお作りになったのですか」と訊ねた。

すると端康様は、少したためらってからわたくしの耳を呼び寄せて、こう囁いた。

「たぶん、西太后様《シータイホウ》よ」

李老爺《リイラオイエ》は真偽のほどをご存じでしょうか。そもそも麻雀は庶民の遊戯ではなくて、宮中のお妃様方の手なぐさみだったと聞いていますから、あってもよさそうな話ですね。

ずっとのちになって、溥儀《プーイー》のもとから身ひとつで逃げ出したとき、外套のポケットの中に、その孔雀の牌を握りしめておりましたのよ。離婚の決心がくじけぬように。これは麻雀牌ではなく、歴代のお妃様方の魂のこもった、ご位牌だと信じて。みなさまとともに、自由の大空に翔くのだと思った。

いいえ、多くのみたまに励まされたわけではありません。死者の恨みを晴らすことは、生きているわたくしの責任だと思ったから。

そして、清朝の復辟が夫の務めなら、不実な結婚を解消することが、皇妃たるわたくしの責務だから。

もしわたくしが皇妃ではなく皇后に冊立されていたなら、どのような不平不満があろうと、生涯を檻の中で過ごすほかはなかったはずです。

婉容《ワンロン》は一牌を欠いて使い物にならなくなった遊具に気付いたとき、孔雀の行方について考えてくれたでしょうか。

いろいろなことがありましたけれど、それが九年の間ともに暮らした彼女に対する、わたくしの書き置きでもあったのですが。

西太后《シータイホウ》様が清朝の大黒柱であらせられたように、端康《ドアンカン》様はその後の小宮廷の支柱であったのかもしれません。

だから西太后様がおかくれになるとほどなく清朝が倒れたのと同様に、端康様が亡くなられたわずか半月後に、わたくしたちは血脈のない家族の拠《よ》りどころであった紫禁城という「家」を、追い出されてしまったのです。

一九二四年――いえ、小宮廷の暦では宣統十六年と呼ばれていた年の十一月五日、「クリスチャン将軍」馮《フォン》玉祥《ユイシャン》のクーデターにより、わたくしたちは紫禁城を追われました。

それはまったく突然の出来事でした。朝の九時ごろでしたでしょうか、わたくしが長春宮の書斎で読書をしていると、窓の外を黒い影がよぎって、小平《シャオピン》がやってきたのです。彼は物事に動じない、そのぶん頼りがいのある太監《タイチエン》ですが、そのときは跪礼《きれい》もしなかったので、ただごとではないと感じました。

「淑《シュー》妃《フェイ》様、どうかお聞き下さい。馮玉祥の軍隊が御城に入りました。民国とかわした優待条件は廃止されます」

それほど驚きはしなかった。来るべきときが来ただけ。運命というものは、たぶんこんなふうに、突然やってくるものだと思っただけです。

「殺されてしまうのかしら」

ぼんやりと、そう訊ねました。だって、何の前ぶれもなく軍隊が乗りこんできたのですもの。ふつうに考えれば、名ばかりの皇帝とその家族を殺しにきたのでしょう。

正直者の小平は、その場しのぎの励ましなどせず、少し考えるふうをしてから、こんなことを言いました。

「西太后様は末期《まつご》のときに臨《のぞ》んで、みずから念入りにお化粧を施《ほどこ》され、両把頭《リャンパトウ》のおぐしを結われました。また光緒陛下は、龍袍《ロンパオ》をお召しになられ、翔鸞閣《シャンラング》の玉座にお昇りあそばされて崩御なされました」

まさに生き字引ですね。それも、ただ知っているだけではない。きっとこの宦官《ホアンクワン》は、すべてを見届けたのだろうと思いました。

「淑妃《シューフエイ》様、お召し替えを」

そこで初めて両膝をつき、頭《こうべ》を垂れて小平《シャオピン》は言った。

女官たちが取り乱しながら、旗袍《チーパオ》を運んできました。着替えをし、髪を結い、なるべく物を考えないよう心がけました。

「仕度《したく》をおえたら、おまえたちはお城を出なさい。出られないのなら、どこかひとつところに集まって、じっとしていなさい」

皇帝と皇后と皇妃。そして同治帝《トンジイディー》の二人の妃。愛新覚羅《アイシンギヨロ》の宗室はこの五人きりなのだから、ほかの人に累を及ぼしてはならないと思った。

「万歳爺《ワンソイイエ》はいかが思《おぼ》し召しかしら」

溥儀《プーイー》は潔《いさぎよ》い人ではありません。甘んじて死する覚悟などないだろうと思いました。

はたして小平は、少し言いづらそうに答えた。

「奴才《ヌーツアイ》、畏《おそ》れ多くも万歳爺のご宸念《しんねん》をお伝え申し上げます。とりあえずは醇《チユン》王府に行くほかはない、と」

「それはなりません」

思わず大声が出てしまいました。女官たちは髪を結う手を止めて、蹲《うずくま》ってしまった。

わたくしにはわかっていた。清朝の復辟など、幻想なのです。溥儀の財産を狙う悪者どもが、ありもせぬ筋書をでっち上げ、希望を抱かせて褒美にありついたり、工作費をせしめているにちがいなかった。

溥儀にも婉容《ワンロン》にも、遺臣たちにもわからなかったと思う。でも、貧しい胡同《フートン》に育って、人の欲を身にしみて知っているわたくしには、すべてが見えていました。

溥儀は復辟を夢見てはならない。だからこうなったなら、せめて周囲の人々を巻きぞえにせぬよう、心がけなければならないのです。それはつまり、五人の愛新覚羅宗家を絶やすということ。できうれば二人の太妃《ターフェイ》を王府に逃がして、皇帝と皇后と皇妃が、首を打たれ晒《さら》しものにされればいい。

什刹後海《シーシャホウハイ》の醇親王府は、溥儀の生まれ育った家ですね。そのうえ父親の醇親王は、筆頭の皇族でもあり、小宮廷の後見人でもあります。皇帝一家がそこに移れば、ご家族を巻きこみ、ほかの王家や皇族たちまで根絶やしにされないとも限りません。

だからわたくしは反対したのです。夫が紫禁城から命惜しさに逃げ出すこと、それだけは阻止しなければならない。

小平《シャオピン》は言った。

「淑妃《シューフェイ》様。奴才《ヌーツァイ》はあなた様のご心中をお察し申し上げます。しかるに、神武門にはすでに御料車がお待ちかねです。万歳爺《ワンソイイエ》のご宸念のままに醇《チュン》王府へと向かわれまするか。さもなくば——あなた様おひとりで城内にとどまられまするか。いずれにせよ、奴才は淑妃様にお伴をさせていただきます」

顔色ひとつ変えずにそんなことを言う小平が、ふしぎでならなかった。

「それではまるで、たったひとりで崇禎帝《チョンチエンディー》のお伴をした太監《タイチエン》と同じではありませんか。わたくしは許しません」

すると小平は、跪《ひざまず》いたまま嘆きもせずに、低い声でとつとつと言った。

「ほんの徒弟《トウテイ》の時分に、光緒陛下のお伴をさせていただこうと思いましたが、ほかに殉ずる人があって叶いませなんだ。また、西太后《シータイホウ》様にお伴つかまつろうとも思いましたが、ときの大総管《ダアツオンクワン》にお叱りをちょうだいいたしました。崇禎帝のお伴をした王承《ワンチエン》恩《オン》は太監の鑑《かがみ》ではございますが、その故事にわが身をなぞらえるつもりなどさらさらございませぬ。ただ、奴才がもしそうした見届け役を天から命ぜられているのだとしたら、こたびこそは天命に逆らいまして、冥府まで淑妃様のお伴をさせていただくつもりでございます。よしんばあなた様にお許しいただけなくとも、奴才はお伴つかまつりまする」

わたくしの生まれる前の年に、光緒陛下と西太后様は相次いで亡くなられたと聞いております。

ときの大総管太監といえば、李老爺《リイラオイエ》、あなたですね。いいえ、何を知りたいわけではありません。わたくしはただ、大清に三度殉じようとして三度果たせなかった、悲しい宿命の太監がいたことを、あなたにお伝えしたかっただけ。

溥儀《プーイー》と婉容《ワンロン》がお城を逃げ出しても、わたくしはとどまるつもりでした。もちろん、この命と引きかえに宗室を守ろうなどという、殊勝な気持などありません。歴史の片隅に美談を残す気もなかった。

ここはわたくしの家。誰のものでもない、愛新覚羅《アイシンギョロ》の住まい。輿入れしたときは嫌で嫌でたまらなかったけれど、二年間の暮らしの間にようやく自分の家だと思えるようになった。

国務総理代理の黄郛《ホワンフー》か、奉天軍の張作霖《チャンヅオリン》が訪れて、優待条件の修正を提示し、わたくしたちも十分な時間を経て私財を整理したのち、頤和園《イホユアン》に退去する、というのがせめての道理ではありませんか。

しかしこれは、馮《フォン》玉祥《ユイシャン》のクーデターに過ぎないのです。ただちに出て行けという命令は、彼が清朝の宝物を私するためとしか思えなかった。順治帝の入城以来、父祖が三百年も住み続けた家を、たった二十分で出て行けというのですからね。

泥棒に屈してはならない。わたくしがお城にとどまろうとした理由は、それだけでした。

そのとき、内務府の役人が長春宮に転げこんできました。

「淑《シュー》妃《フェイ》様、淑妃様、軍隊が景山《チンシャン》の頂きに大砲を据えました。ただちにお逃げ下さい」

撃てるものなら撃つがいい。いくら頭の足りない馮玉祥でも、東交民巷の公使館街と世界中の新聞記者たちの目の前で、そんなことをするはずはありません。

「万歳爺《ワンソイイエ》はすでに御料車にお乗りあそばされました。お急ぎ下さい」

どんなに高貴であっても、どんなに頭がよくても、臆病な男はだめですね。

でも、彼はわたくしの夫。中華皇帝として、いえ、男としてあるまじき行いを正すのは妻の務めだと思った。

十六歳のわたくしが、そんなたいそうなことを考えるわけはありません。ときどき長春宮に現れた西太后《シータイホウ》様の御みたまが、妻の務めについて、そうおっしゃっていたことを思い出したのです。

　そのときも、耳元におばあちゃまの囁きを聞いたの。

（お諫《いさ》めせよ、蕙心《フエイシン》。ここで逃げ出せば、あの子はだめになる。一生怯《おび》え続ける、みじめな男になってしまうわ）

　結いかけの両把頭《リヤンパトウ》を振り乱し、高鞋《たかぐつ》を脱ぎ捨てて、養心殿へと走った。後を追ってくるのは、小平《シヤオピン》ひとりでした。

　もぬけの殻の養心殿に、わたくしは何をしに行ったのでしょう。おわかりになりますか、李老爺《リイラオイエ》。


「寸草《すんそう》を標《しるべ》となす」

　乾隆帝はそう仰せになりました。

　紫禁城内のものは、たとえ雑草一本でも失ってはならない。その心構えもて、一人の民も、一寸の国土も失ってはならない、という訓《おし》えです。

　歴代皇帝の宮殿であった養心殿には、乾隆様が手ずからお摘《つ》みになった三十六本の短い雑草が、からからに干からびて七宝焼の器に納められていました。

　神武門を駆け出ると、何輛もの自動車が今にも出発しそうにエンジンを震わせ、警笛を鳴らしてわたくしを待っていた。

人々は右往左往し、みな不安げに頭上の景山《チンシャン》の頂きを見上げていた。空は青く澄み渡っているのに、あたりには車の排気と土埃《つちぼこり》がたちこめていました。

その光景を見たとたん、わたくしの頭の中にひとつの言葉が思いうかんだのです。

蒙塵《モンチエン》。

これは恫喝《どうかつ》に屈した逃走などではない。天子が、しろしめす国土も国民もうち棄てて、蒙塵するのだ、と。

馮玉祥《フォンユイシャン》の兵隊が遠巻きに銃口を向ける自動車には、あわてて運び出した宝物の箱が、山のようにくくりつけられていました。手近にあったごく一部の文物だけでも、持ち出そうとしたのでしょう。それらは御料車の屋根にまで積まれ、窓の中から溥儀《プーイー》と婉容《ワンロン》が、青ざめた顔でわたくしを手招きしていた。

蒙塵。これですべてが終わる。そしてあの人は、一生を怯え続けて過ごす、みじめな男になってしまう。けっして他人ではない、わたくしの夫が。

「停《ティン》！　站住《チャンジュ》！」

止まれ、止まれ、と叫びながら御料車の前に立ち塞がりました。そして七宝焼の器を取り出し、王羲之《おうぎし》の書よりも歴代皇帝の印璽《いんじ》よりも、数々の玉器や宝石よりも貴い宝物にちがいない三十六本の枯草を、目の前にぶち撒《ま》けました。

「不給一寸草《プーガイイークンチャオ》！」

一寸の草も失ってはならない。

「寸草《クンチャオ》必争《ビーチヨン》！」

一寸の国土のために、戦わねばならない。

わたくしの声ではなかった。乾隆大帝が、西太后《シータイホウ》様が、曾《ツオン》国藩《グオファン》や李鴻章《リイホンチャン》が、国土と民草を護《まも》るために血を流した数知れぬ人々の魂が、わたくしの口を借りてそう叫んだのです。

夫の耳には届かなかったのでしょうか。もし聞こえたとしても、愚かしい男には理解ができなかったのでしょう。

御料車の中で溥儀と婉容は何ごとか囁き合い、醇《チユン》親王に命ぜられた太監《タイチエン》たちが、わたくしをべつの車の座席に押しこめました。

おそらく誰もが、淑《シユー》妃《フエイ》は恐怖のあまり錯乱したのだと考えたことでしょう。でも、あのとき正気を失っていなかったのは、わたくしひとり。多くの狂気から見れば、正気も狂気としか見えなかったのです。

自動車は風を巻いて走り出した。叫び続けながら振り返れば、神武門の広場に蹲《うずくま》って泣き伏す小平《シャオピン》の姿が見えました。やはりあの忠義な太監《タイチエン》をたったひとりの伴連れとして、明の崇禎帝のように首を縊《くく》るべきだったと思うと、正義を叫ぶ声も凍えてしまった。

紫禁城が去ってゆく。わたくしが去るのではなく、わたくしに背を向けて、どこか手の届かぬ遠いところへと、去ってゆく。

瑠璃《るり》色の甍《いらか》も、紅色の城壁も、青空に聳《そそ》り立つ角楼も、濠《ほり》も岸柳も。

凍えついた声のかわりに、せめて手を振りました。

かわいそうなおうち。

そのうしろ姿は、輿入れの前に泣く泣くさようならをした、花市胡同《ホワシーフートン》のあばら屋とどこも変わらなかった。

五

「わたくし、夫を愛していたのかしら」

茶を差しかえながら、かつて皇妃であった人は独《ひと》りごつように言った。

心の呟きが、ふとこぼれ出てしまったかのようだった。離婚訴訟を経て自由を勝ち取った文繍《ウエンシウ》が、今もそうした懐疑に苛《さいな》まれているのかと思うと、哀れでならなかった。

北村修治は胸の中で慰めの言葉を探した。発言は許されていないが、もし二度問われたならば、男として何かしら答えを口にしなければならないと思った。

はたして文繍は、二服目の青茶を勧めながら北村の目をまっすぐに見つめた。

「あなたは結婚をしてらっしゃるのかしら」

答えよ、というふうに李春雲《リイチユンユン》が肯いた。北村は迷わずありのままを告げた。

「上海支局に転勤が決まった折に、親の定めた許婚《いいなずけ》と結婚しました。しかし、初めての子がひどい難産で、ともに命を落としてしまいました。子供は女の子でした」

文繍は目を瞑《つむ》り、李春雲は天を仰いで溜息をついた。それ以上の何も訊かれたくはなく、何も話したくはなかった。

「それで、上海を離れたのですか」

「いえ。前々から満洲国への転勤を希望していたのですが、北京勤務を命じられました。上海にとどまるよりはましというものですが」

しばらく沈鬱に考えこむふうをしてから、文繍は言った。

「あなたの哀しみを通して、わたくしの話を聞いていただきたくはありません」

「その点はお気遣いなく。新聞は公器ですから、記者が私情に絡《から》むことはありません」

「很佩服《ヘンペイフー》」

ご立派です、と文繍《ウエンシウ》は褒《ほ》めてくれた。

「たいへんお気の毒に思います。もうひとつお訊ねしてよろしいですか」

「光栄です。何なりと」

「あなたは、亡くなった奥様を愛してらっしゃいましたか」

何という無慈悲な質問だろうと北村は思った。だが答えなければならぬ。文繍の瞳は北村の表情を見据えたまま動かない。このさきインタビューを続けるための、資格を問われているような気がした。

適切な答えを探す必要はあるまい。まっしぐらに自由の光明を求めて走ってきた女に、虚飾は通用しないだろうから。

「ほんの幼いころに見かけたきり、結納《ゆいのう》の席まで一度も会ったためしのなかった女です。異国で一年を暮らし、私の子供を身ごもり、気性もよく知らぬうちに死んでしまいました。だから今も考え続けています。私は妻を愛していたのだろうか、と」

薄い紅をさした文繍の唇が、わずかに微笑《ほほえ》んだ。北村も応《こた》えるように笑い返した。

奇妙な幻想を抱いた。不幸を遁《のが》れてきた見知らぬ男と女が、上海と天津から一目散に走って、この北京の胡同《フートン》で鉢合わせをした。とたんに心が通じて、微笑をかわしたのだ。

白く小さな掌《てのひら》を返して、文繍は小鳥の囀《さえず》りに似た高貴な北京語で言った。

「北村先生《ペツンシエンション》。あなたに質問を許しましょう。もうしばらく、話を聞いて下さい。愛していたかどうかもわからない、わたくしの夫について――」

とりあえず避難した醇《チュン》親王府が、安全な場所だとは思えませんでした。什刹後海《シーシャホウハイ》のほとりに建つ、それはそれは立派なお屋敷ですけれど、わたくしにはそこが凶々《まがまが》しい気に満ちた、死刑執行を待つ檻《おり》のように思えてならなかったのです。

愛新覚羅《アイシンギョロ》の眷族《けんぞく》の多くは、それぞれ家格に応じた爵位を持ちます。上から順に、親王、郡王、貝勒《ベイレ》、貝子《ベイヅ》、鎮国公、輔国公とされていました。

親王家には、肇国《ちょうこく》の英雄ダイシャン公の礼《リー》親王家や、ホーゲ公の粛《スー》親王家など、祖先の功績により永代世襲を許された家もありましたが、醇親王家は咸豊帝の弟にあたる奕譞《イーシュアン》公が創始なされた、皇統とは最も血の濃ゆい家柄です。よって第十代同治帝が若くして亡くなられたあとは、醇《チュン》親王家から載湉《ツァイテン》殿下が迎えられて十一代光緒帝となり、また十二代宣統帝溥儀《プーイー》も、この醇親王家の子供でした。

城を追われた夫は、生家である醇親王家に戻ったのです。二代の皇帝を出した屋敷は「北府《ペイフ》」と称し、夫の実父である二代醇親王殿下は、人々から敬意をこめて「王《ワン》爺《イェ》」と呼ばれておりました。

醇親王載灃《ツァイリー》様は、わたくしの目から見てもうんざりするくらいの小心者です。舅の悪口など本意ではありませんけれど、李老爺《リイラオイエ》はそのあたりよくご存じですわね。

馮玉祥《フォンユイシャン》のクーデターが起きたときなど、わたくしたちのことなどほっぽらかしにして、東交民巷の六国飯店《ワゴンライツ・ホテル》に逃げこみましたのよ。いざというときには並びにあるドイツ公使館に転げこめば、命だけは助かると考えたのでしょう。

でもさすがに、皇帝が紫禁城を退去させられるという段になって、摂政王が不在ではまずいと思ったのでしょうか、真青なお顔をしてやってきました。

何ができるものですか。「完了《ワンラ》、完了」と言いながら、呆《ほう》けたように歩き回るだけ。そしてとうとう、親王の権威を表す花翎《ホワリン》をむしり取り、冠を踏みにじって、

「完了、完了、這個也甭要了《チュアガイエバンヤオラ》！」

おしまいだ、おしまいだ、もうこんなものはいらなくなった、と泣きわめく有様で

した。

そんな王爺にとって、皇帝一家が自分の屋敷に入ったのは、内心このうえない迷惑だったのでしょう。でも、それは馮玉祥の指示でもあり、何よりも溥儀には生家に戻るよりほかに、行く場所はなかったのです。

北府に向かった家族は、溥儀と婉容《ワンロン》とわたくしの三人きり。栄恵太妃《ロンフイターフェイ》と敬懿《ジンイ》太妃はどうあっても城は出ぬと駄々をこねた末に、何日かして麒麟碑胡同《チリンペイフートン》の、もとの栄寿固《ロンシュグー》倫公主《リンコンチュ》のお屋敷に移りました。おそらく血縁のない母たちは、皇帝と行動を共にすれば殺される、と考えたのではないでしょうか。

北府はすてきなお屋敷ですね。豊かな樹木に被われ、御殿の周囲には蓮池がめぐっていて、南向きには広い芝生のお庭もあります。磚《せん》が敷き詰められ、紅牆《こうしょう》で細かく区画された紫禁城よりも、ずっと人間らしい住まいでした。

いずれ遠からず、この屋敷から引き出されて刑場に向かうにしても、紫禁城の中で殺されるよりはずっとましというものです。これが仏様のせめてのお慈悲ならば、甘んじて死を受け容れようと思いました。

北府にはほんのわずかの側近しか立ち入りを許されず、門も周辺も武装した北京市の警察官が取り巻いていました。軟禁ですね。でも、もともと北府には大勢の宦官《ホアンクワン》や使用人がいるので、不自由は何もありませんでした。

むしろ楽しかった。きのうもあすも考えなければ。

世の中には、過去を懐しみながら今を生きる人や、未来に夢を託して今を耐える人がいますね。追憶も希望も生きる糧《かて》になります。でも、今の今だけに生きる人がいるとしたら、やはり不幸であるにちがいありません。その今が、どれほど楽しかろうと。

北府《ペイフ》には溥儀《プーイー》の二人の弟と六人の妹が暮らしていました。母親が異なっていても、みな良く似た、性格が明るくて愛らしい弟妹たちです。

でも、彼らにとっての溥儀は、けっして長兄ではありません。貴い皇帝として接し、「万歳爺《ワンソイイエ》」か「皇上《ホアンシャン》」と呼びました。そうした儀礼は皇后である婉容に対しても同様でした。

北府に入って何日目かに、一計を案じましたのよ。この世に残された日々を、少しでも楽しく過ごすために。

溥傑《プージェ》は夫のひとつ下の弟です。わたくしからすれば齢上の弟ですね。彼は夫とたいそう仲がよくて、御城にもたびたび遊びにきていましたから、わたくしとも気心が知れていました。

夫の背丈をぐいと縮めて、顔からあの凶相を取り除けば溥傑になります。世が世ならば三代醇《チュン》親王となるはずの彼は、父親のような小心者ではなく、兄のように神経質でもない、やさしい人柄です。

彼に相談したんです。「淑《シュー》妃《フェイ》様」ではなく、「嫂嫂《サオサオ》」と呼んで、と。弟や妹たちにもそう呼ばせて、と。

「そんな。皇上に叱られますよ」

「わたくしからお許しをいただくわ」

いかが？　妙案でしょう。

溥儀と婉容は二人きりのほうがいいに決まっているわ。弟や妹たちも三人に気を遣うのはたいへん。だったらこの北府の中では、わたくしが皇帝の妻であるより、妹であったほうがいい。

その足で溥傑と一緒に夫の居室へと向かいました。たとえ仮の皇居でも、御前では膝を屈して叩頭《こうとう》しなければなりません。そうして、かくかくしかじかとお願いをしたら、まっさきに婉容が賛成してくれました。「あなたも嫂嫂《おねえさん》のほうが気楽でしょう」と。

西洋流の教育を施《ほどこ》されて育った婉容は、わたくしにもまして一夫多妻という現実を受容できないのです。溥儀《プーイー》もそれを知っているから、わたくしとは夜を共にするどころか、二人きりになることすら控えていた。だからわたくしは、「妻」であるより「妹」であったほうが収まりがよかったのです。

お許しを得ると、わたくしはたちまち弟妹たちの「嫂嫂《サオサオ》」に変身しました。花市胡同《ホワシーフートン》のあばら屋では、妹と一緒に育ったし、近所の子供らからは「ねえさん」と呼ばれておりましたのよ。王府の子供らの知らない下々の遊びも、片っ端から教えました。

とても幸せだった。きのうもあすも考えさえしなければ。今の今だけに生きる幸せを、わたくしは貪《むさぼ》ったのです。

弟妹たちの遊ぶ姿を蓮池ごしに眺《なが》めながら、ふと溥傑《プージエ》の呟いた言葉が忘られません。

「あなたは僕たちのねえさんのほうがいい。皇妃などではないほうがいいですよ。何か僕にできることがありますか」

「没有《メイヨウ》」とだけわたくしは答えました。いくら皇帝の弟であっても、できることは何もないと思ったから。

溥傑はいい人ですね。他者のために自分が犠牲となることを厭《いと》わない。きっと今も、不幸な人に出会うたびに、「何か僕にできることがありますか」と訊いているような気がします。

すべては「没有」であるのに。あの小さな体でできることなど、何もないのに。

ところで、わたくしが溥儀と婉容《ワンロン》からできるだけ遠ざかろうとしたのには、難しい人間関係のほかに、もうひとつの理由がありました。

二人は事態が悪くなるずっと以前から、外国で暮らすことを望んでいたのです。もしその計画が実現すれば、もちろん皇妃であるわたくしも同行しなければなりませんね。大勢の家来たちに傅《かしず》かれている宮廷の暮らしですらぎくしゃくとしているのに、三人きりの外国生活など、想像を超えています。

溥儀には長いこと、レジナルド・ジョンストンというイギリス人の家庭教師が付いており、婉容もまた子供のころから英語教育を受けていました。そんな二人がロンドンでの暮らしを夢見たのは当然でしょう。

たがいを「ヘンリー」「エリザベス」と呼び合い、二人がかわす会話の半分は英語だったのです。

いかがですか、李老爺《リイラオイエ》。洋人《ヤンレン》嫌いの西太后《シータイホウ》様が聞いたら、目を回してしまうような話でしょう。

輿入れののちはわたくしにも熱心な家庭教師が付きましたから、英文の書物などは読みこなしておりましたし、二人の会話にも加われないわけではなかった。でも、読み書きはともかく、皇帝と皇妃が紫禁城の中で英語の対話をかわすなど、不謹慎だと思っていました。

そうですわね、李老爺《リイラオイエ》。わたくしたちに施された英語教育は、知識を身につけるためと、諸外国の公使たちの謁見《えっけん》に応ずるためで、けっして日常生活に使用するものではありません。

だからわたくしは、溥儀《プーイー》や婉容《ワンロン》に英語で語りかけられても、わからないふりをした。わたくしにだけ見える西太后《シータイホウ》様の御みたまの前で、皇帝と皇妃が英語で語り合うなど、無礼にもほどがございましょう。

「あなたはおばかさんね」

と婉容に蔑《さげす》まれても、わたくしは口に閂《かんぬき》をかけて、一言も英語を話さなかった。でも、二人の会話を黙って聞いている限り、たぶんわたくしの英語のほうが上等だと思いました。

だから、外国に行きたくなかったわけではありません。三人きりになりたくなかったのです。

そうそう。皇帝と皇后の切実な希望は、もちろん家庭教師のレジナルド・ジョンストンが火付け役なのでしょうけれど、ほかにもうひとり、あからさまに勧める人物がいました。

おや、李老爺にはお心当たりがあるようですね。

そうです。鎮国公載沢《ツアイツォ》。乾隆大帝の四代の孫でありながら、若き日の英国留学が祟《たた》って、どうしようもない西洋かぶれになってしまった皇族です。

若い時分はイギリス製の緑色の馬車に乗っていたそうですが、そのころには紺色のダイムラーのハンドルをみずから握って、神武門に乗りつけましてね。オープンカーの鼻先には杏《あんず》色の公爵旗を立てているのに、お付きの家令と太監《タイチエン》がうしろの座席に座っているのです。

身なりといえば、宮中の正装である旗袍《チーパオ》など見たためしもありません。それも外国公使なみにシルクハットとテールコートでもお召しならばまだしも、たいていは英国の探険家みたいな布張りのヘルメットを冠《かぶ》って、西洋服に革の長靴をはいていました。その格好で衛兵に「ハロー」と敬礼を返し、ずかずかお城に入ってくる。

生き字引の小平《シャオピン》が呆《あき》れて申しますのには、「昔はあれほどではなかったのですが」。

ふつう人間は、齢をとると懐古的になるはずなのですが、鎮国公載沢《ツァイヅォ》に限っては、どうやら西洋かぶれが進化している様子でした。

宮廷に入っても英語のほかは口にしません。たとえば紅牆《こうしょう》の径《みち》でわたくしに行き会いますと、たちまち片膝をついて、

「お会いできて光栄です、妃殿下《イッツ・ア・グレイト・オナー・トゥ・ミート・ハー・ハイネス》」

などと挨拶をするのです。どうかすると、もっと長たらしい祝辞を述べながら、わたくしににじり寄って手の甲にくちづけをすることもありました。

愛新覚羅《アイシンギョロ》家の長老ですから、誰も文句はつけられません。しかも溥儀《プーイー》と婉容《ワンロン》にしてみれば、彼こそが「西洋の窓」であり、その留学経験は「希望」そのものだったのです。

ふたたび小平《シャオピン》の言葉を借りれば、「沢《ヅォ》殿下もああ見えてご苦労をなされましたから」。

さて、どうでしょう。あのお方がまさか政《まつりごと》に粉骨したとも思えませんし、苦労といってもせいぜい、他人に利用されたただの恋人に振られたただの、そんなところではございませんこと？

ともあれ、ジョンストンと載沢殿下のおかげで、溥儀と婉容が外遊の夢を抱いたの

はたしかでした。

悲願が実現しなかったのは、多くの人々が反対をしたから。溥儀は優待条件に基いて皇帝の尊号を保証されていますが、その実は廃帝なのです。だからどのような名目を設《しつら》えようと、国外での居住は「亡命」とみなされかねません。だとすると、その行動は優待条件の一方的破棄であり、当然四百万元の歳費も打ち切られます。皇族も大臣も、女官も太監《タイチエン》も、みなその歳費で生活しているのですから、全員が猛反対するのは当たり前ですね。

でも、クーデターによって紫禁城を追われ、命からがら北府《ペイフ》に逃げこむと、皇帝と皇后のこの悲願は断然現実味を持ちました。

外遊でも留学でもない、亡命です。殺されずにすむ方法は、もはやそれしか残されていないようにも思えました。

遺臣の中には、しきりにその必要を説く人もありました。たとえば、小宮廷の内務府大臣であった鄭《チヨンシヤオシユ》 孝胥です。すでに六十を過ぎた老臣でしたが、皇帝は師傅《しふ》である彼を、とても信頼していました。

彼の経歴は少し変わっているのです。皇帝の側近といえば、愛新覚羅家の一族か、進士出身の官僚か、満洲旗人でなければなりませんが、鄭孝胥は挙人の学位しか持っておらず、中央政界ともずっと無縁で、李鴻章《リイホンチャン》や張之洞《チャンチイドン》といった洋務派大官の幕僚を長く務めていました。辛亥革命ののちに強く推挙する人があって、皇帝のお側に上がったのです。

光緒年間に、最難関といわれた福建郷試《きようし》を首席で合格したという話でしたから、そのさきの会試や殿試でも優秀な成績を収めて進士となるところを、挙人のまま李鴻章に請《こ》われてその部下となった。そうした異色の経歴を持つ人なので、事態を冷静に見ることができたのでしょう。

北府《ペイフ》に滞在中、こんなことがありましたっけ。

わたくしが弟妹たちと、芝生のお庭で鞠《まり》を蹴《け》って遊んでおりますとね、彼が御殿の階《きざはし》から下りてきて、あの面白くもおかしくもない儒者の顔で、ふと呟いたのです。

「淑妃《シューフエイ》様。どなたもあまり物を考えてはおられぬようだが、万死を出でて一生に遇《あ》う、とはまさに今このときにござりまするぞ。その一生が見えましたなら、必ず万歳爺《ワンソイイエ》のお伴をなされませ」

たしかに北府におけるわたくしたちは、「万死」の状態でした。もはや「一生」もあるはずはないと、覚悟を定めていたのです。だからそのときもわたくしは、「皇帝が弑《しい》されるときには潔《いさぎよ》く運命を共にしなさい」というふうに聞いたのでした。

北府という牢獄の中で、いまだに一生の光明を灯《とも》さんとしている人々がいるとは、考えてもいなかったから。

十一月二十九日の朝の出来事は、とてもよく覚えております。

暗いうちから蒙古風が吹き荒れ、白く濁《にご》った北府の空を、木の枝やら紙屑やらが飛び交っていました。

遺臣中の長老である陳宝琛《チエンパオチエン》が北府にやってきて、麒麟碑胡同《チリンペイフートン》に難を避けておいでの両太妃様に、万歳爺からお慰めをしていただきたい、と奏上しました。

「しかるに、あくまでお忍びの行幸にござりますれば、皇后様と淑妃《シューフエイ》様におかせられましては、ご同行なされませぬようお願いいたしまする」

陳宝琛はかつて礼部侍郎まで務めた大官で、しかも誰よりも年長でしたから、異を唱える声はなかった。

でもわたくしはそのとき、鄭孝胥《チヨンシヤオシユ》のあの言葉を思い出したのです。もしかしたら、これが「万死を出でて一生に遇う」ための策なのではないか、と。

老齢の陳宝琛が北府を訪れるのは稀《まれ》です。清朝の復辟《ふくへき》を心に願う忠義な老臣、というほかには、誰も彼を気に留めてはいなかった。むしろ王爺《ワンイエ》やそのほかの臆病な人々が警戒していたのは、皇帝の信頼が篤《あつ》く、いまだ現役の鄭《チョンシャオシュ》 孝胥でした。その鄭がいないのですから、いよいよ疑う人はいなかった。

陳《チエンパオチエン》 宝琛と鄭孝胥が同郷人であることも、人々は忘れかけていたのでしょう。王爺と陳宝琛の間では少しやりとりがありましたが、皇帝のご宸念《しんねん》ということで行幸が決まった。

お二方の「皇《ホアンクーニヤン》 額娘」は皇帝の母なのだから、みずからが訪ねて安心させなければならない、いかような事情があろうと、それは親に対する子の務めである、というわけです。

北府《ペイフ》での生活はもう一月近くに及んでおりましたから、警備の軍人たちにも気の緩《ゆる》みがあったのでしょうか、ごもっともです陛下、ということになった。

わたくし、確信しておりましたのよ。これは脱走にちがいない、って。

陳宝琛はこう言った。

「御料車では人目につきますゆえ、臣の乗用車をお使い願います」

その乗用車というのは、幌《ほろ》をかけた紺色のダイムラー。もちろんハンドルを握っているのは鎮国公載沢《ツアイツオ》で、助手席にはレジナルド・ジョンストンが乗っていた。

でも、外には蒙古風が吹き荒れていて、満足に目も開けられないのです。おまけに車中の二人は、埃除《ほこりよ》けの黒いマスクをかけていた。

お見送りに出たはよいものの、王爺はじめ側近の貴人たちは、みな大風に怯《ひる》んでしまいました。しかし、ひとりだけ不審に思った人があった。醇《チュン》親王家の忠実な執事です。もちろん行幸に際して、とやかく口を挟《はさ》める立場ではありませんから、うしろのドアをうやうやしく開けて皇帝を乗せたとたん、「やつがれもお供させていただきます」と、うむを言わさず隣に乗りこんでしまいました。同時に、あらかじめ彼から指示されていたのでしょうか、侍衛の武装警官が二人、車の両側の足場に立ちました。

ダイムラーは風を食らって走り出した。それこそ、逃げるみたいに。

皇帝脱出という大事件が、そんなにもあっさりと運んだのは、計画の周到さもさることながら、やはり陳宝琛という老臣に対する人々の敬意と信頼でしょう。鄭孝胥やジョンストンが、皇帝の身の危険についていくら訴えても耳を貸す人はいなかったのに、陳宝琛に対しては北府の執事ひとりを除いて、誰も疑いは抱かなかったのです。

あのまま北府にじっとしていたなら、溥儀《プーイー》もわたくしたちも、ひとり残らず殺されていたと思います。たぶんその年のうちに。あとさき考えずに行動する、相当に頭のいかれたあのクリスチャン将軍、馮 玉祥《フォンユイシャン》の手にかかって。なにしろあの男は、おのれを李自成《リイヅチヨン》の生まれ変わりだと、本気で信じていましたから。

　大清は科挙の生み出した無能な官僚たちのせいで自壊しました。でも、知れ切った皇帝の命を救ったのも、ひとりの老いた官僚であったということは、皮肉な事実ですね。

「蒙塵《モンチエン》――」

　自動車を見送ったあと、婉容《ワンロン》が呟きました。女官たちには意味がわからなかったでしょうけれど、わたくしの耳はその呟きをはっきりと捉えました。

　婉容がこの脱出計画を知っていたのかどうかはわかりません。でも、あのとき彼女は、捨てられたと思ったのでしょう。天子の蒙塵に際して、皇后が同行を許されなかったのだ、と。

「請您放心《チンニンファンシン》――」

　いま騒がれてはまずいと思って、扇で口元を隠しながらわたくしは囁きました。

「ご安心下さい。きっとじきにお迎えが参りましてよ。あなたとわたくしを連れて行けば、みなさんが疑心を抱くでしょう」

　本来ならば、母を見舞にゆくのですから、婉容もわたくしも同行しなければならないでしょう。でも陳　宝琛《チエンパオチエン》は「お忍び」という理由をつけて、皇帝ひとりを向かわせた。まことに巧妙な目くらましですね。

婉容はとびきりの美人だけれど、あまり頭のいい人ではありません。皇帝の実父である醇《チュン》親王様も、大臣も側近もそれは同じ。大清の復辟をあれほど願いながら、それをなすためには皇帝の命が何ものにもまさる大切なものであるということを、考えていなかった。

陳宝琛や鄭孝胥《チョンシャオシュ》やジョンストンは、「万死を出でて一生に遇う」ための計画をついに実行したのです。そして鄭孝胥は、そのときにわたくしが動揺せぬよう、前もって暗に通告していた。「一生が見えましたなら、必ず万歳爺《ワンソイイエ》のお伴をなされませ」と。

つまり、計画が無事に成功すれば、婉容もわたくしも合流するという意味ですね。

鄭孝胥がわたくしにそう告げて、婉容に何も言わなかったはずはありません。それどころか、溥儀《プーイー》がみずから計画を聞かせていたかもしれません。しかし、こんなにわかりやすい現実を目前にしても、婉容の頭は鄭孝胥の通告を理解しかねるか忘れてしまっており、夫すらも信じられなかったのでしょう。

人々が蒙古風に追われて、そそくさと御殿に入ってしまってからも、婉容は玄関の車寄せにぼんやりと佇《たたず》んでいました。

飾り物のたくさん付いた両把頭《リャンパトウ》の髪を俯《うつむ》け、まるで咲き誇った花の重みに耐えきれず、茎をしならせて頭《こうべ》を垂れる大輪の白百合《しらゆり》のように。

溥儀《プーイー》と婉容《ワンロン》が十九、わたくしが十六の年の秋のおわりでした。

復辟《フービイ》。

それは辛亥革命後の小宮廷で、まるで朝夕の挨拶のようにとり交わされる言葉でした。

上は皇族から下は使用人に至るまで、改った物言いのときには、一言を添えるのが儀礼になっていました。

「お久しぶりです。お元気で何よりですな。復辟も間近ですので、おたがい健康には留意いたしましょう」

「さようですな。民はみなことごとく、復辟を願っております。では、ご機嫌よう」

などというような具合に。

実際には「弁髪将軍」張勲《チャンシュン》の復辟運動がたった十二日間で討伐されて以来、その言葉は甚《はなは》だ具体性を欠いた、ほとんど意味を持たない「吉祥の詞《ことば》」となっていたのですが。

ただし、口には出しても文字に記してはなりませんね。だからわたくしは、輿入れしてからしばらくの間、その音《おん》から想像して「復毖」とか「復必」という字だと思っていました。何だかよくわからないけど、「お慎みあれ」だの「言われたことは必ずやりなさい」だのという、宮廷の古い言葉だと思いこんでいたのです。

あるとき鄭《チヨン》孝胥《シヤオシユ》が説明をしてくれました。お勉強の最中に質問をいたしましたら、火鉢の灰の上に「復辟」となぞってくれたのです。

「これは、いったん廃された天子が、ふたたび天命を得て復位する、という意味でございます。古くは書経にも記されておりますゆえ、歴史上の事実もあまたございます。よって臣らはみな、宣《シユアン》統《トン》陛下の復辟と大清の再興を信じておりまする」

老臣にとっては、辛亥革命もつい近ごろの話なのでしょう。しかしわたくしにとって物心つかぬうちのそれは、遥かな昔話でした。どうしていまだに、そんなことを考えているのだろうと、ふしぎに思ったものです。

復辟。

魔物のような言葉ですね。それを唱える人々は、けっして民国による平和を望まなかった。内戦が続いて兵隊が死ねば死ぬほど、国土が荒廃して国民が困窮すればするほど、復辟は近づくと考えられていたのですから。

天命《テイエンミン》。

これもまた厄介な言葉ですね。民国の大総統に推されながら、飽き足らずに皇帝になろうとした袁世凱《ユアンシイカイ》は、「我に天命あらず」と譫言《うわごと》のようにくり返しながら狂い死んだそうです。

では、溥儀《プーイー》には天命があるのでしょうか。どうしてもそうとは思えません。

わたくしが小声で訊ねますと、鄭 孝胥《チョンシャオシュ》はあの鷲か鷹みたいな儒者の顔をしかめて、しばらく考えていました。

「あるかなきかではなく、あると信ずればある、ないとあきらめればないのが天命というものでござりましょう。われわれはこぞって、あると信じねばなりませぬ。よろしいですか、淑 妃《シューフェイ》様。あなた様も二度と、お疑いを抱かれてはなりませぬ。宣 統《シュアントン》陛下はまぎれもなく、天命をお持ちあそばされます」

実体があるならまだしも、概念の存在を信じろというのは、無理な話ですね。だって、考えてもごらんなさいまし。わたくしにとって、「淑妃文繡《ウエンシウ》」という実体はたしかなものでしたけれど、夫婦の愛情という抽象の概念については、まったくもって信じてはおりませんでしたのよ。

もし天命の具体を溥儀が持っているとでもいうのなら、見たいものですが。

おや、李老爺《リイラオイエ》。どうかいたしましたか。お顔色がすぐれませんが。

わたくしの不敬は、どうかお聞き流し下さいましね。かつて皇妃であった時分には、彼を愛さぬまでも敬していたつもりでございますが、離婚を果たした今となっては、不実な男であったというほかには、何の感慨も持ちませんの。別れた男を悪く言うのは、ごく自然な女心です。

鄭孝胥の予言通り、ほどなく皇后と皇妃を迎えるための車が北府《ペイフ》にやってきました。しかし、その公用車の鼻先に立てられていたのは、ユニオン・ジャックではなかったのです。

すでに夫とジョンストンとの間で、イギリスに亡命する手筈《てはず》が整っているとばかり思っていたわたくしは、何がどうなったのやらわからなくなった。

北府の玄関に堂々と罷《まか》り入ったなり、うろたえる人々を見渡して、立派な燕尾服を着た男が宣言いたしました。

「宣統陛下におかせられましては、喫緊のご事情により、東交民巷の日本国公使館に避難あそばされました。皇后陛下ならびに淑妃殿下には、ただちに参上なされよとのご勅命にございます。なお、みなさま方の安全は国際法に基いて保障され、日本国公使館は天皇陛下の御名のもとに、その責任を十全に履行いたします」

六

わたくしたちの前で突然の宣言をいたしましたのは、日本公使館の書記官でした。

「どうして、日本なの」

吹き抜けの二階からホールのありさまを見おろして、婉容《ワンロン》が呟きました。渡英を熱望していた彼女にしてみれば、よほど意外だったのでしょう。不安でたまらぬというふうに、婉容はわたくしの掌《て》を握りしめていましたっけ。

「きっと、蘇龕《スーカン》の手引きでしょう」

と、わたくしは耳元で答えました。蘇龕は鄭孝胥《チョンシャオシュ》の字《あざな》です。彼はかつて清国の外交官であったころ、長く日本に駐在して、大阪総領事まで務めていました。溥儀《プーイー》と婉容にはレジナルド・ジョンストンの影響が大きすぎて、海外に脱出するとしたらイギリスにちがいないと思いこんでいたのです。

もちろん、わたくしもそう考えていましたわ。だって、親しい外国人はジョンストンだけだったし、学習した語学も英語だけでしたから。

行方知れずになった皇帝の消息は、北府《ペイフ》にもたらされていました。車に同乗した醇《チユン》親王家の執事が、飛んで帰って王爺《ワンイェ》に報告したからです。

皇帝の外出は、麒麟碑胡同《チーリンペイフートン》に仮住まいしておいでの両太妃様をお見舞する、という名目でしたね。でも鎮国公載沢《ツァイツォ》の運転するダイムラーは、蒙古風の吹き荒れる北京市街を猛速力で駆け抜けて、東交民巷に向かったのです。

天安門の南東に拡がる、外国公使館街。事実上の租界ですね。そこに入ってしまえば、民国の官憲も手出しはできません。皇帝がふいに具合が悪くなり、とるものもとりあえず東交民巷のドイツ病院に駆けこんだ、という筋書きです。

ドクター・ディッパーは高名なドイツ人医師で、紫禁城にもたびたび診察に招かれた、いわば皇帝の侍医でした。

さて、この脱出劇のどこまでが台本通りで、どこからが即興であったのかはわかりません。しかしともかく、紫禁城を追われて親王府に軟禁されている皇帝を、東交民巷のドイツ病院のドクター・ディッパーの診察室という安全地帯に、隔離することには成功したのです。

そのことに気付いた北府の執事は、あわてて駆け戻って報告をした。ですから、日本公使館の書記官が厳《おごそ》かにやってきたときは、もう北府の中は上を下への大騒ぎでした。

「どうして、日本なの」

婉容《ワンロン》のその疑問は、わたくしも同じでしたわ。もし海外脱出の計画が実行されるとしたら、皇帝ととりわけ親しい間柄のジョンストンが手引きをする、とばかり思っていましたから。

「きっと、蘇龕《スーカン》の手引きでしょう」

とっさにそう口にしたのは、ほかに日本とのかかわりを思いつかなかったからです。鄭《チョン》孝胥《シャオシュ》を除いて、日本と深いつながりを持つ人は周囲にいなかった。

日本人書記官の発言に対して、異論を唱える人はなかったと思います。皇后と皇妃をただちに召したのはほかならぬ皇帝であり、彼はその叡慮《えいりょ》を伝達する「勅使」だったのですから。

ありがたい、と思いました。この危急の折にも、夫はひとりで逃げようとはせず、しかも婉容とわたくしとを、同じ妻として考えてくれていることが、嬉しくてなりませんでした。

のちになって知ったことですが、溥儀《プーイー》が日本公使館に入った経緯とは、およそこんなものであったらしい。

実行の前日、つまり十一月二十八日に鄭孝胥と陳宝琛《チエンパオチエン》がジョンストンの家を訪れて、馮玉祥《フォンユイシャン》が二度目のクーデターをすぐにでも行おうとしている、と告げた。つまり、あの野蛮で無思慮なクリスチャン将軍は、自分の軍隊が北京を制圧しているうちに、やるべきことはすべてやってしまおうと考えた。それは皇帝とその眷族《けんぞく》を皆殺しにする、ということです。

おそらく彼は、民国にとって厄介者にちがいない皇帝を葬り去り、その蛮行をおのれの勲《いさおし》として、以後の立場を有利にしようという肚積《はらづも》りだったのでしょう。難しいことは何もない。馮玉祥が決心をして、わずか一個小隊の銃殺隊を北府《ペイフ》にさし向けるだけでよいのです。

おそらく幕僚の中に、良心の咎《とが》めを覚える人があったのでしょうか、その計画が鄭孝胥か陳宝琛かの耳に入ったのです。そして、もはや一刻の猶予も許されないと考えた彼らは、とるものもとりあえずその翌朝、皇帝を東交民巷に移すと決めました。

そうしたいきさつを、溥儀自身がどこまで理解していたかはわかりません。でも、あの朝の彼の様子を見た限りでは、話を聞いたのは車の中なのではないかと思います。

いつかはそうしなければならないと思っていたことが、きょうのきょうにやらねばならなくなった。だからまっさきに向かったのは、ドイツ病院だったのです。なにしろクーデターの矛先から身を躱《かわ》して、ひそかに皇帝をご動座するという荒技です。協力者はおらず、布石も打ってはいない。ここはいったんドクター・ディッパーの診察室に玉体を預けて、受け入れ先の公使館を探さねばならなかった。

イギリス公使館？　――いえ、のちに知ったことですが、それは当初から無理だったのです。だからこそ計画は実行されずにいた。

イギリス公使のロナルド・マクレイ卿は、皇帝の亡命に関与することは内政干渉だとして、ジョンストンの懇願を斥《しりぞ》けていたのです。理由はともかく、当時の国内の状況、わけても北京政局の混乱の渦中にあっては、当然の判断と言えるでしょう。

協力者はいない。ドイツ病院の診察室には、年老いた陳　宝琛《チエンパオチエン》と、冒険小説のヒーローになったつもりの載沢《ツアイツオ》殿下が付き添っているきりで、玉体はいつ何どき奪還されるかわからない。

ジョンストンは東交民巷を走りに走って、オランダ公使館の門を叩きました。しかし、公使は不在。いえ、不在ということにしたのかもしれませんけれど。そこで無理と知りつつも、イギリス公使館に向かった。

そのときジョンストンは、冷ややかに応対するマクレイ卿に対して、こう言ったそうです。

「アメリカはピューリタンを受け入れました。フランス革命で追われた多くのエミグレを、イギリスは受け入れたではありませんか。だのに、閣下は今どうして中華皇帝の亡命を拒否なさるのですか」

公使は答えました。

「君が力を尽くしている人物は、中華皇帝ではないよ。かつて中華皇帝と呼ばれた、君の教え子のひとりに過ぎない」

ジョンストンは言い返しました。それはけっして口に出したくない事情だったのですが。

「どの国も受け入れられないというのなら、私はこの向かい側にある門を叩かねばなりません」

公使の執務室の窓からは、楠《くすのき》の森に被われた日本公使館が望まれました。その緑《ろく》青《しょう》の屋根を指さしながら、ジョンストンはさらに言った。

「芳沢《よしざわ》公使は人道的見地から、皇帝陛下を保護するでしょう。しかし、その事実が将来、非人道的に利用されることを、私は怖れるのです。たしかに彼は、閣下のおっしゃる通り私の教え子のひとりに過ぎません。私が希望するのは、その教え子の幸福です。今、日本の恩情にすがって、知れ切った不幸を招くことなど、私にはできないのです」

公使は溜息まじりに答えました。

「いずれどうなるにせよ、首を刎《は》ねられるよりはましというものだろう。よく考えてみたまえ。日本とわが国との同盟が廃棄されたばかりなのだよ。門戸を開いている日本の頭ごしにイギリスが溥儀《プーイー》氏を受け入れれば、私が戦争の火種を撒《ま》くことにもなりかねん。いいかね、ジョンストン君。私が希望するのは君の教え子の幸福ではない。世界の平和と、大英帝国の利益なのだよ」

北京における日本の勢力は、他の国を圧倒していました。公使館の並びには大勢の軍隊が駐屯する兵営があり、東交民巷の警備もあらましは日本軍が担当していたのです。長安街を隔《へだ》てた王府井《ワンフーチン》の東側には、日本の小学校も女学校もありました。そのありさまは、中国全体の縮図だったのです。

中国をわがものにせんと企《たくら》んでいたのはどの国も同じでしたが、日本はすでにその争奪戦の先頭に立っていました。

実はこの脱出劇の主謀者であったジョンストンと鄭《チヨン》孝胥《シヤオシユ》の間にも、意見のちがいがあったのです。親日家の鄭孝胥は、はなから亡命先を日本と考えており、ジョンストンは必ずしもそうとは思っていなかった。むしろイギリスが拒否するのなら、オランダか、せめてヨーロッパのどこかの国に期待を寄せていました。

話の経緯を思い出して下さいな。その朝、皇帝を北府《ペイフ》から連れ出した顔ぶれの中に、鄭孝胥はいなかった。彼はおそらく、一行に先んじて東交民巷に向かい、日本公使館の了解をとりつけていたのでしょう。

ロナルド・マクレイ卿は日本公使館を遠目に見ながら、こんなことを言ったそうです。

「もし事が計画通りに運んだら、君をイギリス公使館の賓客《ひんかく》として迎えよう。そうすれば、少しでも皇帝の近くにいられる」

いかにも英国貴族らしい、遠回しだが辛辣《しんらつ》な言い方ですね。

家庭教師の役目はこれで終わった。大変なことをしでかした君の身柄は、イギリス公使が保護しよう、という意味です。

こうしたいきさつは、のちになって帰国の挨拶がてら、ジョンストンがわたくしひとりに打ちあけた話ですのよ。おそらく溥儀や婉容《ワンロン》には、言いたくても言えなかったのでしょう。あるいは、わたくしの口から二人に伝えてほしかったのかもしれませんが。

ジョンストンには、溥儀を政治的に利用しようなどという気持ちは毛ほどもなかった。ただ教師として、教え子の幸福を希《ねが》っていただけでした。もしかしたら、私欲も野望もなく、愛新覚羅《アイシンギヨロ》溥儀《プーイー》という若者の未来を考えていたのは、あの青い目の外国人ひとりであったのかもしれません。


それから三ヵ月近くもの間、日本公使館がわたくしたちの住居になりました。

西暦一九二五年のお正月も、宣統十七年の旧正月も、溥儀の算《かぞ》え二十歳の祝賀も、公使館の中の二階建の小宮廷でとり行われました。

おかしなことに、わたくしたちが北府《ペイフ》に住んでいた間はまるで音沙汰のなかった旧臣たちが、引きも切らずにやってくるのです。

どうしてかしら。それは、十中八九は殺されるはずだった皇帝が生き延びたから。

そして日本が匿《かくま》ったならば、いつか復辟するかもしれないから。

そういえば、李老爺《リイラオイエ》。あなたはお顔を見せませんでしたね。

いえ、責めているわけではありません。むしろそれは、いったん御役を退いた人の見識というべきでしょう。そしてあなたは、こうも考えていた。同じ官位を頂戴していても、太監《タイチエン》は役人でも貴族でもない。愛新覚羅《アイシンギヨロ》家の使用人に過ぎぬ、と。乾隆大帝の遺訓を奉じて、政《まつりごと》にかかわらず黒衣《くろご》に徹したあなたは、太監の鑑《かがみ》だと思います。

ああ、それにしても、あの日本公使館での暮らしは、何ともふしぎな体験でした。毎朝目が覚めたとたん、ここはどこなのだろう、自分はどうしてここに寝ているのだろうと思うのです。

生まれ育った屋敷ではなく、没落して移り住んだ花市胡同《ホワシーフートン》の借家でもなく、長春宮の御殿でも、醇《チユン》親王府の寝室でもない。

そこは北京の中の外国。同じ空を見上げ、同じ空気を吸っているというのに、民国の法律さえ無効の別世界。

でも起き上がってみれば、馴れ親しんだ女官や太監がおり、髪を結い上げ高鞋《たかぐつ》を履いて、溥儀と婉容《ワンロン》のご機嫌伺いに行かなければならない。箱がこんなに小さくなっても、儀礼が何ひとつ変わらないことがふしぎでならなかった。

二階建の洋館に寝泊りしているのは、ほんの何人かの太監だけでした。ほかの人々は市内の自宅や、東交民巷の中にある外国資本のホテルから毎朝出勤してくるのです。内務府の役人も、調理人たちも。そして朝食をおえるころには、大勢の見知らぬ客人が階下で待ち受けている。

初めのうちは、毎日のように王爺《ワンイエ》が訪ねてきて、北府《ペイフ》に戻るようしきりに勧めていましたけれど、溥儀《プーイー》は頑として聞き入れなかった。当然ですね。少くともこの洋館に住んでいる限り、命は保障されているのです。

そんなことを言う王爺にしたところで、自分の屋敷に帰るのが怖くて、ベルギー資本の六国飯店《ワゴンライツ・ホテル》にお住まいでしたのよ。つまり、親子のあのやりとりは、馮玉祥《フォンユイシャン》に言いわけをするためだけの茶番だったのでしょう。公使館の中とはいえ、どこに耳目があるかわかったものではありませんから。

いえ――日本人たちには悪意がなかったと思います。芳沢公使は犬養《いぬかい》元総理大臣の娘婿で、謀略などとは無縁の、とても清廉な人柄とお見受けしましたわ。

ちょっとたどたどしい北京語のほかに、英語がお上手でしたから、わたくしたちとは通訳を交えずに意思を通わせることができました。何でもロンドンに長く駐在なさっていたという話でしたので、もしかしたらお向かいのイギリス公使とは、多少の打ち合わせをなさっていらしたのかもしれません。

でも、やはりあの時点では、溥儀を政治的に利用しようとする気持ちはなかったと思います。わたくしたちが世間知らずだっただけかもしれませんけれど、世間知らずはそれなりに、子供のような嗅覚を持っているものです。

わたくしたちの身の回りを気遣ってくれたのは、竹本《たけもと》中佐という公使館付の武官でした。

太い口髭を生やした、厳《いか》めしい軍人でしたが、やはり悪意は感じられず、心からわたくしたちを気の毒に思っているように見受けられました。

日本の軍人はとても礼儀正しいですね。門番の兵隊から将校に至るまで、偉ぶらないかわりに笑顔も見せない。だから初めのころは、いつも見張られているようで怖かったのですが、そのうちひとりひとりがわたくしたちを気遣っていることがよくわかって、とても安心しました。

竹本中佐は朝な夕な訪ねてきて、まるで判で捺《お》したように、「何かご不自由はありませんか」と、ていねいな北京語で訊きました。

もっとも、わたくしたちは不自由のどうのと言えるような立場ではありませんから、「満意《マンイー》」だの「満足《マンズー》」だのと答えます。それでも中佐はやはり朝な夕なやってきて、必ず同じ質問をするのです。

だからそのうち、イギリス行きの当てがはずれて腐っていた溥儀も、こんなふうに考えるようになりました。

日本公使館を頼ったのは、鄭《チョン》 孝胥《シャオシュ》の深慮にちがいない。イギリスに渡れば亡命ということになり、大清復辟の希望は潰《つい》えるが、隣国の日本に難を避けるのならば、遺臣たちとの連絡も容易だろうし、支援者を得ることもできよう。思えば革命をなした孫中山《スンチョンシャン》も、日本に住まい、日本を恃《たの》みとしたではないか。

いかがでしょう。まだ結論を見たわけではありませんが、とにもかくにも満洲国という独立国家が誕生し、溥儀《プーイー》は執政という立場で迎えられました。彼の思惑通りに、ちかぢか「満洲国」が「満洲帝国」に改まり、皇帝として即位するとなれば、悲願の大清復辟ということになるのではないでしょうか。

もちろん、わたくしにとってはすでにどうでもよいことです。わたくしの願いは大清復辟ではなかったから。

富貴は人間の幸福ではない。北京の街なかにはどこにでも石ころのように転がっているのに、皇帝と皇妃だけが持たない「自由」という宝石を、わたくしは欲したのです。

ああ、そういえばこんなことがありましたっけ。

例によって竹本中佐がやってきて、「何かご不自由はありませんか」と訊ねたとき、たった一度だけ溥儀が不満を口にしたのです。

「退屈でならない。街を歩きたい」と。

いいえ、それは不満というより、やむにやまれぬ願望ですね。なにしろ生まれついてこのかた、北府《ペイフ》と紫禁城の中だけが彼の世界のすべてだったのです。

言下に拒否するかと思いきや、中佐は厳めしい顔をいっそう引きつらせて、考えこんでしまいました。

そう。「ご不自由はありませんか」という中佐の言葉は、けっして朝夕の挨拶ではなかったのです。もし溥儀に不満や願望があるのなら、応じなければならないと考えていたのです。

いくら何でも無理難題ですね。しかし中佐は、「不可《プーコー》」とは言わなかった。

「是《シイ》、遵命《ツンミン》。公使に相談して、必ず御意に添うようにいたしましょう。しばらくお待ち下さい」

そう言って最敬礼をし、兵卒のような回れ右をして部屋から出て行った。

溥儀にしてみれば、なかば冗談のつもりだったのでしょう。ちょっと呆然として、「本気かな」と呟きました。

気もそぞろに竹本中佐の帰りを待つ間、溥儀はこんな話をしていましたっけ。

北府からの脱走劇のとき、ドイツ病院に自動車を乗り付ければ人目につくと考えたジョンストンが、少し手前で停車を命じた。つまり、わずか数十歩の町歩きを、溥儀《プーイー》は生まれて初めて経験したのです。

目の前にドイツ人の経営する写真屋がありました。写真を撮すのではなく、外国人の北京みやげに、風景写真や人物の肖像を売る店です。街なかで買物をすることは溥儀の夢でした。

店に入り、壁に飾られた写真を眺めた。そして、三葉のブロマイドを買い求めました。

二枚は婚礼の折に発表した、婉容《ワンロン》とわたくしの盛装の写真で、もう一枚は——晩年の西太后《シータイホウ》様の肖像でした。

もちろんお金は持っていませんし、お金を支払って物を買うということすら、彼は知らなかった。そこで、ジョンストンが勘定をすませたのですが、よほどあわてていたのでしょうか、つい口を滑らせてしまった。

「皇上《ホアンシヤン》、お急ぎ下さい」と。

写真屋の正面の壁には、「宣統帝溥儀陛下」の大きな肖像が掲げてありました。そうでなくとも、新聞や雑誌にたびたび掲載されている、おそらく最もよく知られた中国人の顔なのです。

まずドイツ人の店主が畏《おそ》れおののき、客たちが後ずさり、「皇上、皇上」と囁《ささや》き合いながら通行人が立ち止まった。

幸い大ごとにはなりませんでした。だって、そうでしょう。中華皇帝を目前にしたら、誰であろうが立ちすくんでしまうだけです。

その話はわたくしも婉容も初耳でした。口にするのも恥ずかしいと思っていたのか、それとも大切な思い出として胸に収めていたのかはわかりませんが。

話しおえると、溥儀は事実を証明しようとでもするように、背広の内ポケットから封筒を取り出し、三葉の写真をテーブルの上に並べました。

婉容がそっとわたくしの手を握りました。泣いてはだめよ、という心が伝わるそばから、二人して俯《うつむ》いてしまいました。

溥儀が肌身はなさず妻たちの写真を持っていたことが、嬉しかったのではありません。世界を知らず、人間も知らない彼が、傷《いた》ましくてならなかったのです。

どうか想像してみて下さい。二十歳にもなろうという男が、細い指先で写真を示しながら、いくどもくり返すのですよ。婉容、文繡《ウエンシウ》、老仏爺《ラオフオイエ》、と。

「どうしてご自分の写真をお求めにならなかったのでしょう」

と、婉容が泣く泣く訊ねました。すると、溥儀は小首をかしげて考えるふうをしてから、「皇帝だもの」と答えました。

短いけれど重い言葉に、わたくしたちは二度泣きました。皇帝は無私でなければならないから、自分の写真など持ってはいけないのです。

そうこうしているうちに、中佐が戻ってきました。

おかしなことに彼は、入退室のときだけ日本語を使うのです。

「竹本中佐、入ります」

そう言って、ノックもせずにいきなり扉を開けます。それはたぶん、おろそかにしてはならぬ日本軍人の心得なのでしょう。

さて、外出したいという皇帝の希みを、この杓子定規の将校がどのように断るのかと、耳を敧《そばだ》てておりましたところ、信じ難い答えが返ってきた。

「皇上陛下に謹《つつし》んでお答えいたします。公使と協議いたし、ご宸念《しんねん》に添い奉らんとの結論を見ました。しかしながら、陛下におかせられましては、人目につかぬ早朝もしくは夜間に、東交民巷の中に限って外出なされますよう。なお、護衛のためお邪魔にならぬ程度に、私服の軍人がお供つかまつります」

中佐はそれだけを完璧な中国語で述べると、腰を折った最敬礼をし、「竹本中佐、帰ります」と日本語で言って退室しました。

しばらくは声も出ませんでしたわ。冗談半分の希望が、こんなにもあっさりと叶えられるとは思ってもいなかったから。

まず溥儀《プーイー》が破裂したように笑い、婉容《ワンロン》もわたくしも大笑い。ただ嬉しかったからではありませんね。禁忌と儀礼でがんじがらめにされているわたくしたちにしてみれば、おかしくてならなかったのです。

もっとも、思いは三人三様だったかもしれませんね。自由気ままに育ったわたくしと、お嬢様育ちの婉容と、外の世界をまるで知らない溥儀とでは。

西暦一九二四年の暮のことだったと思います。わたくしたちの運命を変えたあの脱出劇から、まだ一ヵ月も経たないころだったでしょうか。わたくしたちは狭苦しい仮住居に息が詰まっていて、毎日続々とやってくる客人にうんざりしていて、不測の未来に怯えている、高貴な囚人でした。

夫と二人で外出したのは、その何日か後でした。

許可が出た翌日の早朝に、まず溥儀が私服の軍人に付き添われてほんの五分間ほどの散歩に出かけ、同じ日の夕方に今度は婉容と二人していそいそと出て行った。それもせいぜい十分か十五分ぐらい。

帰ってきた婉容《ワンロン》は、何だかとても怯えていて、もう出かけたくないと言った。彼女はとても怖がりなのです。何があったわけでもないのですが、たぶん足のつかない水に入ってしまったような不安を感じたのでしょう。

そこで、やっとわたくしにお鉢が回ってきました。身なりは洋服ですね。東交民巷ではそれが一等目立たないから。セーターにスカート、狐《きつね》の襟の付いた外套。髪はうなじで束ねて、毛糸の帽子を冠《かぶ》りました。

夫は黒繻子《くろじゅす》の長袍《チャンパオ》の上に馬褂《マーコワ》を重ね着していました。洋服を着ても日本人には見えない顔立ちですから、たしかにそのほうが人目につきません。

廊下で顔を合わせたとき、ああ、これでは夫婦に見えないな、とがっかりしました。だって、わたくしたちの初めてのランデヴーですもの。

「着替えてきます」と言ったのですが、夫は朝夕の楽しみに心が浮き立っていて、わたくしの身なりなど見もせずにさっさと玄関に向かってしまいました。

その日、溥儀《プーイー》はひとつの冒険を試みました。玄関先に自転車が用意されていたのです。

彼は自転車が大好きで、紫禁城の中でもよく乗り回していましたし、日本公使館に移ってからも、広い庭園を縄張りにしていました。

「うしろに乗りなさい」

何てすてきな誘いの言葉。白い息を吐きながら、夫はもどかしげにハンドルを揺すって、そう言ってくれた。

ふだんの色眼鏡ではなく、素通しの丸い眼鏡をかけていましたっけ。いくらかはにかむようにほほえんで、夫は二度言った。

「文繡《ウエンシウ》、怖がらなくていいから」

怖がるものですか。お蚕《かいこ》ぐるみで育った旗人の娘とはちがいます。

そのとき、夢のような想像をしたのです。この人が愛しているのは、わたくしなんじゃないか、って。皇后と皇妃の序列はいかんともしがたいけれど、内心はわたくしだけを愛して下さっているのではないか、と。

自転車のうしろに横座りに乗り、夫の腰にしがみついて、背中に頰を寄せました。初めて触れたぬくもりでした。

車寄せから漕《こ》ぎ出たとき、このまま皇帝の龍の力で、空を飛んではくれまいかと思ったものです。二人きりで、どこか見知らぬ世界に翔《はばた》ければいい、と。

でも、すぐうしろから二台の自転車が追いかけてきた。衛門には側車の付いたオートバイが待っていました。

衛兵たちが捧げ銃《つつ》をしなかったのは、竹本中佐からそう命じられていたのでしょう。

夢見ごこちのランデヴーが、いったいどれくらい続いたのか、わたくしにはわかりません。昏《く》れゆく空の、すっかり葉を落としたプラタナスの枝のように、時間までが凍《こご》えてしまっていた。

夫の吐く白い息をひとひらものがすまいと、ずっと深呼吸をしていましたっけ。ちょうどクリスマスの季節でした。各国の公使館には、競うように電飾が輝いていました。とりわけ、フランス公使館の並びに建つ天主堂は、満艦飾に彩られていた。

「ごめんなさい。手袋を忘れてしまって」

そう言って、馬褂《マーコワ》の裾に手を差し入れました。夫のおなかは薄くて硬かったけれど、とても温かかった。

それから、どこをどう走ったものか、東交民巷の北の端の、筒子河《トンヅホー》のほとりに自転車を止めたときには、もう日もとっぷりと昏《く》れて、夜空にはクリスマスの灯《ひ》を天に昇《のぼ》せたような星ぼしが輝いていました。

オートバイが先回りをして、側車の上に立った竹本中佐が通せんぼをしたのです。わたくしたちは自転車を下りて、少し歩きました。とたんに自転車は横倒しになったのですが、夫はまったく意に介さない。それはまったく彼らしい行動ですね。自転車を上手に運転しても、用意することや始末することを知らないのです。たとえば、誰かが部屋の扉を開けてくれるまでは、いつまでもじっと佇《たたず》んでいるくらいなのですから、自転車の支えを立てるなど、考えも及ばない。

「ごめんなさい。とても寒くて」

歩きながら夫の腕を抱き寄せ、顔を預けました。ほんとうは少しも寒くなどなかったのですが。

彼がどう思ったかは知りません。天子の発言に「対《トエ》」はあっても、「不対《ブートエ》」はないからです。だから周囲の人々が気を遣わない限り、皇帝はなされるままになるほかはありません。

そう。たとえそれが幼い妻のささやかなわがままであろうと、不実きわまる悪意であろうと。

まるで大黄河のほとりに佇むように、わたくしたちは長安街の歩道に立ち止まりました。

自動車の行き交う道路の向こう岸には電飾に縁取られた北京飯店が、白く巨大な客船のように建っていて、その並びには、群青《ぐんじょう》の夜空にくるまれて帰らざる紫禁城が眠っていた。

瑠璃《るり》色や紅色は闇に呑まれていたけれど、角楼とそれにつらなる城壁は、ありありと影絵になっていました。

ふいに、「ああ」と命の抜けるような声を上げて、夫が蹲ってしまった。

急に具合でも悪くなったのかと驚き、わたくしも屈みこんで夫の肩を抱き寄せました。

竹本中佐は背を向けています。救《たす》けを求めても、彼は知らんぷりをしていた。

とまどうわたくしの腕の中で、夫は子供になってしまったのです。

「諸事不順《チューシーブーシュン》。没法子《メイファーヅ》。何もかもうまくいかない。どうしようもない」

溥儀《プーイー》は泣いていた。感情を表してはならぬ皇帝が、まるで迷子のように膝を抱えて。

「おばあちゃんに、この国を託されたんだ。がんばるって、約束したんだ。でも、もう何もできない。没法子。どうしようもないんだ」

そのとき、わたくしははっきりと理解したのです。溥儀があの脱出劇のさなかに、どうして身の危険も顧みず写真屋などに立ち寄ったのかを。

物言わぬ皇帝の胸の中には、みずからの命も、恋愛も結婚も、何もなかった。ただ、幼い日にかわしたにちがいない西太后様《シータイホウ》との約束に埋めつくされていたのです。

何て孤独な人。この人に較《くら》べれば、大海を漂う小舟も、砂漠をさまよう小羊も、まだしも救われると思った。どれほどの孤独であれ、まさか世界と歴史とを背負わされてはいないでしょうから。

たとえ忠義な家来や心ある人々がその命を救ったところで、彼の孤独が癒されることはないのです。妻ですら、手を差しのべることはできない。

それでも、何かを言ってあげなければ。一筋の光明となる、何かひとことを。

夫の馬褂《マーコワ》の胸に掌を当てました。そこには天子の涙がこぼれるそばから霜のように凍りついていたけれど、その内懐に納めてある肖像に誓って、わたくしは声を上げた。

「果たせぬ約束なら、忘れてもいい。でも、没法子なんて言ってはいけない。あなたがそう言えば、この国は滅びる」

それはわたくしの言葉ではなかった。一葉の肖像がわたくしの口を借りて、そう言ったにちがいありません。

溥儀もたぶん、わたくしの声だとは思わなかったでしょう。胸に置かれたわたくしの掌にみずからの掌を重ねて、彼は肯いてくれた。

竹本中佐がようやく近付いてきて、わたくしたちを覗きこむように声をかけました。

「そろそろ公使館に戻りましょう。お立ち下さい」

彼がわたくしたちにとって神なのか悪魔なのかはわからなかった。背広の胸に見え隠れしていた拳銃が、わたくしたちを護るための武器なのか、それとも撃ち殺すためのものなのかも。

溥儀《プーイー》を執政とした満洲国が成立した今も、まだはっきりとはしませんね。

でも、これだけは言える。神と悪魔はけっして対峙する存在ではなく、ひとりの人格の、あるいはひとつの国家の併《あわ》せ持つ、ふたつの貌《かお》だということ。

ほら、ごらんなさいまし。

かくかくしかじか、きれいごとを並べるわたくしですら、みずからの自由を求めて夫を捨てたのですよ。

七

「それはちがいます」

北村修治は独白に割って入った。

すっかり話に聞きほれて、メモをとることも忘れていた。

「国家にも人間にも、善悪はないと思います。みずから善行と信じたものが、他者にとっては悪行となるだけです。淑妃殿下《シューフェイディエンシア》が皇帝陛下と離婚なさったことについても、悪行と考える者も少なからずいるでしょうが、私はそうとは思いません。むしろ、非は妻を妻として扱わなかった陛下にあります」

文繡《ウエンシウ》は知的なまなざしを北村に向け、嫣然《えんぜん》とほほえんだ。

「中国語がとてもお上手ですね」

「上海の訛りが強いので、お聞きづらいでしょう」

「いえ、よくわかりましてよ。ただし――」

青茶を淹《い》れながら、文繡は羞《はじら》うように続けた。

「その、淑妃殿下という言い方はおやめ下さい。今のわたくしは、北京の一市民にすぎません。その名を捨てるために離婚をいたしましたのよ」

「啊《ア》、我失礼得很了《ウォシーリーダヘンラ》。失言でした」

北村は無定見を詫《わ》びた。ごく自然に、かつての尊称を口にしてしまった。小さな四合院《スーホーユアン》の一室で親しく語らっていても、彼女はただならぬ貴顕の気をまとっているのである。

「しかし、何とお呼びすればいいのか、少々とまどいます」

北村が素直に言うと、文繍《ウェンシウ》は口元に手を添えて笑った。

「文繍という名前は嫌いではありません。中国名なら、傅玉芳《プウユエファン》。子供のころから呼ばれていた、蕙心《フェイシン》という名は好きです。どれでもいいわ。その淑妃《シューフェイ》殿下でさえなければ」

夫を捨てたのではない、と彼女が暗に言っているような気がした。「淑妃」という自分自身を捨てたのだ、と。

李春雲《リイチュンユン》が手を叩きながら、気まずい間を繕《つくろ》ってくれた。

「好了《ハオラ》、好了。では奴才《ヌーツァイ》も、お言葉に甘えて文繍様と呼ばせていただきましょう。それでよろしゅうございますな」

「ありがとう、李老爺《リイラオイエ》」

と笑い返しながら、文繍はさりげなく北村に向かって言った。

「北村先生《ペツンシエンション》。でも、あなたにとってはその名前が不都合ではないのかしら。李老爺から仔細はお聞きしています。あなたはそもそもわたくしを探していたのではなく、同じ名前を持つ別人の居場所を尋ね歩いてらしたのでしょう」

虚を突かれて、北村は声を呑んだ。たしかに自分が探していたのは、彼女の名とまったく同じ発音の「文秀《ウエンシウ》」だった。

梁《リアン》文秀。母校の早稲田大学で教鞭を執《と》っていた恩師である。その師に出会わなければ、中国語を学ぶこともなく、中国にかかわることもなかった。

そのあたりの事情を知る岡圭之介が、ありのままを李春雲に伝え、文繍の耳にも入ったのであろう。

「たしかにおっしゃる通りですが、もののついででこうしてお話を伺っているわけではありません。私は幸運でした」

言いわけに聞こえぬよう、北村は毅然と背筋を伸ばした。

「対《トエ》。承知しておりましてよ。つまり、こういうことですね。あなたは恩師の梁文秀を探しているうちに、同じ名前のわたくしの所在を知った。そして、仲立ちをした李老爺も、彼の消息をたどっていた。今の北京で、人探しをするのは容易なことではありませんね。李老爺、どうぞお茶を――」

北村は老太監《ラオタイチエン》の顔色を窺《うかが》った。馬褂《マーコワ》の肩を落とし、俯《うつむ》きかげんに小さな茶碗を啜《すす》っている。

「ねえ、李老爺。今の北京は、兵隊と難民であふれ返っていて、人を探すどころではありません。ましてや西太后《シータイホウ》様のご霊代《れいだい》ともいえるあなたが、あの梁《リアン》 文秀《ウエンシウ》の行方を他人に訊《たず》ねるわけには参りますまい。あなたにとっては何ら他意なき私事であっても、権力を握らんとする人々から見れば、不穏な動きにほかなりませんから」

そこで文繡《ウエンシウ》は、卓の上に手を伸ばして、李春雲《リイチユンユン》の手の甲をやさしげに握った。

「なんて欲のない人。小平《シヤオピン》をはじめ、紫禁城の古い太監《タイチエン》たちはみな言っていました。あなたはいくつになっても、私欲のかけらもない徒弟《トウテイ》のまんまだったと。だから誰もが、大総《ダアツオンクワン》 管太監のあなたを、心から敬して春児《チユンル》と呼んでいた。それは愛称ではなく、尊号でしてよ」

李春雲は文繡の手を拒んで、はにかむように呟いた。

「もったいのうございます、文繡様。奴才《ヌーツアイ》の魂は、老仏爺《ラオフオイエ》のお供をして天に昇りました。ここにおりますのは、春児の脱け殻にござりまする」

北村には話がまるで見えなかった。だがどうやら、この老太監はただものではないらしい。その一挙一動が、権力者たちの興味を引くほどの。

「梁先生をご存じだったのですか」

北村が改って訊ねると、李春雲は「是的《シイダ》」とひとこと肯定したきり、口を噤《つぐ》んでしまった。

セーターの襟元を直しながら、文繍は院子《ユアンヅ》に咲く紅白の梅に目を細めた。秀でた額と細く高い鼻梁は、その血の中にある騎馬民族の潔《いさぎよ》さを感じさせた。同じ骨格を持つかつての夫は、今や中原《ちゅうげん》の地を去って、満洲の故地に新国家を営んでいる。皇帝たる夫と皇妃の名ばかりか、彼女は民族をも捨てたのだと北村は知った。

窓の外を見つめたまま、文繍は唇だけで言った。

「お二人の私事について口にするのは、いかがなものかと迷っておりましたのよ。でも、お心のうちはわかりましたので、ありのままをお話しいたしましょう。わたくし、お二人がお探しの梁文秀を、よく存じておりますの」

かつて皇妃であった人は、梅の梢《こずえ》に唄う春鳥の囀《さえず》りに聞き紛《まご》うほど清らかな北京語で、話を続けた。

溥儀《プーイー》の算《かぞ》え二十歳《はたち》の誕生日は、日本公使館内の仮宮殿で祝いました。

庶民のそれとは意味がちがいますね。万寿節《ワンショウジエ》。天子の万歳を祈り、天下の平安を寿《ことほ》ぐ大切な祭です。

考えてみれば、その天子は万歳どころか二十歳まで生き永らえたのがふしぎなくらい。天下は平安どころか、外国と軍閥によって瓜のごとく分かたれていました。溥儀《プーイー》の誕生日は二月七日なのですが、その年は易占を立てて、二月五日の吉祥日に行われました。

朝から晩まで、清朝の遺臣やら諸外国の公使やら軍閥の将軍たちやらが、引きも切らずやって参りましてね。こんなにも大勢の人々がお祝いをして下さるのに、どうしてわたくしたちは日本公使館に匿《かくま》われているのだろう、と首をかしげたものでした。

答えは簡単ですね。それは、わたくしたちが「日本公使館に匿われている」からなのです。数々の戦争にすべて勝利して、列強国と肩を並べた日本は、中国の鍵を握っていました。つまり参会者たちは万寿節《ワンショウジエ》を祝ったのではなく、日本に阿《おもね》っていたのです。

東交民巷の街路は、日本軍が厳重な警戒をしており、公使館の中も多くの私服警察官が目を光らせていました。

宴《うたげ》が果て、来客もあらまし引き揚げた夜更けのことです。溥儀と婉容《ワンロン》とわたくしが、一息ついてお茶を飲んでいた応接間に、誰の案内もなく二人の男が入ってきました。

扉が軽く叩かれたと思う間に、いきなり。いくら仮の住居でも、皇帝に対する礼儀はきちんとしておりましたから、もしや刺客じゃないかしらんと思いましたわ。たぶん宴の最中に挨拶ぐらいはかわしていたのでしょうけれど、なにしろ夥《おびただ》しい数の来客でしたから、わたくしたちはいちいち顔も名前も覚えていなかった。

先に入ってきたのは、テールコートを着てシルクハットを携《たずさ》えた日本人でした。背が小さく、丸い眼鏡をかけていて笑顔が地の表情になっている、それはもう一目でそうとわかる日本人の典型です。年齢は四十七、八というところでした。

男はずかずかと溥儀に近寄って、あんがい上品な北京官話で語りかけました。

「本日はおめでとうございます。陛下もさぞお疲れでしょう」

どうやら刺客ではないらしいが、溥儀はきょとんとしておりましたっけ。

「ああ、どなたでしたか」

わたくしの知る限り、皇帝がそのような質問をしたのは初めてでしてよ。礼を失しているというより、とても身勝手な人、という気がいたしました。でも、彼のたたずまいや表情には愛嬌《あいきょう》があって、無礼者だとは思えなかった。

男は改って自己紹介をいたしました。

「天津総領事の、吉田茂でございます」

ジィ・ディエン・マオ。そうと聞いて思い出しました。祝賀の宴もたけなわのころ、芳沢公使が紹介した日本人外交官です。

「奉天、安東、済南、天津、とかれこれ二十年も中国勤務でございます。そのくせ北京の公使館には一度も勤めたためしがありません。出世の遅れた老頭児《ラオトウル》でございますが、今後お見知りおき下さい」

溥儀《プーイー》は「好好《ハオハオ》」と肯《うなず》くばかりです。そんなふうに自分のことばかりまくし立てられた経験がなかったから。

とりわけ日本人は、余分な口をきかない。芳沢公使も竹本中佐も、自分の経歴などを語ったためしはなかった。

椅子に腰かけた皇帝の近くで、立ったまま話しかけるというのも常識にかないませんね。その距離ならば跪《ひざまず》かねばならず、立つのならもっと離れなければ、皇帝を見下すことになります。

ところがおかしいことに、溥儀は背が高くて姿勢も正しく、吉田が小さくてずんぐりしているものですから、目の高さはさほど変わらない。だからやはり、無礼者には見えないのです。

吉田は扉のほうを振り返って続けました。

「本日は、ぜひとも陛下にお引き合わせいたしたい人物を、天津より連れて参りました。北京には顔見知りも多いゆえ、祝宴は遠慮したいと本人が申しますので、かような次第と相成りました。手順を弁《わきま》えぬ無礼は、どうかお許し下されませ」

「好好」と寛容さを示したものの、溥儀は不満そうでした。どうして芳沢公使や竹本中佐が立ち会わないのだ。たかが天津総領事の分際で、無礼にもほどがあろう、とお顔に書いてあるようでした。

でも、あのころの溥儀は、自分自身を変えようと努めていました。意味のない権威をできる限り排除して、時代に即した皇帝になろうと努力していたのです。

「好。さて、どなたでしょうか」

と、溥儀が興味深げに答えたのも、そうした気持ちからだったと思います。

ところで、そのときもうひとりの来訪者はというと、まるで養心殿に伺候した清朝の役人のように、扉の前で両膝をつき、下ろし立てと見える長袍《チャンパオ》の袖をだらりと垂らして俯いておりました。さすがに弁髪は結っていませんが、黒繻子《くろじゅす》の小帽《シャオマオ》の下に銀色の髪が覗《のぞ》き、顎《あご》には白鬚が垂れていました。

吉田がその名を告げた。

「光緒十二年丙戌《ひのえいぬ》の状元、梁 文秀《リアンウエンシウ》にございます。宣 統《シュアントン》陛下におかせられましては、どうかお見知りおきのほどを」

一瞬の沈黙があって、溥儀《プーイー》は小さな驚きの声を上げました。

遠い昔、戊戌《ぼじゅつ》の政変によって国を追われたその人の名は、今も語りぐさでした。彼を知る老臣たちはことあるごとに、「このようなときに梁 文秀《リアンウエンシウ》がいてくれたなら」だの、「史了《シーリヤオ》ならばきっとこうしただろう」だのと口にしていたものです。

思わず立ち上がって、窓辺に倚《よ》りました。何だか夢を見ているような気がしてならなかったからです。

かつて科挙の第一等たる状元は、「日月《じつげつ》をも動かす」と言われ、また「状元は移ろわぬ北辰にして、衆星これに共《むか》う」とまで讃《たた》えられたそうです。梁文秀にまつわる話をわたくしに初めて聞かせてくれたのは、彼と同時代の役人であった祖父でした。

宴の夜は何ごともなかったかのように更《ふ》けて、公使館の庭に氷の屑《くず》が舞っていました。

伝説の人を目《ま》のあたりにするのが何だか怖くて、わたくしはガラスに映るその姿を見ていました。

梁文秀は俯いたまま言った。

「臣は、亡き慈禧《ツーシー》太后陛下の勅勘を蒙《こうむ》った者にござりまする。儀礼をお許し願えましようや」

皇帝はひとこと、「寛恕《クアンシュ》」と応じました。すると梁文秀は、長い歳月を少しも感じさせぬ正しい挙措で、三跪九叩頭《さんききゆうこうとう》の礼を尽くしたのです。

復辟《フービイ》。

それはけっして、朝夕にかわす挨拶の言葉ではないと、初めて思いました。文武の百官はみないなくなってしまったけれど、きっとこの人は日月を動かして、夫を今いちど紫禁城の輝かしい玉座に導いてくれる。

振り返ることができなかった。そのとたんに、夢が覚めてしまうような気がしたから。

皇帝の妻として、愛新覚羅《アイシンギヨロ》家の嫁として、自分がこんなにも復辟《ふくへき》を願っていたとは知らなかった。

西洋館の大きな窓に伸び上がり、動かざる北極星を探しました。でも、星ぼしは舞い踊る氷の粒に紛れて、それを見つけ出すことはできなかった。

「で、彼はお元気なのでしょうか」

李春雲《リイチユンユン》がいたたまれぬように身を乗り出して訊ねた。

「はい。今も溥儀《プーイー》の側近として仕えているはずです」

「すると、長春《チヤンチユン》にいらっしゃるのですね。噂にも聞き及びませぬが」

文繡《ウエンシウ》は口を鎖《とざ》してしまった。何かしら伝えたくない事情でもあるのかと、北村は不安を覚えた。

ややあって、文繡は囁《ささめ》くように言った。

「彼に言い含められましたの。梁文秀《リアンウエンシウ》という存在については、けっして口外して下されますな、と。自分は戊戌の政変の折にいちど死んだ人間なのだから、今は魂魄《こんぱく》として万歳爺《ワンソイイエ》にお仕えしているにすぎない、と」

宣統帝溥儀《シユアントンデイー》を執政に推戴して、満洲国が建国されたのは、ちょうど一年前の昭和七年三月である。満洲事変の結果、政治的に空洞化した長城以北の東三省に、日本の主導による独立国家を打ち立てるという荒技であった。

「魂魄《フンボー》？　――それはどういう意味でしょうか」

冷えた茶で気持ちを鎮《しず》め、北村は訊ねた。

「梁文秀は政治家としての地位や肩書を、すべて拒否しました。その名前が文書に記載されることはなく、その姿が集合写真に収まることもありません。すでに死んでいるのだから、形があってはならないのだそうです。とても頑固で、偏屈な人ですね」

文繡は同意を求めるように、二人の顔色を窺《うかが》った。

北村の記憶する限り、梁文秀は頑固でも偏屈でもなかった。学者には得てしてそうした手合いも多いが、碩学《せきがく》と呼ばれる人ほど良識があり、謙虚であることも知っている。彼はその典型であったと思う。

いつも粗末だが清潔な着物に、筋目の立った小倉袴《こくらばかま》をつけて、完璧な日本語を使った。ほとんどの学生はその正体など知らず、「漢文学の柳川文秀《やながわふみひで》教授」だと信じていた。

市谷加賀町《いちがやかが》の自宅にもたびたび招かれた。奥方は笑顔を絶やさぬ、愛らしい人だった。酒を酌《く》みながら夜を徹して論じ、学生たちがみな酔い潰れても、梁文秀は背筋を伸ばしたまま乱れなかった。

やはりどう思い返しても、偏屈者などではない。もしや同姓同名の人ちがいではあるまいかと北村は疑った。

李春雲が両手で顔を被《おお》って呟いた。

「変わらない。どこも変わらない。頑固で、偏屈で。だが、あれほど心やさしいお方は、この世に二人といないのです」

それから、北村に向き直って続けた。

「このことは、あなたひとりの胸に納めて下さい。消息がわかったのだから、それでよろしいでしょう」

北村は声を遮《さえぎ》って言った。

「人ちがいかもしれません。私の知る梁《リアン》先生は――」

「いやいや、まちがいありませんよ。あなたは彼をよく知らないだけです」

ふと思いついたことがある。梁文秀《ウェンシウ》はどれほど談論風発しても、政治を語ろうとはしなかった。話題が昨今の日支問題に及びそうになると、彼の経歴を知る学生が上手に話頭を転じた。

そうした役回りは、先輩から後輩へと申し送られており、卒業の年には北村もあれこれと気遣ったものである。だが、北村自身も多くを知るわけではなかった。

戊戌の政変によって日本に亡命した、清国の高級官僚。科挙第一等の状元。古今の漢籍に通じた碩学。ただそれだけである。

梁文秀のことをよく知らない、と言われれば、弟子のひとりとしては心外でもあるけれど、たしかにその通りなのかもしれぬ。北村の帰依《きえ》した柳川文秀は、かつて梁文秀という政治家であったのだ。

やはり人ちがいなどではあるまい。梁文秀は雌伏《しふく》のときをおえて、清朝の復辟を実現しようとしている。

そう確信したとたん、北村の膝は震えた。

「ところで、李老爺《リイラオイエ》。あなたと史了《シーリャオ》は、格別に親しかったのでしょうか」

文繡《ウエンシウ》が訊ねた。李春雲《チュンユン》の答えは淀んだ。

「それは――外朝の役人と内廷の太監《タイチエン》は、交誼してはならぬという乾隆大帝の遺訓がございますれば」

「遺訓はさておくとして、親しかったのですか」

李春雲の馬褂《マーコワ》の背中が丸くすぼんだ。

「はい。奴才《ヌーツアイ》は静海県《チンハイ》梁《リアンジアチュン》家屯の生まれでございまする。史了様は梁家のご子息でした。さような長い誼《よしみ》ではございまするが、戊戌の変法の折には心ならずも敵味方となり、袂《たもと》を分かったのです」

文繡の深い吐息が、卓を隔てて北村の肌にまで届いた。

「ねえ、李老爺。わたくし、実は何もかも存じ上げておりましてよ」

李春雲は叱られた子供のようにうなだれてしまった。何かを言いかけて文繡はためらい、ハンカチを口に当てて咳《しわぶ》いた。

「意地悪をしているわけではありません。どうして我慢をするのですか。わたくしは、偽りの結婚に我慢ならなくて夫を捨てました。皇帝の妃であるよりも、ひとりの女として人生を全《まっと》うすべきだと信じたからです。でも、あなたは我慢をする。それは美徳ですか。もし耐え忍ぶことが道徳ならば、この国はもう続かない。わたくしが愛する夫とかわいそうな婉容《ワンロン》を捨てた理由はそれです。運命に身を任せて共に滅びるよりも、独立自彊《じきょう》の手本を示したかったから」

北村は心打たれた。この立派な思想を持つ女性に、軽々しく取材を申し入れたことを恥じねばならなかった。

しかし、李春雲《リイチュンユン》と彼女とのやりとりには、何かしら釈然としない部分があった。かつて西太后《シータイホウ》の寵愛を恣《ほしいまま》にし、今は悠々自適の隠居生活を送るこの老人が、いったいどのような我慢をしているのだろう。

袍《パオ》の膝を摑みながら、李春雲はようやくのように言った。

「お言葉に抗《あらが》う無礼をお許し下さい。畏《おそ》れながら、不実な夫を捨てることよりも、血を分けた肉親を捨つることは、ずっと罪深いと存じます。さような罪の行方など、いったいどの口が訊ねられましょうや」

固く引き結んだ文繡《ウェンシウ》の唇が震え、眦《まなじり》に涙が溢《あふ》れた。

「李老爺《ラオイエ》。あなたがお訊ねになれないのなら、わたくしからお伝えするほかはありません。あなたが捨てた妹は、けっしてあなたを憎まず、むしろ独立自彊の手本として、幸せに暮らしています。梁文秀との間にもうけた男子も、たくましく成長しました」

李春雲はいくども肯き、「好《ハオ》」と呟き続けていた。

「彼女はわたくしの女官として、七年を仕えてくれました。わたくしに離婚を勧め、すべての手筈《てはず》を整えてくれたのも彼女です。よろしいですか、李老爺。玲玲《リンリン》は心から夫を愛し、兄を尊敬しているのです。だからあなたも、嘆いてはなりません。これは運命ではない。あなたも、玲玲も、そしてわたくしも、みずからの手で人生を開きました。けっして天の設《しつら》えたもうた運命ではない、ひとりひとりの人生を」

八

話を続けましょう。

一九二五年二月二十三日の夜、溥儀《プーイー》はひそかに北京の日本公使館を離れて、天津へと向かいました。

三ヵ月前に醇《チュン》親王府を脱出したときと同様、隠密裏の行動です。日本の庇護《ひご》を得たりとはいえ、生命の危機が去ったわけではありません。北京の政治情勢も、何ひとつ変わってはいなかった。

諸外国の公使館が軒を並べる東交民巷に、いつまでも隠れているわけには参りませんね。そこで、天津の日本租界に邸宅を借りて、いったん腰を落ちつけようという話になったのです。

詳しいいきさつは存じません。ただ、溥儀《プーイー》の誕生祝からしばらくの間、あれやこれやと激しく議論が闘わされていました。そうこうするうち、それまで夫が最も恃《たの》みとしていた鄭 孝胥《チョンシャオシュ》が、ぷいと故郷に帰ってしまったのです。

洩れ聞くところによると、彼は民国政府と交渉して、優待条件を回復させること、すなわち清皇室がふたたび紫禁城に戻ることを企図していたのですが、今さらそれはありえない、という大方の意見に圧倒されてしまったらしい。

親日家の彼が天津行きに反対するからには、もしかしたらそれなりの勝算があったのかもしれませんが。

鄭孝胥が去ったあと、彼にかわって皇帝が頼ったのは、やはり長く師傅《しふ》を務めた羅《ルオ》振玉《チュンユー》でした。まことに情けない話ですが、皇帝を支える人々の中には、かつて清朝の大官であった者も、王公旗人もいなかったのです。彼らはみな保身に汲々《きゅうきゅう》とするばかりで、復辟どころか、皇帝の命さえ二の次でした。

考えてもごらんなさい。ジョンストンも鄭孝胥も羅振玉も、溥儀の家庭教師にすぎないのですよ。

そうした実情を誰よりも知る溥儀にしてみれば、天津での生活をお膳立てしてくれた梁文秀《リアンウエンシウ》は、よほど頼りがいのある人物だったのでしょう。

それはそうとして、二月二十三日の脱出行の話です。

まず、藍衣の北京大学学生に変装した溥儀が、何人かの私服警察官とともに列車で天津へと向かい、翌日の晩にわたくしと婉容《ワンロン》が後を追う、という計画でした。

自動車を使って検問に遭ったら、ひとたまりもありません。公使館から北京駅は近いので、歩いて行くのが上策です。

当時の北京市内は、段祺瑞《ドウアンチールイ》の民国軍と張作霖《チャンヅオリン》の奉天軍、そしてクーデターを起こした馮玉祥《フオンユイシャン》の軍隊が、ごちゃまぜに溢れていました。新聞を読んでも、人の噂に耳を傾けても、いったい何がどうなっているやらさっぱりわからない。もちろん警察だって信用できませんから、護衛についたのは天津から迎えにきた日本人の私服警察官でした。

夫が出発するとき、婉容《ワンロン》は藍衣の袖にしがみついて泣きました。「明日、天津で会おう」という夫の言葉が信じられなかったのです。

殺されてもいいから一緒に行く、と婉容は言いました。

それはわがままですね。人目につかぬよう、皇帝はひとりで先発するのです。同行すればそのぶん危険が増すという理屈が、婉容にはわからなかった。ましてや彼女は、ただでさえ人を振り返らせるような美人なのです。

どうしても聞き分けないので、わたくし、婉容を欺《だま》しましたのよ。「では、お仕度《したく》を」って。

そして、彼女が着替えに行ったすきに、溥儀《プーイー》を追い立てましたの。

「嘘はよろしくない」と夫は言いました。

「嘘をついたのはわたくしです」と答えました。

わたくしに対する婉容の憎しみは、そのときから始まったのかもしれません。でも、彼女にどう思われようとかまわなかった。凡下《ぼんげ》の夫婦ならば、共に死するのも美徳と思われましょう。が、わたくしたちには許されない。

いったいわたくしは、夫を愛していたのでしょうか。今も折にふれて、思い悩みます。

それでもあのとき、はっきりとわかったのです。少くとも婉容よりは、わたくしのほうが夫を愛しているのだ、と。

そして思い出すたびにまた悩むのです。かくいうわたくしの愛情すら、こんなにもあやふやなのだから、つまるところ夫は、誰からも愛されてはいないのだ、と。

夫を追い立てたあと、二階のバルコニーに立って、これが見納めとなるかもしれない後ろ姿に手を振りました。

「転ばないで」

夜来の雪は已《や》んでおりましたが、掃ききれぬまま凍りついて、行きかう人の足元はかえって殆《あや》うく思えました。

用心深い夫は、それでもあんがい器用に歩み去って行きました。少し間を置いて影のような護衛が続き、やがてしめやかに、公使館の鉄扉が鎖《とざ》された。

蒙塵《モンチエン》。

あのいまわしい言葉が、黒い雪のように降り落ちてきました。

紫禁城を離れるとき、初めて思いうかんだ言葉です。天子が塵をかぶって逃げ出すことですね。

城を追われても、夫は什刹後海《シーシャホウハイ》のほとりの生家にとどまっていました。また、身の危険を感じて逃げこんだ東交民巷の日本公使館も、北京市内にはちがいありません。

でも、天津は都ではない。

鄭孝胥《チョンシャオシュ》はそのことを力説したのではないか、と思ったのです。たとえ弑《しい》されなくとも、天子が蒙塵すれば王朝は終わる。城を追われようと、玉体が都にとどまる限り、蒙塵ではないと彼は考えたのでしょう。だから、たとえわずかな希望であっても、宣統帝を北京にとどめたまま、優待条件の回復をめざすべきだ、と主張した。

そんなことを考えているうちに、公使館の闇を震わせて婉容《ワンロン》の泣き声が聞こえました。

「一塊児去《イークアルチユー》、一塊児去！」

一緒に行くのよ、一緒に、と。

車寄せから飛び出した皇后を衛兵が遠巻きにし、女官と太監《タイチエン》が抱き止めました。力が余って、婉容は凍った雪の上に転がった。

「一塊児去、一塊児去！」

その声が耳について離れません。黒貂《くろてん》の外套を雪まみれにして転げ回る姿も、瞼《まぶた》の裏に貼り付いたまま。

満洲国の都は、さぞかし寒いのでしょうね。長城を遥かに越えて、奉天よりもさらに北というからには、北京の冬など比べものにならないはずです。

梅は咲くのでしょうか。冬の寒さは厳しくても、その名の通りの長い春が早く訪れて、紅白の梅が咲けばいいですね。

溥儀《プーイー》も婉容も、寒がりですから。

天津《テイエンジン》。

天子の津《わたし》。その昔、明の燕《えん》王が南京を攻めるためにここから船を出した。隋の煬帝《ようだい》の手に成る大運河。五つの川を集めて渤海に注ぐ海河《ハイホー》。天津は水の都です。

プラットホームに降り立ったとたん、異国を感じました。北京から列車でたった三時間ばかりなのに、まるで別世界だったのです。

理由の第一は気候のちがいですね。内陸の北京はからからに乾燥しているけれど、天津の風は湿気を含んでいて、春のように暖かかった。

もうひとつの理由は、広大な租界の存在でしょう。古い開港地である天津には、中国の主権が及ばない諸外国の租界が繁栄をきわめており、西洋の文明が街なかに溢れていました。イギリス、フランス、日本、イタリア、ベルギー。北京の東交民巷とは較べものにならないくらい大きな、中国の中の外国です。

わたくしと婉容《ワンロン》が天津に到着したのは、夫が北京を脱出した翌日、一九二五年二月二十四日の午後でした。日本人の私服警察官たちに護衛されて、生きたここちもなく夫の後を追ったのです。

わたくしたちの乗った車輛にほかの乗客の姿はなく、前後の扉を奉天軍の将校が警備していました。そしてふしぎなことに、途中の駅から何人かずつ、日本人の男性が乗ってくるのです。それぞれが私服なのですが、目付きが鋭くて体格もよく、警察官か軍人に思えました。駅や沿線で見かけたのは、灰色の軍服を着た奉天軍の兵隊ばかりでした。

北京から天津への脱出行は、周到に準備されていたのです。目立たぬ人数で日本公使館を出発し、少しずつ警備が厚くなり、天津に着くころには車輛が護衛で埋まっているような有様でした。

たいそう怯《おび》えていて北京駅までは足どりさえ覚束《おぼつか》なかった婉容も、次第に落ち着きを取り戻しました。前夜に出発した溥儀《プーイー》の消息がわからず、このさき何が待ち受けているかも知れなかったのですが、これならば大丈夫だと安心したのでしょう。

婉容はわかりやすい人ですね。楽しいときは少女のようにはしゃぐし、機嫌を損ねると切れ長の一重瞼《ひとえまぶた》が吊り上がります。苛立《いらだ》っているときは立て続けに莨《タバコ》を喫《の》みますから、いちいち跪《ひざまず》いてマッチの火を差し出す女官は大変です。

天津が近付くほどに表情が和《やわ》らぎ、莨の数も減りました。

わたくしは十七のその齢《とし》まで、生まれ育った北京から出たためしはなかった。でも三つ齢かさの婉容は、父親が天津で事業を営んでおり、彼女自身もかつてはイギリス租界のミッション・スクールに通っていたのです。だから彼女が怖がれば、わたくしは何倍も不安になるのだけれど、顔色に出してはならないと思っていました。わずかな数の女官や太監《タイチエン》たちは、婉容のご機嫌をとることで精一杯でしたから。

そんなふうにして天津駅のプラットホームに降り立ったわたくしを、快く湿った風が出迎えてくれたのです。

まるで別世界。中国の中の外国。どうしてもっと早く、この町に来ることができなかったのだろう。紫禁城を追い出されてからの、心許ない三ヵ月余りはいったい何だったのだろうと思いました。

つまり、皇帝が都を捨てるからには、それくらいの深慮と準備期間とが必要だったということでしょう。

プラットホームには梁《リアン》 文秀《ウエンシウ》が待っていました。仰々しく出迎えるのではなく、地味な長袍《チャンパオ》を着て丸眼鏡の奥の目を細め、まるで孫娘を待つようにさりげなく。

「ああ、史了《シーリャオ》」と、思わず字《あざな》が口からこぼれました。万寿節《ワンショウジエ》の晩に対面しただけなのに、なぜかとても懐しい人のように思えたのは、わたくしに寄り添っている西太后《シータイホウ》様の魂が、こう教えて下さったからなのでしょう。

(信用できるのは、史了だけよ)と。

戊戌の政変の折に、いったいどのような争いがあったのか、詳しくは存じません。でも政敵であったはずの西太后様の魂が、たしかにそう仰せになったような気がいたしました。

梁文秀はいかにも祖父のように、改った挨拶もせず婉容《ワンロン》と一緒に歩き出しました。すると、ひとりの小柄な女が、やはり母のようにさりげなく、わたくしに並びかけてきたのです。

彼女は小声で言った。

「儀礼を省略いたしますこと、どうかお赦《ゆる》し下さりませ。梁文秀の家内にございます。淑《シュー》 妃《フェイ》様におかせられましては、なにとぞご安心のほどを」

わたくしの十歩前を歩む婉容も、梁文秀から同じように言い含められているようでした。

「これから、どこへ行くのですか」

と、わたくしは梁文秀の妻に訊き返しました。

「日本租界でございます」

「領事館ですか」

「いえ、ご心配なく」

余分な会話を避けているとわかりましたので、それきり質問はやめました。

亡き母と同じ齢頃の、四十代なかばでしょうか。衣服はモダンな洋装で、短い断髪に釣鐘帽《クロッシェ》を冠っているさまは、黙っていれば日本人に見えるでしょう。微笑を絶やさない表情や、慎ましやかな動作は、やはり日本人のものでした。

でも、どれほど中国語に熟達したところで、日本人ならばすぐにそうとわかりますね。北京語の巻き舌がうまく発音できないから。

ねえ、李老爺《リイラオイエ》。

あなたが梁文秀と会おうとしない理由はわかります。でも、どうして血を分けた妹を訪ねようとはなさらないのですか。

天下を分かつ敵味方となったことと同じくらい重く苦しい過去が、兄と妹の間にもあったとでもおっしゃるのですか。

わたくしには理解できません。こうして向き合っていても、おもかげが重なって仕方ないくらい、とてもよく似た兄と妹なのに。

心やさしい玲玲《リンリン》はそれから七年もの間、かたときも離れぬ影のように、わたくしに連れ添ってくれました。自分の苦悩はけっして語らず、わたくしの嘆きをつぶさに聞いてくれる影のように。

影には何もできません。でも、あるときふと気付いたのです。わたくしの上には、いつも輝かしい光があるのだ、と。光と影は同じものなのだと。

おそらく西太后《シータイホウ》様も、春児《チユンル》という影に支えられて生きたのでしょう。その影こそが、青空から降り注ぐ光明だとお気付きになったから。

ごめんなさい、大総管《ダアツオンクワン》。畏《おそ》れ多くも老仏爺《ラオフオイエ》の大御心《おおみこころ》を、覗き見てしまいました。

宣統《シユアントン》皇帝の天津における行宮《あんぐう》は、日本租界のただなかにある大きな西洋館でした。かつて大清の将軍だった張彪《チヤンビヤオ》の持ち物で、「張園《チヤンユアン》」と名付けられていました。その名を聞いたとき、張作霖《チヤンヅオリン》からのプレゼントだと思ったのは、わたくしばかりではないはずです。愛新覚羅《アイシンギヨロ》の一族も遺臣たちも、みな奉天軍に復辟《ふくへき》の期待を寄せていましたから。

でも、「張」の姓はいくらでもありますね。残念ながら張彪将軍は、張作霖ほどの大物ではありません。

聞くところによると、張彪は武昌に駐屯する清国軍の司令官だったのですが、辛亥革命のときは肝を潰して、ろくな戦もせずに逃げ出したそうです。そして天津の日本租界に隠れ棲《す》んだ。つまり彼こそが、武昌蜂起を革命へと導いた立役者ですね。

その張彪がすっかり年老いて、おめおめと皇帝の前に現われたときには、居並ぶ遺臣たちがみな、「何だおまえか」というような顔をしていましたっけ。

驚くことに、張園は彼の居宅ではなく、遊戯場だったのです。なるほどそうと聞けば間取りのひとつひとつが妙に広くて、ダンス・ホールや賭博場にころあいでした。重たくて運び出せなかったのでしょうか、玉突き台がそのまま置いてある部屋もありましたっけ。

辛亥革命から十三年も経って、敗将がそんな豪勢な暮らしをしていたと知れば、誰もが呆《あき》れ果てますが、行宮の大家さんなのですから文句もつけられません。おそらく幼い皇帝から賜《たま》わった軍費のほとんどは、彼の私腹を肥やしていたのでしょう。

老臣たちの蔭口は聞くだにおかしかった。

ある人はこう言うのです。

「天網恢々《てんもうかいかい》、疎《そ》にして漏《も》らさず、とはまさにこのことですな。着服した軍費は、そのまま皇帝陛下のお手元に戻ってきた」

張園《チャンユアン》は将軍の持ち物でしたが、まさかこうした皮肉なめぐりあわせでは、家賃を払えとは言えますまい。

また、ある皇族はこう言いました。

「張彪将軍は敗戦の責任を感じているのですよ。戦の勝ち負けは時勢の赴《おもむ》くところ、今となっては忠臣と呼ぶべきでしょう」

張園が行宮と定まってからというもの、老将軍は毎朝いそいそとやってきては、みずから箒《ほうき》を手にして庭掃除をしていました。みえすいた「忠義」でしたが、そこまでされれば悪口も言えませんね。

ともかく彼の厚意によって、わたくしたちはようやく居場所を得ました。張園は北京の日本公使館よりもずっと住みごこちがよく、租界には中華民国の法が及びません。むろん警備も万全です。

懐しい人々や大勢の使用人たちも、北京から続々とやってきました。平安と賑《にぎ》わいとを、わたくしたちは取り戻したのです。

つかのまの平安。まやかしの賑わい。そんなことは誰もが承知していましたが、とりあえず生命の安全が保障され、生活の場が定まったというだけでも、ほっと胸を撫《な》で下ろしたものでした。

張園は赤煉瓦《れんが》と白大理石を組み合わせた、とてもおしゃれな洋館です。玄関には車寄せが付いていて、高い望楼に登ると天津の街並がそっくり見渡せました。旧市街の城壁も、蛇行して流れる海河《ハイホー》も、その両岸を埋める外国租界も。

建物の裏側は広い芝生の庭園に面して、二階のホールから大階段が下りていました。その階段とテラスをうまく使えば、いっぺんに百人の記念写真を撮ることができるのですよ。

皇帝の居場所が定まると、毎日大勢の客が訪れました。紫禁城にいたころとはちがって面倒な手続きはなく、玉座がないので三跪九叩頭の儀礼も省略されました。もともと溥儀《プーイー》は、そうした堅苦しい慣習が好きではありません。レジナルド・ジョンストンによる西洋流の教育の成果でしょうか、イギリスを始めとするヨーロッパ王室のかたちを理想としていました。だから来客に対しては謁見《えっけん》を賜《たま》うのではなく、親しく接して、お望みとあらば記念写真にも収まったのです。

皇帝が気易く歓待するのですから、客がさらなる客を呼ぶことになり、とうとう日本人の写真師は、庭園の噴水のほとりに写真機を据《す》えつけたままになりました。

溥儀《プーイー》もわたくしたちも、錯覚しておりましたの。大清の復辟を希《ねが》う人々が、こんなにもたくさんいるのだ、と。

そんなはずはありませんね。彼らはみな、中国で最も有名な人物を訪ね、言葉をかわし、ともに写真に収まって、他人に自慢したかっただけ。そしてその写真は、彼らの商売や権威づけに利用されたはずです。

だから彼らは、いくばくかのお金を持ってやってきます。「復辟のためにお役立て下さい」と言葉を添えて。

夫はその貢《みつ》ぎ物に見合う品々を彼らに与えます。服や、壺や、書。それらはどれも大清皇帝下賜品として、彼らの商売や権威づけに寄与するのです。

何という愚かしい話でしょう。旧来の慣習を否定したつもりの溥儀は、知らずその慣習の最も悪い部分を、際限もなく膨《ふく》らませていたのです。

それでも、復辟に役立つ資金が集まり、わたくしたちの生活費にもなるのだから、よろしいのではないか、とも考えられましょう。しかし、そうとも言えない。中には皇帝の財産を狙うつわものもいるのです。天津租界は悪党どもの巣窟でした。

破産した商人。部下のいない将軍。本拠地を追われた軍閥。流浪する白系ロシア人。自称ヨーロッパ貴族。さまざまの政客。

それらのどうしようもない連中は、みな甘言を弄《ろう》して廃帝に群らがり、大清復辟の幻想を抱かせました。

溥儀には善意と悪意の判別ができません。皇族もむろん同様です。遺臣たちも世知に長《た》けた者はとっくに皇帝を見限っていますから、やはり懐疑心を持たぬ善良な人々ばかりでした。

詐欺師たちはありもせぬ話をでっち上げて、何万元という大金を夫から奪ってゆきました。

つまり、張園《チャンユアン》は素人の資産家が経営する銀行のようなもので、預金者にはそれなりの配当が約束されており、貸付金は片ッ端から踏み倒され、しかも帳面は甚《はなは》だいいかげんでした。

行宮を張園に定めたとき、大家さんの張彪《チャンビヤオ》将軍という人物について、きちんと分析していればあんなことにはならなかった。

武昌蜂起のときに私財を抱え家族を連れて行方をくらました将軍は、実は天津に巣くう悪党どもの一典型だったのです。

年老いて皇帝を利用する元気もなくなってしまったから、せめて忠臣を装って庭の手入れなどしながら、かつての遊戯場の客たちが大立ち回りを演ずるさまを、面白おかしく眺めていたのかもしれません。

のちに彼が病を得て亡くなったとき、器用な代書人が記したにちがいない皇帝あての遺摺《いしゅう》が、張 園《チャンユアン》に届けられました。溥儀《プーイー》はそれに応えて、儀礼通りの諭旨を下しました。

「将軍張 彪《チャンビヤオ》は克《よ》く前徽《ぜんき》を紹《つ》ぎ、厥《そ》の職を格尽《かくじん》す。茲《ここ》に溘逝《こうせい》を聞き、軫惜殊《しんせきこと》に深し」

というような、お定まりの文句ですね。「克く前徽を紹ぎ」というのは、伝統の糸を繋《つな》ぐという意味ですから、皇帝が彼を大清の名将として褒《ほ》めたたえたことになります。

何日か後に、三ツ揃いの背広を着て細い口髭を立てた張彪の倅《せがれ》がやって参りましてね。夫に諭旨のお礼を述べたあと、見送りに出た羅振玉《ルオチュンユー》に向かってこう言ったそうです。

「父は職を果たしおえましたので、来月からはお家賃を頂戴いたします」

天津行きに反対して帰郷してしまった鄭 孝胥《チョンシャオシュ》が、張園に戻ってきた。彼は皇帝が最も信頼していた側近ですから、御意を享《う》けた誰かしらが説得にあたったのでしょう。

日本を警戒して北京の公使館には現れなかったレジナルド・ジョンストンも、たびたび張園を訪れました。

北府《ペイフ》からの脱出を成功させた命の恩人たちが、さまざまの葛藤があったにせよ事実を追認してまた集まってくれたのですから、夫はどれほど心強く思ったことでしょう。

そう言えば、ふしぎな忠臣もやって参りましたのよ。

康有為《カンヨウウエイ》。徳宗光緒《グアンシュ》陛下のご寵愛を賜わった、戊戌の変法の中心人物です。

あら、李老爺《リイラオイエ》。どうしてそんなにもびっくりなさるのですか。「まだ生きていたか」とは、ずいぶんなおっしゃりようですね。

かつての同志である梁 文秀《リアンウエンシウ》が連れてきたのですが、二人はさほど気心の知れた仲には見えなかった。性格がちがいすぎるせいでしょうか。康有為は七十に近いというのに、相手が誰であろうが大声でしゃべりっぱなし。一方の梁文秀はとても無口で、いてもいなくてもわからないくらい。

「ま、変法も失敗するはずですな」

というのは、鄭孝胥の解説です。

玲玲《リンリン》に訊《たず》ねたところ、答えはたったひとこと「孽縁《ニエユアン》」――腐れ縁です、と。

おや。ご同感ですか、李老爺《リイラオイエ》。

どうやら彼を知る人は、みなさま同じ感想をお持ちのようですね。若き日の光緒陛《グアンシュ》下は康有為《カンヨウウエイ》に毒された。もっとも、誰も彼の独走を止めることができず、とうとう西《シー》太后《タイホウ》様の大御心を煩《わずら》わせることになったのですから、譏《そし》る資格はありません。

康有為はほどなく青島《チンタオ》で亡くなりました。彼は死に臨《のぞ》んで遺摺を奉《たてまつ》ったのですが、皇帝は論旨をもって応えようとはしませんでした。つまり、夫と遺臣たちとの彼に対する評価は、腰抜けの張《チャンビャオ》彪将軍にも及ばなかったのです。

北《ペ》村先《ツンシエンション》生、よろしかったらお莨《タバコ》をどうぞ。わたくしは喫《の》みませんが、どうぞご遠慮なさらず。

ああ、懐しい香り。イギリス製のスリーファイブですわね。婉容《ワンロン》が喫《す》っていたのも、その莨でした。わたくしも勧められて、いたずら半分に喫いましたが、どうにも好きにはなれなかった。溥儀《プーイー》も同様に、せいぜい嗜《たしな》む程度でした。

婉容にとっては鎮静剤ですね。たしかに莨には、気持ちを落ち着かせる効能があります。

だから彼女の喫い方は変わっていました。こう、指を立てると、お付きの者が跪いて莨を差し向け、マッチを擦《す》る。ほんの一口か二口。そしてまた、指を立てます。そんな具合ですから、日に一ダースも喫っていたのではないかしら。でも、時と場所は心得ていて、客人や老臣たちの前で喫《の》むことはありません。家族と使用人だけになると、たちまち始まるのです。

張園《チャンユアン》に入ってからまだ間もない、ある朝早くのことでした。時ならぬ人声に目覚めて、三階の居室の窓を開けると、梁文秀《リアンウエンシウ》がたいそうな剣幕で太監《タイチエン》を叱りつけておりました。

彼は物静かで、捉《つか》みどころのない人ですね。日ごろは客の前に姿を見せず、狭い北向きの執務室に籠《こも》ったきりなのですが、羅振玉《ルオチユンユー》も鄭孝胥《チヨンシヤオシユ》もしきりにその部屋に出入りして、さまざまの相談をしていた。そんな梁文秀が朝っぱらから声をあらげて太監を叱りつけるなど、まったく思いも寄らぬ図です。いったい何事だろうと、わたくしは耳を欹《そばだ》てました。

「どういうつもりでこのようなことをしたのだ」

「お許し下さい、史了《シーリヤオ》様。奴才《ヌーツアイ》にはけっして悪心はございませぬ」

叱られているのは趙栄昇《チヤオロンシヨン》という古株の御前太監でした。李老爺もご存じの者かもしれませんね。

かつては千人の上もいた宦官《ホアンクワン》たちでしたが、みな暇を出されまして、天津までお伴をしたのはせいぜい三十人ばかりですから、ひとりひとりが選び抜かれた働き者でした。

「おまえに悪心はなくとも、悪業にはちがいないのだ」

「お言葉ではございますが、史了様《シーリャオ》。奴才《ヌーツァイ》にはその悪業の意味がわかりかねまする」

趙栄昇《チャオロンション》は霜柱の立った土の上に両膝をつき、潜《ひそ》み声で抗《あらが》いました。

「今からでも遅くはない。おまえがお諫《いさ》めできぬのなら、私から申し上げよう」

そのあたりで話が呑みこめました。たしかに趙栄昇に悪意はないのです。ひたすらお付きの太監《タイチエン》として、婉容《ワンロン》に仕えていた。

「お勧めした奴才の口から、お諫めすることはできませせぬ」

「ならば仕方がない。私が諫言《かんげん》する」

「お待ち下さりませ、史了様」

趙は立ち去ろうとする梁文秀《リアンウエンシウ》の長袍《チャンパオ》の袖を摑みました。

「皇后様は阿片《あへん》の効能でお心を安んじておられまする。今お取り上げになれば、もとの癇性《かんしょう》がぶり返してしまいます」

「阿片は薬ではない。麻薬だ」

「度を過ごさなければ薬でござります」

「そう言いながら度を過ごすのが、麻薬というものだ」

さて、どちらの言い分が正しいのでしょうか。わたくしにはよくわからなかった。

阿片は昔からご禁制とされていても、北京の裏街には「煙館」の看板を掲げた店が堂々と営業しておりましたし、毒か薬かという大人たちの議論も、聞き慣れていたからです。

天津に来てほどなく、婉容が阿片を喫み始めたことは知っていました。たぶん溥儀《プーイー》も気付いていたはずです。でも、癇癖を起こさなくなったのはたしかで、これは効能が顕《あらわ》れたのだと思っていた。

婉容の困った気性には誰もが閉口していたのです。だから趙栄昇は阿片を勧め、そうと知っている人も黙認した。

やはりいけないことですね。よしあしはさておくとしても、婉容は皇后なのです。宣宗道光《タオグアンディー》帝の御代に国禁とされ、戦争の種となり、大清を滅した原因のひとつにちがいない阿片を、皇后が用いてはなりません。

梁文秀に諫言をさせてはならないと思いました。彼は遺臣たちが恃《たの》みとしているし、復辟をなすためには欠くべからざる人物です。皇后との間に溝ができてはなりません。少くとも、阿片をやめさせるのは彼の務めではない。

寝巻の上に外套を羽織って、寝室から駆け出しました。階段の踊り場でわたくしを認めると、彼はいつものように壁際に退いて、拱手《ゴンショウ》の礼をつくしました。

「わたくしがお諫めいたします」

すると史了《シーリャオ》は、ちょっと意外そうな顔でわたくしを見つめました。

「家族ですから」

踊り場に開かれたステンドグラスを透かして、七色の朝日が射し入っておりました。婉容《ワンロン》を家族だなどと思ったことはありません。でも、はたから見ればそうにちがいない。ならばこの務めを果たすのは、彼ではなくてわたくしだと思ったのです。

「淑《シュー》妃《フェイ》様がお諫めしても、お聞き届けにはなりますまい」

「いいえ。あなたの諫言は道理にはずれます。この件は大清の国事ではなく、愛新覚羅《アイシンギョロ》家の私事ですから」

階段の下のホールでは、趙栄昇《チャオロンション》が石床に音立てて叩頭しておりましたっけ。

梁文秀《リアンウエンシウ》はステンドグラスを見上げて、七色の溜息を吐《つ》きました。

「よろしいですね、史了」

「はい。淑妃様の仰せのままに」

それからしみじみと、こんなことを言った。

「亡き徳宗陛下は戊戌の親政にあたり、臣よりも康有為《カンヨウウェイ》の言を重く用いました。叡慮《えいりょ》は絶対でござりまするが、必ずしも正大ではござりませぬ。宣統《シュアントン》陛下もまた、取り返しようのない過《あやま》ちを冒《おか》されました」

「何と無礼なことを」

わたくしがたしなめますと、史了はにっこりと笑い返しました。

「二度は申しませぬ」

その言葉の真意に気付いたのは、ずっとのちになってからです。とても嬉しく思いました。史了は二度と言ってくれませんでしたけれど、ほかの人々がけっして口に出さなかった胸のうちを、きっぱりと声にしてくれたのですから。

婉容を諫めました。そのときだけではなく、毎日のように。ときには寝台に横たわって阿片を喫う枕元で。

夕食をおえると、婉容はまっしぐらに寝室へと向かいます。そこにはすでに、仕度を斉《ととの》えた趙栄昇が跪いて待ち受けております。

まず左向きで四服。寝返りを打って右向きに四服。わたくしの諫言を聞き流して、皇后は阿片の世界に逃げこんでしまうのです。そして悲しいことに、浮世を忘れて酩酊する婉容《ワンロン》は、春に先駆けて咲く辛夷《こぶし》の花のように美しかった。

　悲しいことに。

　張作霖《チャンヅオリン》将軍の使者が訪れたのは、張園《チャンユアン》の庭に青葉の眩《まば》ゆい初夏でした。

　孫文《スンウエン》が三月に死んだあと、天下の覇権を握るのはこの奉天軍閥の領袖だと、誰もが考えていました。

　白虎の張。その二ツ名が示すように、彼は満洲の野に興《おこ》った馬賊です。革命勢力に服《まつろ》わず東三省の独立を宣言し、のみならず長城を越えて北京を手中に収めた経緯は、大清の祖業と重なりますね。

　遺臣たちは復辟の期待を張作霖に寄せていました。その勢力はすでに長江沿岸にまで及び、天津も奉天系の将軍である張宗昌《ツオンチャン》の支配下に置かれていたのです。

　しかし、誰も張作霖に会ったことがない。謁見に訪れるのは、張宗昌を始めとする子分たちだけでした。

　面識もないのに復辟の期待をかけるなど、おかしな話ですね。正しくは、百万を超す大東北軍のほかには、その可能性を見出せなかったのでしょう。さもなくば、彼が非情にも大清の廃帝を葬《ほうむ》り去って、新しい王朝を開くか、そのどちらかだからです。

期待はするが、信用はしていない。遺臣たちの腹のうちは、そんなところだったと思います。なにしろ馮　玉祥《フォンユイシャン》のクーデターによって、わたくしたちが紫禁城を追い払われたときにも、張作霖は傍観していたのですからね。

北京の住居は、中南海の西にある元の順承王府だと聞いていました。

そうしたわけですから、来客のお祭り騒ぎも一段落した夏の始めに、使者を名乗る奉天軍の将校が現れたときは、張園の中が色めき立ちました。「張作霖」という名前を聞いただけで、怖気をふるって逃げ帰ってしまった客もいたほどでした。

ところが、使者は拝謁を求めようともせず、口達《こうたつ》の伝言と十万元の現金を置いて消えてしまったのです。

まったく常識にかないません。皇帝に対して伝えるべきことは、上書にしたためなければなりませんね。まかりまちがっても口達などはありえない。

しかもその内容がまたふるっている。

張作霖将軍はいつ幾日《いつか》の何時に、天津市内の曹家《ツアオ》にいるので、皇帝陛下におかせられましてはご来駕たまわりますよう。

ありえない。日時を勝手に指定して、皇帝を呼びつけるなんて。しかも、調べてみますと曹氏《ツアオ》宅の所在地は、租界の外なのです。

非礼きわまるうえに、玉体を危険にさらすことになります。

十万元は大金です。行宮の一ヵ月の経費が一万五千元と聞いていましたから、大助かりにはちがいありませんが。

うやうやしく差し出すでもなく、写真に収まるでもなく、下賜《かし》品を受け取るでもない。まるで十万元を賽銭《さいせん》箱に投げるような話です。

遺臣たちの大方の意見。

皇帝が伝言ひとつで行幸するなど前例がなく、なおかつ租界の外にお出ましになるのは危険きわまりない。張作霖《チャンヅオリン》は成り上がり者ゆえ、礼儀を弁《わきま》えぬのであろう。ここは奉書を下して召見すべきである。十万元の寄付に対する報賞は、そのとき与えればよい。

たしかにその通り。しかし、ただひとり梁 文秀《リアンウエンシウ》が反対を唱えました。

張作霖将軍とは面識がないが、その幕僚に親しい人があり、仄聞《そくぶん》するところによればけっして卑俗な軍人ではない。おそらく万々承知のうえ、深慮してかくなる無礼を働いているのであろう。名にし負う白虎張《パイフーチャン》を、もろもろの客人と同列に並べるべきではない。

なるほど、と同調する者もあり、難色を示す人もあった。そこで親裁を仰ぐことになりました。

溥儀《プーイー》は用心深い性格ですから、答えは自明と思われたのですが、案外のことに梁文秀の意見を採用したのです。持ち前の好奇心が勝《まさ》ったのでしょうか。張園《チャンユアン》に押しかけてくる無礼者たちに、あきあきしていたのかもしれませんね。

まるで見てきたように話しますけれど、遺老たちの会議にわたくしが出席していたわけではありませんのよ。ご聖断が下ったあと、すぐに呼び出されて、ことの経緯を聞かされたのです。

どうしてわたくしが、とお思いでしょう。さてここからが、梁文秀の計略です。さすがに科挙第一等の状元は頭がいい。

皇帝と臣下、という関係にこだわるから、「前例がない」だの「非礼」だのということになる。ここは両者を個別の権威と考え、諸外国の王族として接すれば、大清皇帝の威信も損われず、将軍が世の非難を浴びることもない。そのためには、龍袍《ロンパオ》をお召しにならず洋服にて、淑妃《シューフェイ》殿下とともに訪問をなさり、握手を交わしていただきたい。畏《おそ》れ多い限りではあるけれど、諸般の事情を考え合わせれば、これが上善の策かと。

すばらしいわ。「諸般の事情」の中には、そうした大舞台にはとうてい耐えきれぬ、皇后陛下も含まれている。史了《シーリャオ》はわたくしを推し、夫もそうと認めてくれたのです。

でも、謙《へりくだ》って言った。

「そのような大役を、皇后様の頭ごしに務めるわけには参りません」

口に出してしまってから、失言だと思いました。

「そうか。ならば皇后の了解を得よう」

夫が言った。了解も何も、婉容《ワンロン》がそう聞いて引き退《さ》がるはずはありませんね。でも、彼女には無理です。せっかくの妙案が台なしになってしまう。

わたくし、梁 文秀《リアンウエンシウ》に目配せいたしましたの。それはだめよ、と。

「万歳爺《ワンソイイエ》に申し上げます。張作霖《チャンヅオリン》は六人の妻女を持つと聞いております。旅先に帯同しているのは側室でございましょうから、皇后陛下では釣り合いませぬ。それこそ大清の権威を貶《おとし》めることとなりましょう。僭越《せんえつ》ながら、淑 妃《シューフエイ》様を伴われますよう」

すばらしいわ、史了。なんて頭がいいの。康有為《カンヨウウエイ》のおしゃべりなんて問題じゃない。やっぱり徳宗陛下は、人を重んずる順序をおまちがいになった。

こうして数日後、夫とわたくしは張作霖の宿舎である曹家《ツァオ》を訪ねたのです。

白虎張《パイフーチャン》。流民の子から身を起こして、百万の大東北軍を率いる将軍。中国の半分を手中にしても、紫禁城の玉座にはなぜか座ろうとしなかった。

　あの男だけは、忘れられません。

九
「お国も大変でございますね」

　かつて皇妃であった人は、艶《あで》やかな所作で茶を淹《い》れながら言った。

「あなたも日本の新聞記者ならば、わたくしなどにかかずらっている場合ではございませんでしょうに」

　猪口《ちょこ》のような湯呑で香り立つ白茶を喫しているうち、ここちよい気分になった。酒の酔いとはちがう、穏やかな酩酊である。

　文繡《ウェンシウ》は話しながらも手を休めず、しかもその所作がなおざりになることはない。日本の茶事になぞらえるなら、ひとかどの茶人だろうと北村修治は思った。

　卓の上にはいくつかの小さな茶壺が置かれていて、新しい茶葉に差し代えるたび、まるで別の季節が訪れたような感動があった。

「私は政治や軍事が好きではありません」

北村は素直な心を口にした。

「好《ハオ》。わたくしも同じですわ。でも、女性の人権がどうのなどという話題が、今どき新聞記事になるのでしょうか」

たしかに日本は、今が正念場である。愛新覚羅《アイシンギョロ》溥儀《プーイー》を執政に迎えて建国された満洲国を、国際社会は認めようとしなかった。そしてとうとう、日本は国際連盟を脱退してしまった。

それは当然のなりゆきであり、大方の国内世論は快挙だとしているが、実は誰も未来を予測できずにいる。

「こうした時代だからこそ、政治とは無縁な国民生活の問題を、記事にすることは必要です」

口元に手を当てて文繡《ウエンシウ》は苦笑した。

「もしわたくしが皇帝の妻でなかったなら、記事にはなりませんね。それがはたして、国民生活の問題と言えるでしょうか」

「いえ。皇帝陛下の醜聞を暴くつもりはありません。離婚によって虐《しいた》げられてきた人生を回復なさったあなたを、日本の女性読者に紹介したいのです」

心を見透《みすか》そうとでもするように、じっと北村に向けられた文繍の視線は眩《まば》ゆかった。

「中国語がとてもお上手ですね」

「立派な師にめぐりあったおかげです」

「でも、北村先生《ペイツンシエンシヨン》。あなたは、おっしゃることの殆《あやう》さに気付いていません」

文繍はいちど言葉を切り、深い紅色の急須に湯を注いでから、ふたたび北村の顔を見据えた。

「日本は世界と離婚しましたのよ。虐げられてきた人生を回復しようとして。あなたがどのようにお書きになろうと、そんなふうに読む日本国民は、さぞ多いことでしょう」

春の匂い立つ白茶を勧めながら、文繍は話の先を語り始めた。

日本人の女性は新聞が読めるのですか？

わたくしにはまずもって、そのことが信じられません。この国で読み書きが満足にできる女は、ほんの一握りしかおりませんのよ。

よほど上流階級の娘でも、女である限りは科挙を受験する資格を持たないので、読み書きは不要だと考えられていました。

かつてはたとえ妃嬪《ひひん》であろうと、例外ではなかった。そうした習慣の中にあって、かの西太后《シータイホウ》様だけはご実家で男子と同じ教育を受けていらした。皮肉なことにその教養が災いして、滅びゆく王朝を背負わされてしまったのですが。

おそらく咸豊《シアンフォンディー》帝の時代までは、皇后皇妃といえども読み書きなどできなかったのではないかしら。だから東太后様と西太后様のお二方で、幼い同治帝《トンジィディー》の後見をなさっても、事実上はおひとりで務めを果たされるほかはなかった。

女子にも平等な教育が授けられるようになったのは、わたくしの世代からですね。何でも、民国の初めに宋教仁《ソンジャオレン》という立派な政治家がいて、教育の大切さを説いたらしい。そのおかげで、貧乏な没落貴族のわたくしも小学校に通うことができるようになったのです。

それでも頭の古い祖父などは、女が学問を身につけることには反対をしていました。おそらく西太后様のお側近くに仕えて、ご苦労を見ていたからでしょうが。

宋教仁が志なかばで暗殺されてしまったのは、国民にとって等しい不幸でした。よき人が早く死に、よからぬ人が生き残ったおかげで、民国はいまだにこんな有様です。

わたくしの通っていた小学校の担任は、湖南省の出身でございましてね。同郷人の宋教仁に私淑していたのです。

だからわたくしも感銘を受けて、将来は教育者になろうと思っておりました。そうなる前に、人生が変わってしまったのですが。

でも、学問は捨てなかった。天津の日本租界に落ち着いて、いくらか自由な行動が許されるようになってからは、こっそり南開大学の図書館に通って勉強をしました。たとえば、離婚をするために必要な法律の知識などは、そうでもしなければ得ることができませんから。

世間の人々の少なからずが、こう考えたでしょう。

ほれ、見たことか。女がなまじ学問など身につければ、ろくなことにはならないのだ。贅沢な暮らしを棒に振って、もとの貧乏人に戻ってしまったじゃないか、と。

たしかに現実はその通りですね。でも、わたくしに悔いはありません。貧しい贅沢よりも、豊かな貧乏のほうがずっと幸せですから。

あの忘れがたい男に会ったのは、後にも先にもその一度きりです。

　わたくしたちが天津に移って間もない、一九二五年の夏の初めでした。糠雨《ぬかあめ》のしとしとと降る午後に、夫と二人して自動車に乗り、租界の外にある曹家《ツァオ》に向かったのです。

　前の座席には、運転手とお付きの太監《タイチエン》と日本人の私服警官が、窮屈そうに肩を並べておりました。

　張作霖《チャンヅオリン》に呼びつけられたのではない。あくまで皇帝が、外出のついでに立ち寄った、という形をとらなければなりません。市井の邸宅を訪ねるのは、もちろん夫にとって初めての体験でした。

　曹家は海河《ハイホー》のほとりに赤い煉瓦塀を繞《めぐ》らした、立派なお屋敷でした。家の主はまったく知りませんが、貿易で財を成した人でしょうか。

　まるで王府のような門の前に、天津を支配下に収める張宗昌《チャンツオンチャン》将軍が、軍服を雨に濡らして佇《たたず》んでいました。皇帝の出御がわかっているのなら、張作霖自身が出迎えるはずですね。だから夫は、彼の姿を認めると相当に憮然として、敬礼にも応じようとはせずに車から降りました。

　門の先には奉天軍の儀仗隊が整列していて、号令がかかると一斉に捧げ銃《つつ》をいたしました。

「結構なお出迎えですこと」

わたくし、張宗昌に嫌味を申しましたの。夫になりかわって。

奉天系の将軍のうち、皇帝と面識があるのは彼ひとりです。だったら、張作霖ではないにしても、北京から付き従ってきた大物の誰かしらが迎えに出るべきでしょう。夫が機嫌を損ねた。わたくしにとっては日常ですけれど、家族以外の人からすると大事件ですね。「天機が損われた」のですから。

張宗昌は押し出しの利く軍人ですが、あんがい小心者とみえて、そのときは慌てふためいておりました。

「どうにかお取りなし下さい、淑妃《シューフェイ》様。ご無礼は承知しておりますが、私の口から上将軍《シャンジャンジュン》に、どうこうせよとは言えぬのです」

上将軍、ですか。日ごろ皇帝の前では、まるで朋友のように字《あざな》を口にしているくせに。

「上将軍とは、雨亭《ユウテイン》のことですね」

そう訊き返しますと、張宗昌は困り顔で「はい、さようで」と答えました。

張園《チャンユアン》に足繁く通ってくる人々には、彼のような手合いが多かった。実力者との親しさを強調して、自分自身を大きく見せようとする小者たちです。

た。

「わかりました。あなたは退《さ》がっていなさい」

不愉快そうに儀仗隊の前を素通りしようとする夫に並びかけて、耳元に囁《ささや》きました。

「ご辛抱下さい。すべては復辟のためです」

夫はちらりとわたくしを振り返り、目で肯きました。

太監《タイチエン》に雨傘をさしかけられたまましばらく歩くと、小体《こてい》な洋館がございましてね。まさか玄関には出迎えているだろうと思ったのですが、車寄せにぽつねんと立っているのは若い軍人でした。でも、張作霖《チャンヅオリン》の副官ではありません。肩の階級章は金色に輝いていて、その年齢で奉天軍の将軍といえば、思い当たるのはひとりきりです。

「少　帥《シャオシュアイ》ですよ」と耳打ちをいたしますと、夫はいくらか機嫌を直したように、「なるほど、映画スターのようだね」と答えました。

張学良《チャンシュエリヤン》のハンサムぶりと申しますのは、たしかに現実味を欠くのです。たとえば、軍人の扮装をした役者が、スクリーンの中に佇んでいるような。

彼は敬礼をした手を、そのまま夫に差し出しました。外国の公使だって、皇帝に気易く握手を求めたりはしません。しかも、そうした態度が少しも不自然ではなく、あながち非礼だとも思えなかった。彼は貴子《クイヅ》なのです。

「ウェルカム・ユア・マジェスティー」

「サンキュー・ジェネラル」

溥儀《プーイー》と張学良の初対面の挨拶は英語でしたのよ。

張学良に案内されて通ったのは、広い応接室でした。

扉を開ける前に、彼はほほえみながら言った。

「父は宮廷の礼儀を知りませんので、満洲の作法で陛下をお迎えいたします。ご承知置き下さい」

張学良が両方の大扉《おおど》を押し開けました。目に飛びこんだその瞬間の光景に、わたくしは目を瞠《みは》りました。

藍色の長袍《チャンパオ》を着た小男を中にして、五人の将軍がゆったりと椅子に腰かけていました。彼らはサーベルや拍車の音がひとつに聞こえるくらい、同時に立ち上がった。そして、夫に正対するとまた一斉に全員が片膝をつき、両手を左の腰に握りしめて、大声を張り上げたのです。

「祝健康弟兄《チユージエンカンティイシヨン》、壮揚兵馬《チヨアンヤンピンマア》！」

兄弟の健康を祝す。兵馬を壮揚せよ。

びっくりするよりも、とたんに胸が熱くなりました。これは満洲馬賊の最敬礼だとわかったから。

東北の野に起こった彼らにとって、それは三跪九叩頭《さんききゅうこうとう》にまさる儀礼でした。抱拳《パオチユエン》の礼をしたまま小揺ぎもせぬひとりひとりを、張学良《チャンシユエリヤン》が紹介しました。

張作霖《チャンヅオリン》。張景恵《チャンチンホイ》。張作相《チャンヅオシャン》。湯玉麟《タンユエリン》。李春雷《リイチユンレイ》。馬占山《マーチャンシャン》。どの名前も聞き憶えのある、大東北軍の将帥たちでした。いえ、白虎張総攬把《パイフーチャンツオンランパ》と、その子分の攬把たち、と言ったほうがいいですね。北京の胡同《フートン》に暮らす子供らは、棒きれに跨《また》って馬賊ごっこをします。白虎張の役回りは餓鬼大将と決まっていて、ほかの男の子たちはそれぞれに、子分どもの名前を与えられるのです。だから彼らの渾名《あだな》だって知っていました。好大人《ハオダアレン》。白猫《パイマオ》。麒麟《チリン》。紅巾《ホンジン》。白巾《パイジン》。ひとりひとりがあこがれの大スターだったのですよ。

夫が椅子に腰を下ろすと、彼らも身を起こして席につきました。

なるほど、こういうことだったのかと、夫も得心した様子でした。つまり、山東軍閥の張宗昌《チャンツオンチャン》は、彼ら生《は》え抜きの子分たちと同席できないのです。御曹子の張学良ですら、それきり退室してしまったのですから。

最も若く見える白巾でも四十歳ぐらい。齢かさの好大人は五十を過ぎていたでしょう。つまり夫やわたくしから見れば、父親のような人々なのに、年齢のちがいを感じなかった。

そのふしぎな印象は、彼らがおそらく権威と無縁だったからではないでしょうか。張園《チャンユアン》を訪れる人々は、みな皇帝の権威に諂《へつら》っていた。そうすることでみずからの権威を高めようとしていた。でも、張作霖と五人の幕僚たちからは、そうした媚態が毛ほども感じられなかったのです。

では、彼らの体からおのずと漂い出る、あの異様な貫禄はいったい何だったのでしょう。

生きんがために戦い続けてきた、獣のような男たち。奪った命は数知れない。たぶん、そういうことです。だから、権威という言葉にはいよいよそぐわない。

夫はとまどっていました。自分に諂《へつら》わぬ人間に会ったのは、初めてだったからです。

その様子をしばらく窺ったあと、張作霖が言った。

「あいにく俺様は、口の利き方を知らねえもんで、ご無礼は勘弁してくれろ」

少しほっとしたように、夫は「没関係《メイクワンシイ》」――さしつかえない、と答えました。

おたがい好意を抱いているのだが、通じ合う言葉を持たぬ異人種のように、どちらもはにかんでいるように見えました。

「馮《フォン》　玉祥《ユイシャン》のくそったれをぶち殺すのァわけもねえが、野郎は俺様に喧嘩を売ったわけじゃねえんだ。せめておめえさんをどうにかしてやろうと思っても、日本公使館に逃げこまれたんじゃ、どうしようもなかろう」

粗野な人だが、言葉に嘘はないと思いました。夫を見つめるまなざしは父親のようにやさしかった。

「好好《ハオハオ》」と手を叩きながら、張景恵《チャンチンホイ》が口を挟みました。

「いかがですかね、万歳爺《ワンソイイエ》。天津の日本租界にいらっしゃっても、ろくなことはありますまい。奉天にお運びなさい。軽々に復辟の約束などはできませんが、悪いようにはいたしませんよ」

これが本題なのだろうと思いました。なるほど、日本租界では口にできぬ話ですね。わたくしたちは日本の庇護《ひご》のもとに、今の平安を得ているのです。

好大人《ハオダアレン》はそれきりおし黙ってしまった。あとは自分で考えろ、とでも言わんばかりに。もともと無口な人たちなのでしょうか。誰もが無駄話ひとつせずに、煙草を喫《す》い始めました。

張作霖《チャンヅオリン》が夫に莨《タバコ》を勧めました。ところが、誰も火を向けようとしない。もちろん夫は、自分でマッチを擦《す》ることなどできません。

ぼんやりと莨をくわえている夫に向かって、張作霖が言った。

「煙 酒 不分家《イエンジユウブーフエンジア》。莨と酒はみんなのものだが、火を向けちゃならねえし、酌をしちゃならねえのが俺様のお定めだ」

「何故《ホーグウ》？」と、夫は訊き返しました。張作霖が苦笑して答えた。

「相手に隙《すき》を見せちゃならねえ。それと、もひとつ――てめえのことは、てめえでやるんだ」

つまり、今後の身の振り方は自分で考えろ、と張作霖は諭《さと》したのです。

この人は何もかもお見通しだ、と思いましたわ。だって、あのころの夫はたしかに自分の考えを欠いていたのですから。

わたくしがマッチの火を向けると、夫は二口か三口吹かして、すぐに消してしまいました。それからしばらく、目をつむって考えこんだ。

悪い話ではありませんね。奉天は張作霖の本拠であるとともに、大清の故都でもあるのです。順治帝が入関なされる前には、太祖様と太宗様がそこに都を営んでおられました。祖宗の御陵も、故宮もあります。

「淑妃《シューフェイ》はどのように思うか」

夫に訊ねられて、「わかりません」と答えたのは、張作霖《チャンヅオリン》がわたくしを睨《にら》みつけたからです。皇帝に結論を出させよ、とその目は言っていました。

本心は「不明白《プーミンバイ》」ではありません。この申し出を容《い》れるべきだと思った。だって、そうでしょう。皇帝の処遇をめぐって、日本を説得する自信があるからこそ、この提案はなされたのです。

それと、もうひとつ。張景恵《チャンチンホイ》の短い誘いの言葉は誠実でした。「軽々に復辟の約束などはできませんが、悪いようにはいたしません」――その言い方は、まこと軽々に復辟を口にする張園《チャンユアン》の来客たちとは、まるで重みがちがいました。

百万の大東北軍が味方についた。わたくしは、はっきりとそう感じたのです。

しばらく雨音を聴いたあと、夫がようやく細い声で答えました。

「この場では返答のしようがない。それぞれに意見はあろう」

居並ぶ将軍たちは、一斉に溜息をつきました。失望したのですよ。せっかく叡慮《えいりよ》を促したのに、夫には決心できなかった。もしこの件を張園に持ち帰って遺臣たちの意見を求めれば、意見は百出するに決まっています。

そして、結論は目に見えている。誰にとっても、張園はようやく手に入れた平安だから。

張作霖と幕下《ばくか》の将軍たちは、深慮を重ねたうえでこの方法を選んだのでしょう。復辟をなすためには、皇帝の聖断と張作霖の意志があるだけでよい、と。そのほかの意見は何ひとつあってはならない、とね。だから皇帝の回答が、ひとつの溜息になったのです。

わたくし、思い余って夫に申しましたのよ。「わたくしはお伴いたします」と。でも、とっさに返された夫の言葉は、わたくしをも失望させました。

「皇后が承知するまい」

なじみ深い天津の町に落ち着いても、まだ心の安まらぬ婉容《ワンロン》が、見知らぬ奉天に行きたがるはずはありませんね。あのころの彼女の希望とするところは、大清の復辟よりもイギリスへの亡命だったのです。

つらい言葉でしたが、抗弁はできません。わたくしは皇后ではないから。

唇を嚙んで涙をとどめておりますと、うしろから声をかけられました。

「淑妃様。あちらにお茶のご用意が」

鮮かな空色の満洲服を着た美しい人が、床に跪《ひざまず》いていました。

ああ、わたくしの出番は終わったのだと思いました。張作霖は無口な人ですが、目で語るのです。

彼女にいざなわれるまま応接間を出て、雨のそぼ降る庭を眺めながらお茶をいただきました。大理石のテラスには、海河《ハイホー》を渡ってきた風がここちよく吹き抜けておりましたっけ。

彼女の名は、馬月卿《マーユエチン》。才色兼備を謳《うた》われる、張作霖《チャンヅオリン》の側室でした。

「どうやら万歳爺《ワンソイイエ》は、夫を信用なさらなかったようですね」

色も光もない池泉の景色を、眩《まぼ》ゆいもののように目を細めて見やりながら、馬《マー》夫人はそう言いました。

それはちがう、と思いました。他人を信用するもしないもありません。なにしろわたくしの夫は、マッチを擦ったこともなければ、みずからの手でドアの把手《とって》を回したこともないのです。下着のボタンも太監《タイチエン》が留めます。靴紐がほどけても、皇帝自身が結ぶなどもってのほか、そんな夫に、どうして物事の是非を判断できましょう。

なるべく夫の人格を傷つけぬように、言葉を選んで答えました。

「いえ、そうではありません。万歳爺は張将軍の忠心を嘉《よみ》するために出御したのです。あのように思いもよらぬお誘いを受けても、お答えするわけにはいきません」

「そうかしら」と、馬夫人は呟きました。まるで夫の不甲斐なさを見透しているような口ぶりでした。

将軍たちの説得がまだ続いているのかと思うと、気が気ではありません。立ったり座ったりして様子を窺おうとしても、応接間の窓にはカーテンがかけられています。耳を澄ましても、聞こえるのは雨音だけでした。

「もうお話は終わりましてよ。主人は同じことを二度は訊ねません」

馬夫人はわたくしの手を取って琺瑯《ほうろう》の椅子に座らせ、かたわらの蓄音機の蓋《ふた》を開けて、レコードを回しました。

すると、語りかけるような英語の、ジャズ・バラッドが流れて参りましてね。

「淑《シュー》妃《フェイ》様のお齢ごろには、天津の街角で唄っておりましたのよ」

溥儀《プーイー》も婉容《ワンロン》も新しもの好きの西洋かぶれですから、張園《チャンユアン》の居間にも蓄音機が据えられていました。レコードはクラシック音楽のほかに、ジャズもございましたのよ。

雨を見つめながら切ない恋の歌を聴くうちに、いくらか心が和《なご》んできました。きっと応接間では、たわいもない世間話がかわされているのでしょう。ときおり男たちの野卑な笑い声が伝わってきました。

話は終わってしまった。安心が半分、落胆が半分。ささやかな平安が戻ってきたかわりに、大きな希望が喪《うしな》われたのです。

「そうならそうと前もって伝えて下さったなら、大臣たちを連れて参りましたのに。あるいはみなさまで、張園《チャンユアン》を訪ねて下さればよかった」

わたくしがそう申しますと、馬《マー》夫人は細身の満洲服の脚を組んで指先を頰に当て、少し考えるふうをいたしました。

それから扇のような睫《まつげ》をとざして、いくらかくだけた口調で言いました。

「そうじゃないのよ、淑妃《シューフエイ》様。主人は万歳爺《ワンソイイエ》のお人柄を、自分の目で見定めようとしたの。天子にふさわしい人物かどうかを」

「何とも無礼な」

叱りつけようとして声を吞みました。馬夫人が、何か途方もない秘密を暴露したような気がしたのです。

「あなたは、わたくしの夫に天命がないとでも言うのですか」

「対《トエ》。私にはわかりません。でも、主人ははっきりとそう思ったはずです」

「夫は皇帝です。軍閥の領袖がいったいどうした理由で、皇帝の品定めなどをするのですか」

「ああ、それはね――」

馬夫人は声を鎖《とざ》して、お茶を啜《すす》りました。白虎張《パイフーチャン》の寵愛を受けるまでは、どのような人生を送ってきた人なのでしょうか。美しいばかりではなく、挙措の逐一がとても洗練されていて、感情がいささかも色に表われなかった。

「主人は今いっとき、天命をお預りしているだけなの」

わからない。この人が何を言っているのか。でも、嘘をついているとは思えなかった。

「だったら、いっそ張将軍が天下を取ればいい。それで戦争が絶えるのなら、わたくしたちは喜んでお国を去ります。いいえ、殺されてもかまわない」

それはわたくしの本音でした。溥儀《プーイー》や婉容《ワンロン》や、遺臣たちがどう考えるかはわかりませんけれど、大清の復辟にもまして大切なことだと信じておりましたから。

そもそも、あのころの張作霖《チャンヅオリン》の行動が、わたくしたちには理解しがたかったのです。

民国政府は名ばかりで実がなく、天下は軍閥割拠の戦国時代となっていました。「革命いまだ成らず」という孫文《スンウエン》の遺言は、けだし名言です。

百万の大東北軍がその気になれば、段祺瑞《ドウアンチールイ》も馮玉祥《フォンユイシャン》も蔣介石《ジャンジエシイ》も、彼らの敵ではなかった。張作霖が太和殿の龍陛を昇り、玉座に腰を据えるだけで天下は定まったはずでした。でも彼は、紫禁城の甍《いらか》を指呼の間に望む北京に住まいながら、何ごとかを窺うように動こうとはしなかったのです。

天命をいっとき預かる。はたしてそんな理屈があるでしょうか。馬《マー》夫人の言葉に偽りがないとするなら、人知を越えた偉大な力が、張作霖《チャンヅオリン》にそう命じているとしか思えません。

「外国の圧力ですか。もしそうだとしたら、張将軍は売国奴《マイグオヌー》です」

ほかに考えようはありませんね。売国奴。最も卑しむべき言葉で、わたくしは張作霖を罵《ののし》りました。

すると、馬夫人が初めて眉をひそめた。

「住口《ジュコウ》！」

お黙りなさい、と彼女はわたくしを叱りつけました。そして、失言を取り戻そうとでもするように、手の甲を口元に当てた。

「ご無礼をお許し下さい。主人はけっして売国奴ではありません。乾隆様がお隠しになられた天命のみしるしを、いっときお預りしているのです」

わからない。わからない。でも、その先はもう聞きたくなかった。生き死によりも怖ろしい不可知の力に、抱きすくめられてしまったのです。

縺《もつ》れた糸がふいにほどけるように、張作霖にまつわる謎があっけなく解けてしまった。そして同時に、大清の復辟の夢が断たれたことを、わたくしは知ったのです。

「万歳爺《ワンソイイエ》を懸命にお支えしようとするあなた様があまりにお気の毒で、言わずもがなのことまで口にしてしまいました。どうかお心のうちにお蔵《しま》い下さい」

黙って肯くほかはなかった。復辟を願い続ける夫と、阿片の毒に冒されてしまった婉容《ワンロン》がかわいそうでたまらなくって、涙がこぼれてしまいました。

馬夫人の白い手が、わたくしの肩を抱きました。

「わかったわね。さぞがっかりなさったでしょうけれど、あなた様よりもがっかりしたのは、主人ですのよ」

こらえかけた涙が二度こぼれてしまったのは、馬夫人を羨《うらや》んだからです。夫はわたくしに心を開かないけれど、この人は張作霖に愛されているのだ、と思いました。すべての秘密を分かち合うほどに。

「よくわかりました。どうか、みしるしを大切になさって下さい。ふさわしいお方が、早く現れるといいですね」

真実を伝えてくれた感謝をこめて、ようやくそう言いました。

そのときふと考えたのです。天命のみしるしとやらがどのようなものかは知りませんが、張作霖《チャンヅオリン》に命じられて、きっとこの人が保管しているのだろう、と。軍人は明日の命も知れませんから。

彼女の美しさ嫋《たお》やかさは、天命のみしるしが放つ輝きのせいだったのかもしれません。

「淑妃《シューフエイ》様。万歳爺《ワンソイイエ》がご退出あそばされまする」

太監《タイチエン》が跪いて伝えました。立ち上がろうとする間もなく、応接室から人々が出てきた。

夫と張作霖は、背丈が頭ひとつほどもちがいます。視線の合わぬまま握手をかわす二人がおかしかった。

「俺様はそう長くはねえと思うが、子分どもはおめえさんの味方をする」

張作霖はきっぱりとそう言いました。今にして思えば、予言めいておりますね。

「ありがとう、総攬把《ツオンランパ》」

馬賊のころの武勇伝でも聞いていたのでしょうか、夫が「大親分」と呼ぶと、張作霖は嬉しそうに笑い返しました。冗談に応じたのではなく、まるで子供のような笑顔でした。

それから、玄関の車寄せで待つ日本人の私服警察官に向かって、張作霖は凄《すご》んだ。

「公使にも総領事にも伝えておけ。もし万歳爺にめったなことをしやがったら、俺様が勘弁しねえぞ」

あの捨て台詞《ぜりふ》は忘られません。北京の裏町の子供らに、聞かせてあげたかったくらい。

わたくしたちは糠雨の中を、何ごともなく租界へと帰りました。そう、何ごともなく。

自動車に乗ったとたん、夫はこんなことを言った。

「文淵閣の四庫全書を、奉天の故宮に避難させてくれたそうだ。よかった」

馮玉祥《フォンユイシャン》がわたくしたちを紫禁城から追い立てたのは、宝物が目当てだったからにちがいありません。張作霖はその蛮行をあえて阻止しませんでしたが、四庫全書だけは護ってくれたのです。

乾隆帝の編纂なさった四庫全書は、上古から清代に至るまでの古籍三万冊以上の大集成ですから、万が一散佚《さんいつ》してしまったら国家の損失ですね。写本は七種類あると聞いておりましたが、紫禁城文淵閣のそれは貴重な原本です。

「張将軍は泥棒の馮玉祥とはちがうね」

そうじゃないわよ、あなた。あの人は読み書きができないの。だのに、四庫全書が何物にもまさる宝だと知っていた。だからこそ、知っていたのよ。

声にすれば彼の真心を穢《けが》してしまうような気がして、雨に濡れた車窓を振り返りました。もし見まちがいでなければ、彼は芥子粒《けしつぶ》のような影になって、海河《ハイホー》の岸柳の下に佇んでいました。

貧しい流民の子供が、満洲の曠野《あれの》を駆け抜けて長城を越え、ようやくここまでたどり着いたのに。

夫もわたくしも、張作霖《チャンヅオリン》に会ったのはその一度きりです。

十

北村修治はメモを取る手を止め、手帳から顔を上げた。

「天命のみしるしというのは、皇帝の御璽《ぎょじ》のことでしょうか。それとも、歴代の皇帝が所有すべき祭器か何かですか」

その言葉が現れたあたりから、文繡《ウエンシウ》の話がわからなくなったのである。政令を発するために必要な印璽なのか、あるいは日本でいうところの三種の神器のようなものを想像した。

「いえ、ちがいます。人間の力ではけっして造れない、天命の具体です。わたくしも詳しくは存じませんが」

文繍の声を李春雲《リイチユンユン》が遮《さえぎ》った。

「その話はおやめになったほうがよい。ことの真偽はともかく、語っても聞いても災厄を招きまする」

口調は叱責するように鋭く、穏やかな老人の表情が硬く変わっていた。

「やめておきましょう、北村先生《ペツンシエンシヨン》。つい言わでものことまで口にいたしました。あなたもお忘れになって」

どのみち取材の本題ではないと、北村は好奇心に蓋《ふた》を被《き》せた。しかし一瞬、李春雲の言う「災厄」の実像が脳裏をよぎったのである。

爆破された橋脚に圧《お》し潰され、燃え上がる列車。昭和三年六月四日という日付までが、胸に刻みつけられている。

張作霖《ちようさくりん》爆殺事件は国民革命軍の仕業とされ、あるいはわが関東軍の謀略とも噂されているが、五年を経た今日でも真相は謎のままだった。しかし、もしその真相が天命の具体にかかわった者の身に降りかかった「災厄」だとするなら、腑に落ちる気がしたのである。

むろん、非科学的なるものは信じない。中国には公然とされぬ玉璽か神器のような、権力の証拠となる宝物があって、それをいっとき所有する張作霖の手から、何者かが強奪しようとしたのではあるまいか。

「承知いたしました。私は何も聞いてはおりません。話をお続け下さい」

北村は一瞬の妄想を振り払って言った。そう、興味深い話ではあるが、これは取材の本題ではない。

さまざまの記憶が胸に溢《あふ》れてしまったのだろうか、文繍《ウエンシウ》は卓上に肘《ひじ》をついて小さな溜息を洩《も》らした。

「こうして思いたどるままに話をしていたのでは、きりがございませんね。日本の女性読者のために、わたくしが語らねばならぬことは、いったい何なのでしょうか」

聡明な人だ。みずから記事の主題を集約しようとしている。

「では、遠慮なくお訊《たず》ねいたします。日本には一夫多妻という慣習がありません。そうした生活の実態について伺えれば幸いです」

掌を口元に当てて、文繍は苦笑した。

「一夫多妻の慣習がない、と言い切るのは、あなたの思い上がりでございましてよ。

日本にもないはずはないし、中国においても慣習というほど当たり前のことではございません。要は世間体を憚《はばか》るか否かのちがいでしょう」

言われてみればその通りである。金持ちが妾《めかけ》を囲い子までもうけるという話は、日本でも珍しくはない。キリスト教の倫理観によって規約された民法を、形ばかり真似て実が伴わぬ、とも言えよう。文繍が「思い上がり」のひとことで、そうした実のない日本のすべてを指弾したように思えた。

李春雲《リイチユンユン》がふたたび口を挟んだ。

「淑妃《シユーフエイ》様。ご無理をなされますな。おつらいことを思い起こされる必要はございませぬ」

すると文繍は、いかにも癇《かん》に障《さわ》ったように眦《まなじり》を決して李春雲を睨《にら》みつけた。

「無理などいたしません。すべては終わったことです」

かつて皇妃であった人は、赤い唇を白茶で湿らせてから、静かに語り始めた。

皇帝が二人の妻を持つという現実について、わたくしはさほど疑問を抱きませんでした。「後宮の佳麗三千人」は大げさにしても、皇帝の私生活はそういうものだと思っておりましたから。

むしろその事実を快く思っていなかったのは婉容《ワンロン》です。彼女は西洋ふうの教育を受けておりましたし、わたくしより三つ齢上ですから、女性としての感情も豊かでした。つまり、嫉《ねた》み妬《そね》む心を持っていた。

ともに輿入れしたときは、十七歳と十四歳。この年齢のちがいは大きいですね。だからわたくしはしばらくの間、彼女の邪慳《じゃけん》な態度をまさかやきもちだなどとは思わず、皇后として当然のふるまいだと考えていたのです。

ところが何年か経つと、わたくしの中にも妙な感情が生まれて参りましてね。やはり夫と二人きりになると嬉しいし、夫と婉容が仲睦まじくしていれば面白くない。そこでようやく、婉容とわたくしの関係を理解したのです。

皇帝の妻たちには、揺るがせにできぬ階級があります。まず正妻たる「皇后《ホアンホウ》」がおり、以下は「皇貴妃《ホアンクイフエイ》」、「貴妃《クイフエイ》」、「妃《フエイ》」、「嬪《ピン》」、「貴人《クイレン》」、「常在《チャンヅァイ》」、「答応《ダアイン》」といった序列です。もっとも、そんなにたくさんの側室を持ったのは、よほど大昔の皇帝なのでしょうけれど。

そうした宮廷のしきたりを女官から教えられたときは、ふしぎに思ったものです。側室はわたくしひとりなのに、どうして「淑妃《シューフエイ》」なのだろう、と。

女官が言うには、このさき皇帝の御子を授かれば貴妃に、その子がお世継になれば皇貴妃にも出世する、ということでした。

でも、それはちがいますね。名ばかりになってしまった皇帝が、多くの側室を持てるはずもない。だから「皇后」と「妃」だけで十分、というだけの話だったのでしょう。

ちなみに、咸豊帝《シアンフォンディー》の「貴人」であった西太后《シータイホウ》様は、やがて「嬪」に昇進し、のちの同治帝《トンジィディー》をお産みになった功績により、「貴妃」に封ぜられたそうです。「淑妃」の称号も、かの西太后様の入内《じゅだい》の折より上位だと思えば、文句のつけようはありませんね。

わたくし、御子《みこ》は天から自然に授かるものだと思っておりましたのよ。夫の近くにいて、同じ空気を吸っていれば、天子の気がおなかに満ちて御子になるものだとばかり。

それが男女の和合の結果であるということすら知らなかった。本来ならお付きの女官が教えるのでしょうが、おそらく彼女らは、皇帝にはそうした能力も興味もないと知っていたのでしょう。幼い妃に妙な知識を与えて、万がいち天機を損うようなことになれば、責任を問われかねません。

から。

婉容《ワンロン》は知っていたはずですね。そう思うと、彼女の立場はましてて悲しい。わたくしよりずっと成熟した、あの類《たぐ》い稀《まれ》な美貌と容姿をすっかり持て余してしまったのですから。

残酷なことには、そうした三人の夫婦の上にも、公平に時が流れてゆくのです。少年のおもかげを残していた溥儀《プーイー》は、次第にたくましい男性に成長し、婉容もわたくしも日増しに女らしくなっていった。

馮玉祥《フォンユイシャン》のクーデター。紫禁城からの退去。命からがらの脱出行。そうした苦難の中にあっても、三人の関係は何ひとつ変わらなかった。

いかがですか。北村先生《ペツンシエンション》。

あなたがお訊ねの一夫多妻の現実とは、こうしたものでしてよ。新聞の威厳を損わずに記事とすることができまして？

それはそれといたしまして、天津におけるわたくしたちの暮らしは、思いのほか快適でした。

自由を得たからです。紫禁城における二年間はさまざまの儀礼に埋めつくされてい て、贅沢《ぜいたく》な牢獄のようでしたわ。内務府の役人や口やかましい女官たちにいつも見張られておりましたし、太妃《ターフェイ》様たちには気遣わねばならなかった。

張園《チャンユアン》に入ってからもしばらくの間は、ちょっと外出するにしてもおっかなびっくりだったのですが、そのうちに租界が安全な場所だとわかりましたの。

やがて来客も少なくなり、時間の余裕ができた。それで、夏も盛りのころになりますと、夕涼みがてら街に出るのがわたくしたちの楽しみになったのです。

とりわけ、婉容にとって天津の外国租界は第二の故郷のようなものですから、たそがれどきになるともう落ち着かない。外出した日は阿片《あへん》も喫《す》いません。楽しいうえに健康にも役立つのならと、あえて苦言を呈する者もなかった。

当初は天津で購入した御料車のほかに、日本総領事館の自動車を借りましてね。大勢のお付きが随行したのですけれど、目立ちすぎるのはかえって危いということになり、日本の私服警察官がひとりだけ護衛するようになりました。それで十分なくらい、天津租界は安全な場所だったのです。

御料車の席も定まっていました。夫を中にして、婉容が左、わたくしが右。ガラスを隔《へだ》てた前の座席には、運転手と会計係の太監《タイチエン》と日本人警察官。

張園の門を出ると、婉容の表情は蕾《つぼみ》がいっぺんに花開いたように変わります。彼女はかつてイギリス租界のミッション・スクールに通っておりましたから、隅々まで知りつくしているし、友人も多いのです。おまけに、家族は北京のお屋敷を引き払って、天津の別宅に移っていました。

ああ、そういえば、皇帝の実父である醇《チュン》親王も、わたくしたちの後を追うように北京から引っ越しておりましたのよ。だから、溥儀《プーイー》も婉容《ワンロン》も外出がてら、いつでもお里帰りができる。

そんなとき、わたくしは車の中でじっと待つほかはありません。和《なご》やかな家族の風景など、胸の毒でしたから。

わたくしの実家はお金の余裕もなかったし、側室の引け目も感じていたのです。いえ、やはりふつうの家族に比べれば、情の薄いところもありましたね。

そのようにして外出を始めたころは、何はさておきまずお買物でした。よそいきの服装はまさか旗袍《チーパオ》ではありませんから、洋服が足りないのです。

張園のすぐ近くに、日本の松坂屋百貨店がございましてね。そこは頭のてっぺんから足の爪先まで何でも揃うので、とても便利でした。洋服を誂《あつら》えれば、帽子も靴も、ハンドバッグも必要ですね。もちろん、指輪もネックレスも。

当たり前の話ですが、お金を自分の意思で遣ったためしなどない夫は、品物の値段など見ません。いえ、物の値段ということ自体が、彼にとっては無意味なのです。なにしろ、天下の産物のすべては、自分の所有にかかるものだと思いこんでいるのですから。

　気に入った品物があれば、「これを」とただ一言。会計係の太監《タイチエン》も、その場で代金を払うわけではありません。その日のうちか翌日の朝に、山のような品物と海のような請求書が張園《チャンユアン》に届きます。

　婉容も同様です。でも、彼女の場合は手当たり次第というわけではありません。今の暮らしに必要なものではなく、来たるべきロンドンでの生活に適した品物を選んでいました。だから松坂屋ではあまり買わずに、イギリス租界の商店に行くと、それこそ手当たり次第なのです。

　以前にもお話しした通り、彼女にとってのイギリス行きは悲願というべきものでした。その行為が彼女の言う「留学」にはけっして当たらず、「亡命」であり、清朝復《ふく》辟《へき》の夢をとざすことになるのだと、周囲がいくら説得しても承知しません。

　そうした政治的理由のほかに、障害はもうひとつありますね。西洋社会、とりわけイギリス国教会が、一夫多妻を認めるはずがない。誰かがそのことに触れると、婉容は冷ややかに言い返します。

「そう。だったら、皇帝と皇后だけでいいわ」と。

天津の社交界では大げさすぎる華やかな夜会服や、ダイアモンドをぎっしりと塡《う》めこんだ宝冠を、婉容《ワンロン》は惜《お》しげもなく注文しました。それは買物ではありません。夢を奪われた女の、せめてもの抵抗でした。

そうとなれば、わたくしなりの抵抗もしなければなりませんね。そこで夫におねだりをします。「わたくしも同じものが欲しい」と。

わがままだと思われてもかまわない。わたくしの立場を主張するためには、欲しくはない品物でも欲しがるほかはありません。

夫は必ず許してくれました。わたくしが欲しないときには、勧めてもくれた。でも、それはわたくしを気遣ったからではない。彼には二人の妻を持つ男の道徳があって、万事に公平さを期するのです。まあ、気遣いといえばそうでしょうけれど。

軍閥の領袖や地方郷紳《きょうしん》と呼ばれる男たちは、たいてい複数の妻を持ちます。でも、愛情の配分はともかくとして、物質的には彼女らを公平に扱うことが条件なのです。その義務を果たしてこそ、好色ではなく艶福《えんぷく》だとされます。皇帝もまた、そうした慣習の例に洩れない、ということころでしょうか。

しかし、わたくしと婉容がいくら無駄遣いをしても、夫にはかないません。外出のたびに最高の背広を仕立てます。カール・ツァイス社製の色眼鏡も、一滴で何百元もするオーデコロンも、注文すれば一ダースが届けられました。ピアノ、蓄音機、オルゴールと膨大《ぼうだい》なディスク、ブレゲの置時計。ともかく紫禁城の中にはなかった品物、あるいは置き去ってきた品物のすべてを、彼は求めたのです。

それまで皇帝の所有物といえば、献上品か、もしくは代々伝えられた宝物ばかりでした。だから、「買う」という行為が面白くてならなかったのでしょう。もちろん、買物の醍醐味《だいごみ》であるところの、ていねいな選別やあこがれや、迷いや決心や、要するに懐《ふところ》具合との相談はありません。すべては出くわしたとたん、よく見定めもせずに「これを」の一言でおしまいでした。たとえそれが、小宮廷の経費の何ヵ月分に相当する、ダイアモンドのカフスボタンであっても。

どうかそんな二十歳の青年と二人の妻とが、光の塊《かたま》りのように輝きながら、香水の匂いを撒《ま》き散らして租界の夜を濶歩《かっぽ》するさまをご想像下さいまし。パリジャンが小馬鹿にするアメリカ人どころではございませんことよ。わたくしたちは、四千年の古典の世界からさまよい出た、奇怪で陳腐な旅人でした。

天津租界は二つの顔を持っています。

ひとつは世界中の富と物産が集まる自由開港都市。そしてもうひとつは、お金と暇を持て余した人々の吹き溜り。

戦乱を逃れた大地主たちが、全財産を黄金や宝石に替えてやってきます。旗色の悪くなった軍閥の領袖も。世界各国の軍人たちがとりわけ羽振りがよいのは、軍費を勝手に遣っているからでしょう。ロシアの亡命貴族。「外遊」という立前の放蕩《ほうとう》息子たち。許されざる愛の逃避行。そのほか事情はさまざまでも、いずれ劣らぬろくでなしであることにちがいはありません。でも、お金と暇さえあれば、そうした自分自身に疑いを抱く者はないのです。

その伝で言うなら、わたくしたちは極め付きのろくでなしでした。

いったい世界中のどこに、あれほど思うさま散財できる場所があるでしょうか。買物ならば形が残るから、まだしもましというものです。夜ごとあちこちのダンス・ホールで開催されるパーティは、ほとんど実体のない慈善団体の主催で、わけのわからぬ寄付金を求められます。健康的に思えるテニスの試合や、スケートの競技会に足を運べば、やはり見知らぬ主催者が現われてうやうやしく挨拶し、寄付を要求します。悪意の存在を知らず、それが皇帝としての当然の義務だと思いこんでいる夫は、拒むことがありません。

健康的といえばイタリア租界の大馬路《ダアマーロ》の角に、総領事館や兵営よりも立派な「体育場」がございましてね。ところが「健康回力球場」の看板は名ばかりで、中に入れば巨大な賭博場なのです。そこに足を踏み入れたが最後、身ぐるみ剝《は》がされてしまう。日本租界にある同文《トンウエン》倶楽部も、表向きは読書人のサロンなのですが、やはり賭博場でした。

夫も婉容《ワンロン》も、勝負事が好きなわけではありません。ただ、現金をやりとりすることが楽しいだけなのです。お金を持ち合わせないときや負けが込んだときは、いくらでも貸してくれるのですから始末におえません。

そうそう、イギリス租界には競馬場もありました。周囲は広い公園で、ゴルフ場までありますから、一日をたっぷり過ごすことができます。とりわけそこは婉容のお気に入り。しばしば実家や醇《チュン》親王家の弟妹たちまで引き連れて、遊び呆《ほう》けましたのよ。

あるときその公園で、よく飼い馴らされた猟犬を何頭も連れ歩く老人を見かけましてね。夫はひとめ見たとたん気に入って、「これを」と言った。

彼は動物が好きなのです。そのうえ、英語の命令に忠実な猟犬は、いかにも貴族趣味に適《かな》っておりました。

いくら中華皇帝のお望みでも、愛犬を売り買いするわけには参りませんね。そこで、没落貴族にちがいないその老人は、ていねいに片膝をついて、「後日、宣統《シュアントン》陛下にふさわしき犬をお届けいたしましょう」と答えた。

何日もたたぬうち、二頭のドーベルマンが張　園《チャンユアン》に届きましたのよ。あの物事に動じぬ鄭　孝胥《チョンシャオシュ》が腰を抜かすほどの請求書とともに。

でも夫はご満悦。自分で調教を施《ほどこ》し、一月も経たぬうちにめでたくわたくしたちの伴連れになりました。

でもね——。

わたくしも動物は好きなのだけれど、あまりいい気持ちはしなかったの。たぶん、婉容《ワンロン》もそれは同じだと思うわ。

二頭のドーベルマンをかわるがわる抱きしめ、公平にくちづけをする夫の姿は、見るに堪えなかった。


そうした数々の無駄遣いに比べれば、最も健康的でなおかつお金のかからなかった遊びは、映画館と劇場とお食事です。

それらは時間が潰《つぶ》せますし、寄付金を求められる心配もありません。

実は外出を始めるとほどなく、わたくしたちの散財ぶりが問題になりましてね。当たり前の話ですけれど。

しかし、家臣たちは面と向かって咎《とが》められない。諫言をなすには命を懸ける覚悟が必要なのです。「死諫」という言葉があるくらいですからね。

まさか死にはしなくても、口で文句をつけるなどもってのほか。伝統の八股文《はっこぶん》をごてごてと書きつらね、少くとも職を辞する旨を表明したうえで、上書を奉《たてまつ》らねばならないのです。

そこであるとき、梁文秀《リアンウエンシウ》夫妻がわたくしの部屋に罷《まか》り越しましてね、内密に策を講じましたの。

「ゆめゆめ淑妃《シューフエイ》様を軽んじているわけではございませぬ。両陛下はすこぶる貴顕のお育ちゆえ、金銭の何たるかをご存じない。いくらかでも清室の負担を軽くするためには、淑妃様の知恵にお恃《たの》みするほかはないのです」

「さようでございますとも。一元の重みをご存じなのは、あなた様だけでございます。お立場上、難しいことも多々ございましょうけれど、どうか両陛下を上手にお引き回し下さいませ」

皇后と側室はそんなにもちがうのかと、少々腹も立ちましたが、夫妻の申し立てはよくわかりました。

誰も口を挟めぬ。随行者を増やしてもそれは同じ。無駄遣いの歯止め役はわたくししかいない、というわけです。

かと言って、皇帝と皇后の行為に物言いはつけられませんね。わたくしにできることといえば、まずは婉容《ワンロン》と同じ服を欲しがってはならない。そしてもうひとつ、なるべくダンス・パーティや賭博場に足を向けさせず、劇場や映画館や食事を希望する。それだけでも、小宮廷の負担はずいぶん軽くなることでしょう。

梁 文秀《リアンウエンシウ》はけっしてわたくしを軽んじていたわけではありません。あれこれ考えあぐねたあげく、わたくしの良識に期待を寄せてくれたのです。

そう思いつくと、何だか仕事を与えられたような気持ちになりましてね。これは無駄遣いをするよりも、よほど楽しいと思いました。貧しい胡同《フートン》のあばら家で、母の内職を手伝って以来の仕事でしたから。

玲玲《リンリン》の言った「一元の重み」という一言は身にしみました。花市《ホワシー》胡同の借家で、母と夜なべしてこしらえた造花は、一籠《かご》で一元にしかならなかった。

その貴い一元と、外出のたびに湯水のごとく遣う一千元が、実は同じ「お金」であることに、わたくしはようやく気付いたのです。たとえ一元でも十元でも、お金の重みを知らない夫と婉容から取り戻すのは、清室の一員たる者の使命だと思った。

わたくし、お芝居や映画にはさほど興味はございませんの。西洋レストランの贅沢なお食事も。

好きも嫌いもないわ。知らなかったのですから。大柵欄《ダアチヤラン》の映画館は、客引きの口上を聞きながら通り過ぎるだけだった。お芝居は紫禁城の暢音閣でしばしば観たけれど、天橋《テイエンチヤオ》の大道芸のほうがよほど面白かった。御膳房からはるばる届く冷え切ったごちそうよりも、母の作ってくれた家常菜《ジアチヤンツアイ》ですね。

でも、案外のことに夫も婉容も、お芝居や映画や西洋料理が大好きでした。なぜだかはわかりますね。

初めてのお仕事はよく覚えておりましてよ。

出かける前に、おめかしをした三人の夫婦は張園《チヤンユアン》の居間に集まって、紅茶を飲みながら一日の計画を練ります。つまり、気分はもう西洋人で、散財の助走をする。たいていは婉容の希望に夫が同調し、わたくしは意見など申しません。

だからそのときは、どぎまぎしながら言いましたのよ。

「チャーリー・チャップリンの『ザ・ゴールド・ラッシュ』がかかっておりますの。わたくし、どうしても観たいわ」

わたくしが何か言おうものなら、好むと好まざるとにかかわらず、婉容は必ず反対するのですが、そのときはちがった。

「ああ、大評判のコメディね。わたくしもぜひ観たいわ」

すると、夫も手を叩いて賛成するではありませんか。「好好《ハオハオ》。それは名案だね」と。

これでともかく、二時間分の散財を免れることができます。

でも、婉容《ワンロン》は意地が悪いの。

「わたくしたちは英語がわかるけれど、あなたは笑えないでしょうに。中国人の弁士がついているかしらね」

要するに、二人で観るからあなたは遠慮なさい、と言っているのです。

もちろんわたくしは、英語の弁士でもさしつかえありません。しかし、そう言い返せば角が立ちますね。

「チャップリンの大人気は、言葉がわからなくても面白いからだそうです」

婉容は下品な舌打ちをしました。「話のわからない子ね」とばかりに睨みつけながら。

「まあ、いいじゃないか。大人気の映画なら観ておかないと、話題にも事欠くだろう」

夫のその一言で、わたくしの初仕事はみごと成功いたしましたのよ。

西洋社会において、映画は娯楽の王様であるとともに、映画館がランデヴーの場所ですね。わたくしにとっては初めての経験でしたが、婉容はおそらくそうと知っていたのでしょう。だから、夫と二人きりで観ることにこだわった。

なるほど観客のあらかたは、外国人のご夫婦か恋人同士でしたわ。どうかそうしたロマンティックな映画館の、二階桟敷の先頭に、西洋にはありえぬ「三人の夫婦」が座っている図をご想像下さい。夫を中にして、わたくしが右、婉容が左です。

しかも、あろうことか開演の前に、弁士がわたくしたちを紹介したのです。

「レディース・アンド・ジェントルメン。本日は当劇場に、すばらしいお客様をお迎えしております。偉大なる中華皇帝、ヘンリー・プーイー陛下と、エリザベス・ワンロン皇后陛下です。どうぞ拍手を」

喝采が沸き起こった。わたくしたちは応えねばなりません。

立ち上がりかけたとき、夫の手がわたくしの肩を押さえた。

「君は名を呼ばれていない。立つ必要はない」

婉容の声ではなかった。夫がたしかにそう言った。

とたんに照明が落ちて、あたりが闇に鎖《とざ》されたような気がいたしました。でも、そうではない。わたくしのかたわらで、一組の高貴な夫婦が、満場の歓呼の声に応えていた。

夫に悪意がないのはわかっておりました。三人の夫婦を、キリスト教徒たちの話題にしてはならない、と考えたのは彼の見識でしょう。

あのときほど、中国の中の外国である租界の存在を、疑わしく、呪《のろ》わしく思ったためしはありません。そこは中国の大地にほかならず、わたくしは中国人であり、中華帝国の伝統に順《したが》って立つ皇妃であるのに、外国人の慣習に服《まつろ》わねばならなかった。

堂々と立ち上がりたかった。たとえ夫の意思に背《そむ》いてでも。けっしてわたくし自身の名誉のためではなく、祖国のために。

そのとき、耳元で囁《ささや》く声を聴いた。

(お控《ひか》えなさい、蕙心《フエイシン》――)

老仏爺《ラオフオイエ》が隣の席に腰を下ろしていた。藍色の旗袍《チーパオ》に真珠の首飾りをかけ、白いサテンの褲子《ズボン》の足を組んだ、西太后《シータイホウ》様が。

(意地を通しても得はありません。傷つく人が増えるだけならば、あなたひとりで傷を負いなさい)

肯《うなず》くほかはなかった。きっと老仏爺は、その通りに生きて、たったひとりで責めを負ったのだから。

(そうよ。それでいいわ。もっと身をすくめて、侍女のふりをなさい)

釣鐘帽《クロッシエ》を冠った頭《こうべ》を深く垂れ、わが身を抱きしめるようにして背を丸めると、くやし涙がエナメルの靴の上にこぼれました。

誰の目にも、わたくしは皇帝と皇后の足元に蹲《うずくま》る、婢《はしため》に見えたことでしょう。

おばあちゃまの手が、背中を撫でてくれた。

「もったいのうございます」

泣きながら呟きました。四億の民を愛おしんだその手が、わたくしひとりをねぎらって下さっていると思ったから。そして、わたくしの悲しみなど、この人のご苦労には較《くら》ぶるべくもないと知った。

(灯《あか》りが消えるまで、そうしていなさい。泣き顔を見せてはなりません)

きっとおばあちゃまも、灯りの落ちた宮殿の闇で、人知れず涙を流したのでしょう。

(さあ、蕙心。溥儀《プーイー》と婉容《ワンロン》を二人きりにしておやり。私と映画を見ればいいわ)

開幕のベルが鳴り響き、劇場は闇に返った。老仏爺はわたくしの手を握り、もう片方の手で肩を抱き寄せて下さいました。白檀《びゃくだん》の香り立つ旗袍の胸に甘えて、弁士の声に耳を傾けた。

「レディース・アンド・ジェントルメン。長らくお待たせいたしました。これより今をときめくチャーリー・チャップリンの最新作、『ザ・ゴールド・ラッシュ』の始まり始まりィ。出演は孤独な金鉱探しの主人公にチャーリー・チャップリン。酒場女のヒロインにジョージア・ヘイル――」

オーケストラ・ボックスから楽曲が流れ始め、絹のカーテンがするすると上がります。そして見知らぬアメリカが、スクリーンに映し出されました。

チャーリーの映画に言葉はいらない。悲しみを知る人には、すべてがわかるから。彼は無言で語りかけるの。泣かずに笑いなさい、って。

観客はみんな大笑いしているけれど、心から楽しんでいる人はいないだろうと思いました。たぶん、わたくしとおばあちゃまだけが、彼の無言の声を余さず聴いていた。

十一

スクリーンの光に顔を晒《さら》し、声を立てて笑い転げる溥儀《プーイー》と婉容《ワンロン》が、日々の糧《かて》を求めて大街《ダアジエ》をさすらう、物乞いの夫婦のように思えてならなかった。

「北村先生《ペツンシエンシヨン》。あなたは再婚なさいますか」

語るところはまこと理路整然としているのだが、文繡《ウエンシウ》はときどき懐剣でも抜くように、思いがけない質問を浴びせかける。

同じ目の高さの人間同士ならば冗談にも言えぬことを、平然と問いかけるのである。このあたりはやはり、十四歳から二十三歳までの多感な時期を、皇妃として過ごした人なのだろう。彼女が遠慮するのは皇帝と皇后の二人だけで、そのほかの誰であろうと、心中を忖度《そんたく》する必要はなかった。

思わず卓を覆《くつがえ》したくなるような一言だった。北村の怒りを宥《なだ》めるように、李春雲《リイチユンユン》がほほえみかけた。

「これはこれは、なかなか手厳しいご下問ですな。しかし北村先生、あなたも相当に立ち入ったことを訊ねているのですから、お答えしなければいけません。そして、もうひとつ――」

と、李春雲は目の前に指を立てた。

「下々の言葉にすれば、その気があるか、というほどの意味です。貴人は回りくどい言い方をなさらない」

北村は得心した。同時に宦官《ホアンクワン》という奇妙な種族の、存在理由を知ったような気がした。彼らはきっと、性も血脈も思想も捨てた不偏不倚の人となって、外朝の役人と内廷の貴人の仲を取り持ち、漢族と満族を融和させ、ときには男と女の蝶番《ちょうつがい》の役割を果たしていたのだろう。

笑みを絶やさぬ老太監《ラオタイチエン》の表情は、まさにその名の通り駘蕩《たいとう》として、たちまち北村の怒りを呑みこんでしまった。

「再婚するつもりがあるかどうかと訊ねられれば、何とも答えようがありません。気持ちの整理がついていないわけではなく、特派員という任務にある以上、妻を娶《めと》り子を儲《もう》ける資格が、ないように思うのです。昼夜を分かたぬ仕事ですから、妻にはひどく負担をかけました。私が殺してしまったようなものです」

虚飾は何もなかった。北村のうちには、身重《みおも》の妻を護《まも》り切れなかったという苛責《かしやく》があるばかりだった。

文繡《ウエンシウ》はしばらく容赦ない視線を北村に向けていた。

「対《トエ》。よくわかりました」

いや、わかるはずはあるまい。北村は言い返すかわりに目をとじて息をついた。

「あなたは日本人の一典型ですね。事実を嘆く前に、その事実をもたらした原因について考える。理が情に先んじる。でも、北村先生《ペツンシエンシヨン》。万事そのように思い悩んでいたら、未来はございませんことよ。どうして日本人は、ひとつの結論を求めようとするのでしょうか。まるで世の中のすべてが、数学の公式に則《のっと》っているかのように」

「私は数学がからきしですが」

洒落《しゃれ》でやり返したつもりだったが、笑顔は引き攣《つ》ってしまった。たぶん文繡は天津で暮らしている間に、多くの日本人と知り合ったのだろう。客観的な印象は真理かもしれなかった。

「では、こちらからお訊ねいたします。あなたが離婚に踏み切ったのは、理が情に先んじたからではないのですか。皇帝陛下に対する愛情もしくは人情より、一夫多妻という理不尽への抗議を優先した結果ではないのですか。だとすると、それこそが数学の公式に則っているように思われます」

李春雲《リイチユンユン》が口を挟まなかったのは、北村の質問が取材目的に沿っていると考えたからなのだろう。だが北村は、冷静を装いながら感情で物を言っていた。

「それはちがいます」

文繡はにべもなく答えた。

「自分自身に忠実であっただけでしてよ。理を唱えるのなら、わたくしは皇妃であり続けるべきでした。不満は理不尽ではなく、不自由にありましたの。理のために情を犠牲にすること、あるいは夫に対する不確かな愛情に、わたくしの自由を捧げることが忍びなかったのです。すなわち離婚は、情が理に先んじた結果でした」

好《ハオ》、と李春雲《リイチユンユン》が閑《のど》かに呟いた。文繡《ウエンシウ》の主張はよくわかる。だが、やりこめられるわけにはいかない。

肚《はら》を括《くく》って北村は訊ねた。

「では、先ほどのご質問をそのままお返ししましょう。あなたは再婚なさいますか」

意地の悪い質問が、象牙色のセーターのふくよかな胸に吸いこまれるような気がした。

「想怎様就怎様《シャンゼンヤンジウゼンヤン》」

心のおもむくままに、と文繡は唄うように言った。


そんなふうにして、わたくしたちがどうにか張園《チャンユアン》に腰を落ち着けたころ、天津総領事の吉田茂《ジイデイエンマオ》が奉天に転勤してしまいました。

いつもにこにこ笑っていて、「出世の遅れた老頭児《ラオトウル》」を自称している彼でしたが、なかなかどうして、こと中国に関しては余人を以《もつ》て代えがたい外交官ですね。

わたくしたちにとっては、命の恩人です。もし吉田の骨折りがなかったなら、皇帝も皇后も皇妃も、あのフランス革命の折のルイ十六世とマリー・アントワネットのように、菜市口《ツァイシコウ》の十字路に引き出されて首を切られていたかもしれません。

思い出すだに背筋の寒くなる、あの脱出劇の台本を書いたのは、日本軍の特務機関でも北京大使館でもなく、天津総領事だというもっぱらの噂でした。

命の恩人にはちがいない。でも、善人なのか悪人なのかはわかりません。その判断をするには、どうにもあの満面の笑みが厄介だったのです。

今にして思えば、彼が奉天総領事に転じたのは、夫をかの地に迎え入れる下ごしらえをするためではなかったのでしょうか。だって、洩れ聞く話によると天津から関外への夫の脱出行は、一九二五年の北京脱出劇とそっくりなのですから。廃帝を天津の日本租界に匿《かくま》う。時機を窺《うかが》って東三省に迎え入れる。すべてが吉田の書いた台本通りと考えるのは、いささか邪推に過ぎましょうか。

いずれにせよ、彼もまた日本人の一典型であることはたしかですね。

まさかわたくしたちの苦労を見るに忍びず、情において手を差し延べたわけではない。また、隣国の情をもって大清の復辟に助力しているはずもありません。彼には理があるのですよ。あの笑顔の裏側には、いかにも日本人らしい、数学の公式に則って正確な図面を引くような、冷徹な精神が隠されている。

わたくし、けっして彼を批判しているわけではございませんの。それどころか、わたくしたちをめぐる大勢の日本人たちの中で、最も好意を抱いたのは彼でした。

聞くところによると、今はイタリア特命大使を務めておいでとか。ムッソリーニ首相と誼《よしみ》を通じて、また何か奇妙な台本を書いているのかしら。


天津租界がわたくしたちにとって、あれほど安心できる場所であった理由は、ひとえに日本の勢力のおかげでした。

かつてはたくさんの外国が、それぞれに租界を設定していたのですが、義和団騒動のあとでまずアメリカが手を引き、欧州大戦の敗北によってドイツとオーストリアが去り、ロシア租界からはやがてソヴェト連邦も撤退した。

わたくしたちが天津に入ったころは、イギリス、フランス、日本、イタリア、ベルギーの五ヵ国だけになっていました。

それでも、去った国の租界を残った国が分け合う形になったので、むしろ以前より賑々《にぎにぎ》しく発展していたのです。とりわけ日本租界の繁栄ぶりは他を圧倒していました。

ヨーロッパ列強から見れば、天津は極東ですね。地球を半分回って、いくつもの植民地を経由しなければたどり着けません。シベリア鉄道の特急列車に乗っても、パリから満洲まで九日か十日はかかるそうです。

でも日本は隣国。塘沽《タンクー》埠頭からの定期船もあるし、日本領の朝鮮からは一日たらずの汽車旅です。

張園《チャンユアン》を訪れた日本軍の司令官は、胸を張って夫に申しましたのよ。

「ご安心下さい、宣統《シュアントン》陛下。われわれは中国兵を、一歩たりとも租界には入れません」

頼もしい限りでしたが、夫は何と答えてよいやら、少々困惑しておりましたっけ。

夫は中華皇帝なのですから、中国兵はどの軍閥に属するかにかかわらず、自分の兵隊だと信じているのです。あるいは、本来そうあるべきだ、と。他国の軍隊に護《まも》られて、自分の軍隊を遠ざけるということは、理屈に合わないのです。

夫はいくらか不愉快そうに、「よろしく頼む」というようなことを言った。通訳をした吉田《ジイディエン》総領事の日本語は、ずいぶん長かったように思えましたけれど。

たしかに安心でしたわ。広い租界のあちこちに警察官が立っているうえ、巡察の軍人たちが目を光らせている。よその国の租界にも、私服の警察官や憲兵が出ているという話でした。

張園《チャンユアン》の周囲には、煉瓦《れんが》造り二階建の兵舎がぎっしりと並んでいました。街路との仕切りがないので、ちょっと目には清潔な胡同《フートン》なのですが、朝の六時にラッパが鳴ると、大勢の兵隊がいっぺんに駆け出てきて整列し、点呼をとるのです。つまりわたくしたちは、日本軍の兵営の中に住んでいるようなものでした。

一方、そのほかの国の軍隊といえば、量質ともにまったく日本軍とは較《くら》べものになりません。たまに見かけても、勤務中なのか休暇中なのかわからないくらいです。わたくしたちはいつでもどこでも、日本人の私服警察官や軍人たちに護られておりましたの。どの国の租界を歩き回っていてもあれほど安心していられたのは、わたくしたちの自由を損《そこな》わぬ程度に遠巻きにしていた、彼らのおかげだったのです。

そうそう、一度こんなことがあったわ。例によってわたくしたち三人の夫婦が、イギリス租界の百貨店であれこれ品定めをしていたときのことです。

夫は夏の麻背広の仮縫をしており、わたくしと婉容《ワンロン》は少し離れた装身具の売場で、ガラスケースの上にたくさんのネックレスやイヤリングを並べていました。

日本租界の松坂屋は冷房装置があるので快適でしたが、そこは天井に扇風機が回っているだけで、とても暑苦しかった。でも、夫は英国製の背広しか着ませんし、婉容は何でもかでも英国製品がお気に入りですから、わたくしも汗をかきかき付き合わねばなりません。

支配人はわたくしたちをうやうやしく迎え、ずっとついて回ります。最上級のお客なのだから当然ですね。いちいち婉容を「陛下《ハー・マジェスティ》」と呼び、わたくしのことを「殿下《ハー・ハイネス》」と呼ぶのはいささか心外でしたけれど。

わたくし、婉容ほどお買物に執心できませんの。だから彼女が大はしゃぎであれもこれもと物色しているうちに、飽きてしまいます。

ふと、大理石の階段の脇に不審な男が立っていることに気付きました。柱に背をもたせかけ、パナマ帽の庇《ひさし》を上げて英字新聞を読んでいるのですが、ときどき鋭い目付きであたりを見回す。わたくしと目が合うと、すぐに顔を伏せてしまいます。

様子のよいたたずまいは日本人に見えるのですが、中国人かもしれないと思った。よほど特別の顧客でない限り、その店は中国人を入れません。

長い買物をする奥様を、いらいらと待っているのかしら。でも売場には、つれあいらしい東洋人の婦人は見当たりません。もしや夫の命を狙う刺客じゃないかしらんと思えば、ぞっと血の気が引きました。

たったひとりの私服警察官は、仮縫をする夫の近くに立っています。彼に伝えなければ、と思ったとたん異変が起きました。

通路の先で床に油を引いていた中国人のボーイが、溥儀《プーイー》に気付いて「アッ、皇帝陛下だ」と頓狂《とんきょう》な声を上げながら指をさしたのです。そのとたん、不審な男は英字新聞を放り捨てて駆け出した。

「站住《チャンジュ》！　要不撃斃你《ヤオブージービーニィ》！」

止まれ、動くと撃つぞ。男は拳銃を構えながら、まっしぐらに通路を駆け抜けます。ボーイはモップを放り捨てて両手を挙げました。

いったい何が起こったのかわかりません。次の瞬間にはわたくしも見知らぬ男の人の背中に庇《かば》われていました。ほんの一瞬の間に、どこかしらから大勢の日本人が湧いて出て、わたくしたちをそれぞれ床に屈《かが》ませ、楯《たて》になったのです。

彼らはみな拳銃を構え、その銃口はまるで時計の針が一秒を正確に刻むみたいに、標的を探し続けていました。

気の毒なボーイは、俯《うつぶ》せに捻《ね》じ伏せられてしまいました。もちろん濡《ぬ》れ衣《ぎぬ》なのですが、大声を上げながら指さしたのがいけなかったのです。遠目には拳銃を向けたように見えたのでしょう。

すぐに彼らは、「異常なし」というような日本語をたがいに交わし、煙のように消えてしまいました。

世界は元通りになり、夢ではなかったことには支配人が英語でボーイを叱《しか》りつけ、ボーイは中国語で詫《わ》びながら、大声で泣いていましたっけ。

しばらくしてから私服警察官がやってきて、かたことの中国語で「お騒がせしました、ご安心下さい」と言いました。

わたくしたちにとっては、終生の語りぐさになるくらいの出来事ですわね。でも、暗黙のうちに、それはなかったことにいたしましたの。

どうしてかと申しますと、夫がとても不愉快そうだったから。手厚い警護をしてもらっていることがはっきりとわかったのに、夫はお礼のひとつも言わなかった。

中華皇帝が中国人に命を狙われ、外国人に保護されている。その現実を目前にして、夫は衝撃を受けた様子でした。

わたくしも忘れることにいたしましたわ。だって、いつもそんなふうに見張られていると思えば、つかのまの自由が台なしではありませんか。たとえ身の安全が約束されているにしても、籠《かご》の鳥はもうたくさん。

わたくしたちが外出のたびにしばしば訪れたのは、イギリス租界の並木道に面した

「起士林《チーシリン》」という西洋料理店でした。

正しくは「キースリング」ですが、聞きちがえたのか、それとも適当な漢字がなかったのか、もっぱら「チーシリン」で通っていました。

大廈《たいか》高楼の競い立つ租界では、かえって贅沢な感じのする平屋建てで、正面の玄関を挟んだ左右に、七色のステンドグラスを配したアーチ窓が並んでいました。

店内は壁も天井も真白。床には目の覚めるような青の、天津緞通《だんつう》が敷きつめられていましたっけ。

起士林はアルベルト・キースリングというドイツ人コックが始めた店で、シチューや肉料理が大評判でした。張園《チャンユアン》での食事は相も変わらずの「進膳」でしたから、外出のたびにこれをいただくのがわたくしたちの楽しみ。

食事をしなくても、名物の焼菓子と紅茶でひとときを過ごしました。そのお菓子がまた、頬が落ちてしまうくらいおいしいのです。

実は老臣たちから、外出時の飲食はお控え下さいときつく言われておりましたの。張園には毒味役の太監《タイチエン》がいたくらいですから、当然ですね。

困ったことには、起士林でビーフシチューをいただいたあと、張園に戻るといつに変わらぬ夕食の膳が待っていることがあります。まさか食事をすませてきたとも言えませんし、ともかく顔色に出さず、卓につかなければなりません。

そんなとき、婉容《ワンロン》はたいがい食欲がないだの具合が悪いだのと言って、逃げてしまいます。でも、夫にはわがままが許されません。皇帝の食事には、祖宗の霊を供養するという大切な意味があるからです。

夫とわたくしは、老臣たちに外出を疑われぬよう、目を白黒させながら二度目の夕食をいただいたものでした。


起士林はイギリス租界の小さな社交場。お店は差別をしませんが、中国人には敷居が高い。だから客は外国人か、外国人と対等に付き合うことのできる特別の中国人ときまっていました。

ある夏の午後のことです。わたくしたちが店の奥にある別室のテーブルにつきますと、支配人がいそいそとやってきてこう言いました。

「皇上陛下。本日は少　帥《シャオシュアイ》がお見えでございます」

もしかしたらドイツ人の支配人は、「シャオ・シュアイ」を人の名前だと思っていたのかもしれませんね。

本名は張　学　良《チャンシュエリャン》。字《あざな》は漢卿《ハンチン》。曹《ツアオ》家で初めて出会ったあと、返礼のために張園を訪ねたのも彼でした。

支配人が夫にそう告げたのですから、当然あちらにも皇帝のおでましは伝わっているはずですね。でも、なかなか挨拶にやってこない。

まさかこちらから出向くわけにも参りませんし、かと言って無視されたのでは、皇帝の権威にかかわります。夫も婉容《ワンロン》も、紅茶を飲みながらすっかり不機嫌になってしまいました。

夫は彼に対して、格別の警戒心を持っていたのだと思います。

父親の張作霖《チャンツオリン》は国民にたいそう人気があり、東北軍も強大ですから、いつ天下を取ってもふしぎではありません。そして長男の漢卿《ハンチン》は、夫と五歳しかちがわないのです。もし張作霖が民国にかわって新王朝を立てようものなら、いずれわたくしたちは、漢卿の手で葬《ほうむ》り去られるかもしれない。

それはけっして妄想ではなく、少くともあの時点では、誰も口には出さないけれど最もありうる未来でした。

夫には男性としての劣等感もあったことでしょう。軍隊を喪《うしな》った皇帝と、大東北軍を率いる若き将軍。異性に興味を持てぬ、また誰も異性としての興味など抱いてくれぬ男と、醜聞を勲章みたいに飾っているプレイボーイ。

あのころの夫と漢卿は、世界で一番わかりやすい、影と光でしたわ。婉容は漢卿が大嫌い。皇帝の不安は皇后として共有しておりますし、ましてや夫の抱いている劣等感は、妻にとっても同じかそれ以上です。夫と漢卿が影と光ならば、その影の中の影が婉容でした。

わたくし、ですか？

まあ、何とも卒直なご質問ですこと。

正直にお答えいたしましょう。皇妃としてのわたくしは、婉容とそっくり同じ気分でしたわ。

でも、十七歳のわたくしの中には、側妃という容器に納まりきれぬ部分があって、いつもその居心地の悪いすきまで、まったくちがうことを考えていた。

漢卿はわたくしたちに災いをもたらすかもしれないし、「花花公子《ホワホワコンヅ》」と蔭口を叩かれるくらい、大勢の女性を弄《もてあそ》んでいるにちがいない。でも、そうした魔性のあやしさとあやうさに、胸がときめいていたのです。

「様子を窺って参ります」

たまりかねて立ち上がりました。たまりかねて、というのには二つの意味がありますね。無礼と興味。

お付きの太監《タイチエン》は店の外で待っておりますから、様子見をするのはわたくしの役目です。

「放っておくがいいわ」

と、婉容《ワンロン》はご機嫌ななめ。夫は何も言わなかった。

起士林《チーシリン》のホールは、暑気を避けて一休みする客で賑わっていました。アイスクリームを舐《な》めながら語り合う、映画女優みたいな娘たち。葉巻をくわえた英国商人。一杯のソーダ水に二本のストローを立てた、フランス人の恋人たち。蓄音機からは柔らかなシャンソンが流れていました。

純白のテーブル・クロスの上に、ステンドグラスの七色の光がアラベスクを描く窓際の席で、彼はコーヒーを飲んでいた。

三ツ揃いの夏背広には皺《しわ》ひとつなくて、右手を椅子の背もたれに延ばし、左手の指先に莨《タバコ》を挟んだままカップをつまみ上げるしぐさが、何とも洒脱でした。

幼いころから東北のプリンスとして育てられた漢卿《ハンチン》には、わざとらしい飾り気がないのです。余分な装飾品は何も身につけていないのに、まるで彼自身が光り輝く宝石のようでした。

周囲のテーブルが空いているのは、賓客に対する店の配慮なのでしょうが、ほかの客が遠慮しているようにも見えました。

　窓の外には屈強な背中が並んでいます。弾丸の壁となる私服の護衛官でしょう。あのころの漢卿は、夫よりも命を狙われやすい人物でした。

　客のうちの何人かは、夫を護る日本人と漢卿の部下たちだったはずですが、誰もが紳士然としているので見分けがつきません。

　幸いなことに漢卿と語らっているのは、張作霖《チャンヅオリン》の第六夫人でした。覚えておいでしょうか。曹《ツアオ》家を訪れたときにわたくしの相手をしてくれた、あの美しい馬月卿《マーユエチン》です。

　皇妃の立場としては、こちらから漢卿に挨拶をするわけには参りませんが、見知った女同士ならば気軽に声をかけられますね。そこで、漢卿には目もくれず、馬夫人に語りかけました。

「ご機嫌よう、馬太太《タイタイ》」

「これはこれは、淑妃《シューフエイ》様。お出ましに気付かず失礼いたしました」

「いえ、遠目にお見かけしたものですから。あら、少帥《シャオシュアイ》もご一緒でしたか」

　すると漢卿も、ようやく気付いたような顔をいたしましてね。

「おひとりですか。もしや、万歳爺《ワンソイイエ》も」

「はい。店の奥の個室でおくつろぎです」

「それはご無礼しました。すぐに伺いましょう」

いやはや、何と尊大な人物だろうと呆《あ》きれましたわ。べつに夫をないがしろにしているわけでもないのでしょうが、みずから進んで媚びへつらいたくはないのです。

いいえ、たぶんことほどさように深く考えているわけでもない。正真正銘の貴公子ですね。彼は清朝の家来ではありません。

夫が曹家《ツアオ》を訪ねたときも、彼は君臣の礼をとらずに握手を求めました。対等かそれ以上だという自負がなければ、とうていあんな態度はとれませんね。

都を追われたとはいえ、夫には復辟の可能性が残されておりますし、軍閥の領袖たちとは較べものにならぬくらいの財産もあります。だから誰もが、臣下としての礼は欠かしません。

でも、漢卿《ハンチン》だけはちがった。中国のおよそ四分の一を占める東三省の支配者であり、最大の軍事力と経済力を有している自信に、満ち溢《あふ》れているのです。

漢卿は立ち上がると、わたくしの肩にさりげなく掌を置きました。ほんの少し抱き寄せるくらいに。

「あなたはここにいらしたほうがいい。使用人ではないのですから」

この人は紳士だな、と思いました。皇妃としてのわたくしの立場を慮《おもんぱか》ってくれたのです。夫に命じられたわけではありませんが、もしわたくしが漢卿を御前に連れて行ったなら、家来や使用人の役目を果たすことになってしまいます。

漢卿が店の奥に向かうと、何人もの男性客があちこちで立ち上がって、周囲に目を配りながら後に従いました。たぶん両方の護衛が入り交じっていたのでしょうが、誰がどちらかという判別はつきません。

「まあ、お掛け下さいませ、淑妃《シューフェイ》様」

馬《マー》夫人に勧められて、漢卿のぬくもりの残る椅子に腰をおろし、それからしばらくどうでもいい雑談をかわしました。

窓ごしの租界は夏の陽ざかりで、幹が細いわりには豊かに葉を茂らせる花水木《はなみずき》の街路樹が、涼やかな木蔭をこしらえておりました。

素裸《すっぱだか》の浮浪児が護衛官に施しを乞います。どうやら彼らにとって、浮浪児は刺客よりも苦手らしく、小声で叱りつけたり見て見ぬふりをしたり、とうとうしまいには硬貨をめぐんで追い払いました。

「あなたは、張上将軍《チャンシャンジャンジュン》の奥様ですわね」

話題が途切れたとき、そう訊ねました。それは知れ切ったことなのですが、漢卿と馬《マー》夫人の語らう姿は、とうてい母子には見えなかった。

中国では父親が複数の妻を持つ場合、子供は彼女らすべてに孝を尽くさねばなりません。自分の生母を特別扱いしてはならず、たとえ齢下であろうと、父の妻である限りおのれの母として敬するのです。その道徳は皇帝とて例外ではありませんから、紫禁城にいたころのわたくしたちは、光緒帝《グァンシュディー》や同治帝《トンジィディー》のお后様方を、等しく母としておりました。

だからこそ、漢卿《ハンチン》と馬夫人の打ちとけた親密さが信じられなかったのです。二人の年齢は同じくらいか、漢卿のほうが少し上でしょう。まさか不埒《ふらち》な疑いを抱いたわけではありませんが、母子というよりも兄と妹のように見えたのです。

「さようでございますとも。私は張作霖《チャンツオリン》の六番目の妻です」

うっとりするような笑顔をわたくしに向けて、馬夫人は両掌を開きました。

紺色のサテンの満洲服が、ほっそりとした長身をすきまなく装っていて、立襟の胸元には既婚者の証しである真珠の首飾りがかかっていました。

「でも、漢卿の母親ではございませんのよ。彼は高貴に過ぎて、ときどき世間の良識を欠くことがあります。夫がそういうふうに育てましたので。ですから私は、彼がまちがいをせぬよう、常にかたわらにあって忠告をしなければなりません。夫にそう命じられておりますの」

「まるで参謀ですわね」

「いえ、副官ですわ。作戦にはけっして口を挟みませんから。そのかわり、東北軍の少帥《シャオシュアイ》としてのふさわしい言動を、彼に要求いたします」

「あなたの努力は、さほど実を結んでいないように思えますけれど」

「醜聞はひとつの才能だと言った人がおりましてよ」

「もしや、皇帝に対する礼を失したのも、あなたの指示なのですか」

夫の名誉のために、わたくしは馬夫人を問い質《ただ》しました。図星だったはずなのに、彼女はいささかも動じなかった。

「それは考え過ぎでございましてよ、淑妃《シューフェイ》様。たしかに支配人はそのようなことを申しておりましたが、まさか下々の出入りするレストランに、皇帝陛下がお出ましになるとは思えません。きっと似た人なのだろうと話しておりましたの」

馬夫人はきっかりとわたくしを見据えたまま、何のたじろぎもなくそう言いました。

こちらから伺候してはならない。誰かが迎えに来るまで、知らん顔をしていなさい。それが彼女の考える、「東北軍の少帥としてのふさわしい言動」だったのでしょう。

窓の外では、さきほどとはべつの浮浪児が、護衛官に施しを求めておりました。通行人は笑って通り過ぎます。大の男が素裸の物乞いを持て余すさまは滑稽でした。

「どうやら情が仇になったようですね。ああなると、もう走って逃げるよりほかはありません。でも子供らは、彼が持場を離れられない護衛官だということを知っています。任務を遂行するためには、次から次にやってくる浮浪児に、施しを続けなければなりません」

世知に長《た》けた人だと思いました。いっときの情にかられて、みだりに施しをしてはなりません。物乞いには物乞いの知恵があるのです。北京の胡同《フートン》で育ったわたくしは、それくらいのことなら知っていますが、少し育ちのよい人は思いつかないでしょう。

ひやりといたしましたわ。馬《マー》夫人がとても大事なことを言ったような気がしたのです。

張園《チャンユアン》には素性の知れぬ、正体もよくわからぬ輩《やから》が大勢出入りしておりました。そうした人々にはお気を付けあそばせ、と彼女が諭したように思えたのです。副官として皇帝に忠告できるのは、あなたしかいないのよ、と。

破産した商人。部下のいない将軍。本拠地を追われた軍閥。流浪する白系ロシア人。自称ヨーロッパ貴族。

彼らはみな夫に群らがり、大清復辟の幻想を抱かせては、大金を毟《むし》り取っていたのです。そして一度でもお金を出そうものなら、何やかやと理由をつけて、また張園にやってきた。

そのような連中に較べれば、漢卿《ハンチン》も東北軍閥もよほど恃《たの》みになるはずだと、彼女は暗に言ったのかもしれません。

挨拶にしては長過ぎる時間のあとで、漢卿はホールに戻ってきました。

「あら、あまりいいお話ではなかったみたいね。では淑妃《シューフェイ》様、これにてご無礼つかまつります。ご機嫌よう」

二人は恋人のように連れ立って、起士林《チーシリン》を出て行きました。

窓の外を通り過ぎるとき、漢卿は形のよいパナマのてっぺんを片手でつまんで、わたくしに会釈をした。中国語ではなく英語かフランス語で、何か気の利《き》いた別れの文句を口ずさんだように思えました。

十二

天津の街角から張 学 良《チャンシュエリャン》が退場すると、文繍《ウエンシウ》の話は一段落した。親の七光。不抵抗将軍。花花公子《ホワホワコンヅ》――人々が彼に対して抱く印象はおよそそうしたものだが、千両役者にはちがいないと北村は思った。

懐旧譚のさなかでも彼が舞台の袖に去ってしまえば、いったん幕は下りるのである。

文繍が窓ガラスごしに手を上げると、四合院《スーホーユアン》の庭を挟んだ厨房から、ふかしたての饅頭《マントウ》を山盛りにした大皿が運ばれてきた。

「これはこれは、皇妃様にお茶を淹《い》れていただき、親王妃様に点心を運ばせるなど、このうえの贅沢はございませぬな」

李春雲《リイチユンユン》は卓の上に両手を拡げて恐縮した。

「そのような呼び方はもうおよしになって。わたくしたちは北京の裏街に身を寄せ合って暮らす姉と妹。ほかの何様でもございませんのよ」

高貴な姉よりもいくらか親しみ深い笑顔を向けて、文 珊《ウエンシアン》は李春雲をたしなめた。

姉が椅子を勧めた。

「お話もちょうどころあいです。これから先はあなたがいたほうがわかりやすいでしょう。お掛けなさいな」

「ころあい、と申しますと、どのあたりまで？」

「張園《チャンユアン》でのわたくしたちの暮らしぶりは、あらましお話ししたわ」

その言い方からすると、どうやらこれまでの長い独白は、離婚劇の背景に過ぎなかったらしい。そしていよいよ語られるクライマックスには、妹の文珊が加担しているのである。

しかし北村の見た限り、姉妹の表情には苦痛のいろがなかった。命がけの冒険であったはずだが、おそらく姉妹のうちには、自由を獲得した欣《よろこ》びのほうがはるかにまさっているのであろう。人間にとって自由とは、さほどに大切なものなのだと北村は思った。

「もしや、あなた様が手ずからお作りになられたのですか」

李春雲が饅頭を見つめながら訊ねると、文珊は嬉しそうにほほえんだ。

「姉もわたくしも胡同《フートン》の育ちですから、もともと竈事《かまどごと》は得意ですのよ。でも、まさか王府《ワンフ》の厨房で自慢の腕を揮《ふる》うわけにも参りませんしね。亡くなった母が言っていました。おいしい料理を食べることより、おいしい料理を作ることのほうが幸せだ、と。わたくしたちは、そうした幸せも取り戻したのです」

居間の入口には、小皿と調味料を運んできた使用人が両膝をついてかしこまっていた。白く細い弁髪を馬褂《マーコワ》の胸に垂らしたまま、顔も上げようとはしない。

李春雲《リイチュンユン》が気付いて声をかけた。

「おや。あなたはたしか、御城の御膳房にいらしたね。名は何というたか――」

老いた宦官《ホアンクワン》の敬意は、かつての大総管《ダアツオンクワン》太監《タイチエン》に向けられていた。

小声で呟《つぶや》くように、姓名と宮号を名乗ったあとで、彼はようやく頭をもたげた。

浅黒い顔には深い皺《しわ》が刻まれていた。李春雲よりずっと齢《とし》かさであろう。

「今もこちらにお仕えしておるのか」

「はい。あなた様のおはからいによりまして、御城を出たのちは慶《チン》親王府にお仕えし、今はご両方の厄介者にござりまする。身の果報を、いつか大総管閣下にお伝えせねばと思いながら、かようなかたちでお目通りがかないましたのは、きっと老仏爺様《ラオフオイエ》のお引き合わせにちがいござりませぬ」

思いも寄らぬ端整な宮ことばに、北村は心を動かされた。どうやら宦官とは、はたが考えるほど奇態な人々ではないらしい。

「兄弟《ションデイ》よ――」

李春雲は諭《さと》すように言った。むろん、血を分けた兄弟という意味ではあるまい。

「太監が私事を語ろうてはならぬ。また、軽々しく老仏爺の御名など口にしてはならぬ。去りなさい」

冷ややかな言い方だったが、それが李春雲の見識であることはわかった。

老太監は恐懼《きょうく》して後ずさり、居間を出て行った。そうした挙措も、老いたなりに優雅だった。

「まあ、何ともつれないご返事ですこと」

文繡《ウェンシウ》が言い、李春雲が答えた。

「太監は大清の臣ではございませぬ。愛新覚羅《アイシンギョロ》家の使用人にございますれば、いかなる場合でも身のほどを弁《わきま》えねばなりませぬ」

饅頭《マントウ》を小皿に移しながら文珊《ウェンシアン》が言った。

「少しは自慢話でもなさったらいかが、李老爺《リイラオイエ》。皇上《ホアンシャン》は千人もの太監を御城から追い出しましたのよ。運良く居残った者も、馮玉祥《フォンユイシャン》のクーデターでちりぢりになってしまいました。そうした不幸な太監たちを、とうに隠退しているあなたが、骨惜しみせずに面倒を見たのは誰もが知っていますーーさあ、熱いうちに召し上がれ」

李春雲《リイチユンユン》はお道化《どけ》て両手を挙げ、上品な笑い方をした。

「何を仰せになります、文珊《ウエンシアン》様。奴才《ヌーツアイ》は巷間《こうかん》噂に高い通り、賄賂《わいろ》でしこたま懐《ふところ》を肥やし、落ち目の王朝をさっさと見限って隠居した、大悪党にござりまする」

「そのような噂は知りません。耳にしたところで、誰も信じません」

文繍が「好了《ハオラ》、好了」と宥《なだ》めても、妹の苛立《いらだ》ちは収まらなかった。

「太監《タイチエン》たちの暮らしぶりに限ったことじゃないわ――」

「おやめ下さい、文珊様。奴才の恥を晒《さら》すような話は」

「恥、ですか？　あなたはこうおっしゃるおつもりですね。貧乏な親王家にお金を貸して利息をしこたま稼いでいる。天津の邸を貸して家賃を払わせている。そういう事実を暴露されては困る、と。でも、かつて親王家の嫁であったわたくしは知っています。あなたはわたくしの義父に大金を与え、のみならず天津のイギリス租界に立派な邸を建てて、親王一家を住まわせた。利息も家賃も、一元すら取ってはいません」

李春雲の弁明はなく、座は凍《こご》えてしまった。しばらく物思うふうをしてから、文繍《ウエンシウ》が妹に訊ねた。

「それは、天津の剣橋道《ジエンチアタオ》にある慶《チン》親王府のことですか。しばしば舞踏会が催された」

対《トエ》、と文珊は李春雲を見すえたまま肯《うなず》いた。

「何とかおっしゃいな、李老爺《リイラオイエ》。誰も彼もが廃帝からお金を毟《むし》り取ることしか考えていないのに、どうしてあなたひとりがそんなことをするのです」

文繍にやさしく叱りつけられて、李春雲は行き昏《く》れた少年のように俯《うつむ》いてしまった。いや、北村の目には、たとえば糞拾いを生計《たつき》とする貧しい子供が、その情けない所業を貴人に咎《とが》められて、涙をこらえているように見えた。

いったいどうしたことだろう。その居ずまいからは大人《ダアレン》の風格が失われてしまった。

「俺《アン》、可不知道那件事《コープーチイタオナージエンシー》」

もし北村の聞きちがいでなければ、彼は野卑な河北訛《なま》りでこう言ったのだ。「おいらの知ったこっちゃないやい」と。

春児《チュンル》は声を嗄《か》らして訴えた。

「そんなの、おいらの知ったこっちゃないやい。老仏爺《ラオフオイエ》は大金持ちの御仏様だから、きっと黄金の糞を垂れるんだろうと思って、都に上ってきたんだよ。糞をいただくにはお側にお仕えしなけりゃならないから、てめえでちんちんも切り落としたんだ。おいら、たくさん糞をもらった。でも、大好きな老仏爺は死んじまった。だからもう、黄金も宝玉も、みんな糞と同じなんだ。だったら捨てようがくれてやろうが、勝手じゃないか。そんなの、おいらの知ったこっちゃないやい」
しばらくの沈黙のあとで、かつての慶親王妃文《チン》珊《ウエンシアン》が語り始めた。

饅頭《マントウ》が冷めてしまいましてよ。どうぞ召し上がりながら、わたくしの話をお聞き下さいな。

姉は離婚の顚末《てんまつ》を、みずから語るつもりでしょうが、いくら何でもそれは酷《むご》すぎます。どうかわたくしの話で了簡《りょうけん》なさって下さい。むしろ溥儀《プーイー》や婉容《ワンロン》に対する個人的な感情が絡まぬぶん、正確にお伝えできるはずですわ。

お姐《ねえ》様は黙ってらしてね。それはちがうと思うところがあっても、がまんして聞いて下さい。おそらく当事者の話よりも、近くでつぶさに見ていたわたくしのほうが、この役目には向いています。日本の新聞の古風な読者には、お姐様の言い分が通用しないと思いますから。

幸い姉とわたくしは、外見も性格もよく似ております。だからもし記事になさる際に不都合があるのなら、これははなから姉の発言としてお聞き下さい。

それでよろしいですね、お姐様。あまたの王家が皇帝の藩屏《はんぺい》であるように、わたくしはお姐様をお護《まも》りしようと誓って、慶親王家の嫁となりました。

ほかの理由は何ひとつありません。たとえば、民国が大清皇帝とその妃を処刑しようとするならば、わたくしは姉にかわって菜市口《ツァイシコウ》の刑場に曳《ひ》かれてゆく覚悟でした。あるいは、あの暗愚な皇帝がつまらぬことに腹を立て、姉に死を賜《たま》うようなことがあれば、わたくしがかわって毒杯を仰ぐつもりでした。

ですからこれからの話も、淑妃《シューフエイ》文繡《ウエンシウ》の依代《よりしろ》が語るのだとご承知おき下さいませ。そして李老爺《リイラオイエ》。忠義者のあなたにはお聞き苦しいかもしれませんが、わたくしは皇帝陛下を「溥儀」と呼び捨てます。皇后陛下は「婉容」です。

姉はすべての中華民国国民が法の下に平等であると信じて、離婚訴訟を起こしました。ならば溥儀も婉容も、それ以上の何様でもありません。

姉が皇妃に内定いたしますと、まだ小学生だったわたくしにも、次々と縁談が持ちかけられました。

大清の遺臣も民国の将軍も、実業家も軍閥の領袖も、みなこぞって溥儀の姻戚になろうとしたのです。

適当な年齢の子弟がいない家は、養子を迎えてまで縁談をでっち上げようとしましたし、そうした資格などあるはずのない身分の人々は、仲人に立とうとしました。

民国が興《おこ》ってからたかだか十年ばかり、国家の形はいまだ定まらず、多くの人々が大清の復辟を信じていたのでしょう。

西太后《シータイホウ》様の妹君は、醇《チュン》親王家に嫁ぎました。お世継ぎの同治帝《トンジィディー》には子がなかったので、以来、光緒《グァンシュ》、宣統《シュアントン》の二代は醇親王家から迎えられました。わたくしが慶《チン》親王家に嫁ぎましたのには、そうした旧例に倣《なら》うところがあったのかもしれません。親類たちが寄り集まって、そんな話をしていた記憶があります。

そう、姉の入内《じゅだい》が決まったとたん、急に親戚が増えたのですよ。一家が没落して、花市胡同《ホワシーフートン》の借家で造花をこしらえていたころには何の音沙汰もなかった人々が、父がわり兄がわりになって、わたくしの嫁ぎ先まで決めたのです。

姉が世継ぎを産めば一族は外戚です。もし溥儀《プーイー》に子ができず、慶親王家に嫁したわたくしの子が大統《たいとう》を継いでも、一族の栄耀栄華は同じ、というわけですね。

もちろん、幼いわたくしには何が何やらわからなかった。ただ、どうして母は泣いてばかりいるのだろうと思っただけ。姉の入内はこのうえない吉事であるはずなのに、病弱な母は親類の男たちに取り囲まれて、「私の子よ、私の娘なのよ」と泣くばかりでした。

おそらく母は、貧しくとも幸せだった娘たちとの暮らしを、取り戻したかったにちがいありません。人は母を果報者だと言いましたが、手塩にかけて育てた二人の娘を次々と召し上げられることの、何が幸福でしょうか。

わたくしたち満洲族は、もともと獣を追って山野を移動する狩猟民族なので、一族の大事にあたっては親類一同が合議をするという伝統があります。獲物の肉は平等に分配され、ひいては幸不幸も共有するのです。

愛新覚羅《アイシンギョロ》の姓を持つ一族も、むろん例外ではありません。多くの王家が存在する理由は血脈を守るためというより、眷族《けんぞく》によって国事を行うという意味があるのです。だにしても、わたくしたちが貧乏していたころは知らんぷりで、姉の入内が決まったとたんに親戚面をして現れた人々は憎たらしい。わたくしたち姉妹を皇妃や親王妃にふさわしい娘に育て上げたのは、母ひとりの涙ぐましい努力であるのに、どこから湧いて出た同じ「額爾徳特《オルドト》」の姓を持つ人々が、その果報を横取りしたのですから。

皇帝をめぐる諸王家も似たものでしてよ。辛亥革命ののちはかかわりあいを避けて天津や大連に移り、張勲《チャンシュン》の復辟運動が成功しそうになるとまた北京に舞い戻り、失敗したとたんふたたびちりぢりになった。

わたくしの嫁いだ家も、そうした王族のひとつでした。幸不幸を共有するのではなく、幸福は共有し不幸はごめん蒙《こうむ》るという、性根の腐り切った愛新覚羅《アイシンギョロ》の眷族のひとつです。

慶《チン》親王家は乾隆大帝の第十七子永璘《ヨンリン》殿下を祖といたします。肇国《ちょうこく》の英雄たちの子孫である、いわゆる「八鉄帽子王《パーティエマオヅワン》」には算《かぞ》えられませんが、そのぶん血脈は皇帝に近いので、歴代の当主が政治に深くかかわりました。

李老爺《リイラオイエ》はよくご存じでしょうが、わたくしのかつての夫の祖父は、清王朝における最初の内閣総理大臣である、慶親王奕劻《イークワン》です。舅の載振《ツアイチエン》は祖父の死後、永代親王家となった家督を継いで、第四代慶親王に封じられました。

乾隆様には「大帝」の御名がふさわしい。生前のお姿を写した肖像画や、雄渾《ゆうこん》な御筆や、今に伝わる数々のご遺業からも、その大きさを窺い知ることができますね。西《シー》太后《タイホウ》様は乾隆陛下に憧れて政《まつりごと》を行い、愛新覚羅の一族はみな、乾隆様のお定めの中で暮らしていました。

曾孫にあたる奕劻殿下は、わたくしが輿入れする何年か前に亡くなっていましたが、写真で見た限りは乾隆様の面《おも》ざしが伝わっています。お体は小さいけれど、堂々たる威厳を感じます。

義父の載振殿下は若いころから出仕して、外国にもたびたび赴《おもむ》き、事実上は清朝の最後の外務大臣でした。でも、どうしたわけでしょうか、排行の一字に「奕」の付いた世代に較べますと、その次の「載」はおしなべて気が弱く、小粒になります。たとえば、溥儀《プーイー》の実父である醇親王載灃《ツァイリー》殿下。西洋かぶれの鎮国公載沢《ツァイゾオ》殿下。そして慶親王載振。

そうそう、畏《おそ》れ多いことですが、御齢十八歳で身罷《みまか》られた同治陛下は載淳《ツァイチュン》、そのあとを継がれた光緒陛下も、載湉《ツァイテン》ですね。

さらに一代下りまして、「溥」の世代となるといよいよいけません。宣統帝溥儀。わたくしの夫であった、慶親王家の溥鋭《プールイ》。誰も彼も、けっして悪人ではないし愚かでもないのですが、つまり悪知恵を働かせる器量すらない人々でした。

さきほども申し上げました通り、溥鋭は夫として非の打ちどころのない人物です。これといった道楽もなく、生真面目で、わたくしのほかに側妃も持ちません。離婚したあともわたくしをあきらめきれず、とうとう天津から北京に引越してきましたのよ。

慶王府はここから二筋南のご近所。だから彼は、今でも毎日のようにやって参りますの。槐《えんじゅ》の並木道がたそがれる時間になると、目立たぬ藍色の袍《パオ》を着て、びくびくと人目を気にしながら。

そこの影壁《インビー》から小さな白い顔を覗《のぞ》かせましてね、いつも同じことを言う。

「近くまできたから。ちょっと寄ってもいいかな」って。

つまり、そういう人なのです。「溥」の一字を名に持つ世代から五代を溯《さかのぼ》れば、必ず乾隆大帝に行き着きます。でも、もう似ても似つかない。偉大な乾隆の血は代を経《ふ》るごとに薄くなって、雨水が砂にしみこむように、あとかたもなく消えてしまいました。

彼らが乾隆の裔《すえ》であると考えるのは、すでに幻想です。

西太后様《シータイホウ》はおそらく、夫君咸豊《シアンフオンディー》帝のうちにその衰弱の予兆を見出し、いったいどうすれば祖業を恢復《かいふく》できるのかと、思い悩まれたのでしょう。同治《トンジイ》帝、光緒《グアンシュ》帝、宣《シュアン》統《トン》帝――しかし光明はどこにも見当たらず、五十年にもわたって、彼女自身が国家であり続けるほかはなかった。

そうではないのですか、李老爺《リイラオイエ》。

いいえ。西太后様のお側に誰よりも長く仕えたあなたにも、わからないでしょうね。あなたは男だから。血を見つめ、血を伝え、血を守るのは、女の務めです。

一九二五年の早春、ちょうど今と同じ梅の花の咲く季節に、慶《チン》親王の一家は溥儀《プーイー》の後を追って天津に移り住みました。

イギリス租界の剣橋道《ジエンチアタオ》に面した慶王府は、敷地の広さこそ北京の本邸には及びませんが、天津随一の豪邸宅といっても過言ではありませんね。

高い壁に穿《うが》たれたアーチ門を抜けると、見渡す限りの芝生の上に白大理石の御殿が聳《そび》えています。各階には円柱で支えられた回廊が繞《めぐ》っており、屋上からはイギリス租界の街衢《がいく》が一望できます。北に目を向ければ、緑豊かな日本租界のただなかに、張《チャン》園《ユアン》の尖塔が見えました。

大理石の大階段を昇ると、玄関の向こう側は何百人もの客がいっぺんにダンスを踊れるほどのホールです。二層の吹き抜けで、昼間は屋上に張られたガラス天井から光が溢《あふ》れ、夜には宝石を撒《ま》いたようにシャンデリアが灯《と》もります。あまりにも広くて明るいので、わたくしたちは「中庭」と呼んでいました。

京劇の舞台にもおあつらえ向きです。義父の慶親王載振《ツアイチエン》をはじめ、天津に寓居を構えた王族たちはみなさまお芝居が大好きですから、しばしば名優を招いて観劇会が催されました。

噴水は高々とほとばしって夜中にも静まりません。庭園には四季の花が咲き誇り、どこかで必ず、楽曲が奏でられていました。熱帯魚の群れる水槽。放し飼いの孔雀《くじゃく》。木々の枝に架けつらなる虫籠では、こおろぎが鳴いていました。

各国の領事館や、貿易商や軍閥の領袖たちが競って贈った置時計は、時間を示すのではなくて、それぞれの点鐘を聞くためにどれも針をずらしてありました。だから五分ごとに、どこかでのんびりと鐘が打たれるのです。

舞踏会と観劇会。怠惰と閑暇。それはもう、奢侈《しゃし》や贅沢どころではありません。慶《チン》親王府は民国の法の及ばぬ租界の中の、この世のものとは思われぬさらなる異界でした。

慶親王は復辟の希望がないと知って、やけっぱちの蕩尽《とうじん》をしているのではないか、と言った人がおります。

長いこと清朝政府の外交に携《たずさわ》っていた義父は、民国にとってたしかに危険人物ですね。内輪揉めが決着して政権が定まれば、たちまち暗殺されてもふしぎはありません。

でも、義父はあんがい吝嗇家《りんしょくか》なのです。先行きをはかなんで、理性を欠く人でもない。なにしろ天津に居を移したとたん、外国人の経営するホテルやデパートに、手堅い投資を始めたくらいなのですからね。

だから、大家の李春雲《リイチュンユン》がしこたま家賃をせしめているという噂を耳にしたとき、ピンときたのです。この華やかな王公の暮らしを、演出している人物がいる、と。

何のために？

王朝の復辟に欠くべからざるものは、栄華だから。民国が内戦に疲れ果てたとき、必ず復辟の機会が訪れる。やはりこの国は皇帝がしろしめすべきだという意見が、自然に湧き起こるはずです。そのときまで、愛新覚羅《アイシンギョロ》の眷族は結束し、諸外国とも誼《よしみ》を通じ、なおかつ栄華を保っていなければならない。

清朝の遺臣たちと日本とが用意した張園《チャンユアン》は、「清室駐天津弁事処」の看板を掲げた亡命政府にすぎません。そこには宮廷の栄華も優雅もないのです。

もし西太后《シータイホウ》様が今もご存命ならば、きっと同じことをお考えになったでしょうね。

そう思いついたとき、まるで目から鱗《うろこ》の落ちるように謎が解けたのです。すべては西太后の霊代たる、さきの大総管太監《ダアツオンクワンタイチエン》のしわざだと。

ねえ、李老爺《リイラオイエ》。

あなたはただの一度も、慶親王府に姿を見せたためしがありません。それはなぜなのですか。

ちょっと待って。あなたはきっと、こんな言いわけをなさるおつもりでしょう。「宦官《ホアンクワン》が政にかかわってはならぬのは、明朝の故事に鑑《かんが》みた世祖順治皇帝の戒めにござりまする」と。

ならば、言いわけのできぬ質問をさせていただきましょうか。

慶《チン》王府のホールでしばしば舞い唄い、やんやの拍手喝采を浴びていたのは、今をときめく梅蘭芳《メイランファン》でしてよ。たとえ千金積まれてもおいそれとは舞台を踏まぬ梨園の麒麟児が、たとえ慶親王のお召しとはいえ、ああもばんたび応じたのはどうしたわけなのでしょうか。

答えはただひとつです。どんな名優でも、師匠の頼みなら無下《むげ》にはできません。梅蘭芳の歌声はすばらしかった。義父は陶然と酔いしれて、思わず口を滑らしましたのよ。「ああ、春児《チュンル》にそっくりだ」とね。あなたが西太后《シータイホウ》様の宰領する、宮中劇団の立役者だったことを知る人は、もう残り少ないのでしょうけれど。

ごめんなさい、お姐様。このことはけっして口にするまいと約束していたのに、つい心が騒いで、李老爺《リイラオイエ》を問い質《ただ》してしまいました。

もちろん責めているわけではありません。黄金も宝玉も糞と同じだなどと言いながら、何とか大清復辟のために役立てようとしている忠義の心が、いたわしくてたまらなくなりましたの。

あなたを尊敬しています、李老爺。情けない愛新覚羅《アイシンギョロ》の眷族になりかわって、別れた嫁がお詫びをする僭越《せんえつ》を、どうかお許し下さい。

北京から天津に引越して、何よりも嬉しかったことは、まさか舞踏会や観劇会ではありません。

姉とたびたび会えるようになったのです。紫禁城の濠を隔てれば、儀式の折にしか顔を合わせる機会はありません。しかも姉とわたくしのまわりには、いつも女官や太《タイ》監《チエン》が取り巻いていて、二人きりになることなど絶えてなかったのです。

天津租界では気軽に張《チャン》園《ユアン》を訪れることができましたし、姉も溥儀《プーイー》や婉容《ワンロン》とともに、しばしば慶王府の夜会にやってきました。

でもその一方、姉の苦労が手に取るようにわかってしまいましたの。

紫禁城の内廷は、御殿がひとつひとつ区画されていますね。まるで大きな蜂の巣のように。溥儀と婉容と姉とは、それぞれ別の家に住んでいるようなものでした。そのうえ三人の太妃様方も、家族として同様の暮らしをなさっていましたから、一人の夫が二人の妻を持つという不自然を、実感できなかったのです。

ところが、天津はちがいます。あの陰鬱な張園《チャンユアン》の建物の中に、皇帝と皇后と皇妃が同居している。太妃様方もいらっしゃらないから、三人きりの「家族」です。

初めて張園を訪ねましたとき、たまたま婉容《ワンロン》が吹き抜けの二階に佇《たたず》んでいて、あのいつもどこを見ているかわからない冷ややかな目付きで、わたくしをじっと見くだしました。

彼女はとても視力が弱いのですが、まさか夫婦で眼鏡をかけるわけにはいきません。おそらくそのときも、玄関から入ってきた女がいったい誰なのか、わからなかったのでしょう。

「溥鋭《プールイ》が家内にございます」

階下の床に跪《ひざまず》いて、そう名乗りました。踊り場の飾り窓からは午後の光が射しこんでいましたが、それでも見えていないのではないかと思いましたから。

「あら。慶王《チン》の少奶奶《シャオナイナイ》が、何かご用?」

わたくしは世襲親王家の嫁です。いくら何でも、市井の若奥様ではありません。

「姉に——いえ、淑妃《シューフエイ》様にお目通りいたしたいと思い、罷《まか》り越しました」

「そうですか。では、ご自由に」

それきりぷいと横を向いて、婉容は立ち去ってしまった。はっきりと悪意を感じました。姉の苦労はそれまで何も知らずにおりましたが、これはただごとではないと思ったのです。

夫の溥鋭は、まだ十五歳のわたくしを実の妹のように可愛がってくれていた。男女の契りも結んでおりましたし、夫婦としての愛情も芽生えていました。でも張園には、そうした当たり前の甘やかな空気が、少しも感じられなかったのです。

紫禁城にいたころ、何度か会ったことのある婉容は、少くともそんな人ではなかった。だからそのときわたくしは、一つ屋根の下に三人の夫婦が同居する不条理には思い至らず、もしやこの暗い館に、人の心を弄《もてあそ》ぶ魔物でも棲んでいるのではないかと、背筋を寒くしたものでした。

でも、それが婉容の正体。それが彼女のすべて。わがままで嫉妬深い、五常の訓《おし》えをことごとく欠いた、魔性の女です。

溥儀《プーイー》はさぞかし手を焼いたことでしょう。でも、彼はたぶん「手を焼く」という苦労自体がわかっていなかったと思います。皇帝は寛容でなければならず、どのような不満も理不尽も、「好《ハオ》」としなければなりません。

慶王府の夜会には、必ず三人でやってきました。

皇帝陛下のお出ましとなれば、人々は大理石の大階段の左右に並んで出迎えます。西洋流の舞踏会には、夫と妻が腕を組んで入場するのが礼儀ですね。では、三人の夫婦の場合はどうなるのでしょうか。

皇帝の両腕に二人の妻？　まさか。

正解はこのようなものです。

まず、テールコートにシルクハットの溥儀《プーイー》が、ひとりで大階段を昇ってきます。少し遅れて、華やかなドレスを着た婉容《ワンロン》が続きます。大階段には手すりがないので、足元のよく見えない彼女のために、慶《チン》王府の女官が手を差し延べます。

そのうしろから、婉容よりいくらか目立たぬドレスを着た姉がやってきます。

つまり、縦の一列。だったらどちらかひとりを伴えばよさそうなものですが、皇帝は常に寛容でなければならないので、序列通りに二人の妻を同行させるとなると、いつもそうした形になるのです。

では、ホールでダンスを踊るときはどうなるのでしょうか。

これも決まっていました。溥儀と婉容は踊りますが、姉はけっして誘われません。

さて、それでは寛容の精神に悖《もと》りますね。たぶん、婉容が許さなかった。そう考えるほかに説明はつきません。

姉は婉容よりも、ずっとダンスが上手でしてよ。誰に教わったわけでもありませんが、わたくしたち姉妹はもともと運動が得意なのです。なにしろ北京の胡同《フートン》で、腕白小僧たちと一緒に育ちましたから。

そう。慶王府の舞踏会といえば、こんなことがありましたっけ。

夜も更けて、そろそろお開きも近くなったころ、ひとりの賓客が大階段を昇ってきたのです。

張学良《チャンシュエリャン》。天津社交界の大スターです。

慶王府では、彼と溥儀が顔を合わせぬよう、招待状の按配をしておりましたの。二人は政治的に微妙な関係でしたし、舞踏会に二輪の花は好もしくありませんから。

たぶん、よそのパーティがはねたあと、酒の勢いで立ち寄ったのでしょう。その夜の彼は軍服ではなく、テールコートに白いボウタイを締めていました。

溥儀と婉容は知らんぷりで踊り続けています。張学良もまた、知らん顔。周囲の人々は気が気ではありません。

そのとき姉とわたくしは、ホールの隅のテーブルについていました。やはりはらはらしながら、二輪の花の距離を測っていたのです。

張学良が人々と挨拶をかわしながら、こちらに向かって歩いてきました。そして、よもやと思う間に、姉を誘ったのです。流暢な英語で、「妃殿下、お相手を」と。夫が彼の背うしろから、目配せを送りました。その意味を察して、わたくしは立ち上がりました。

「少帥《シャオシュアイ》、踊って下さいませ」

でも彼は、わたくしの誘いを受けようとせずに、うむを言わさず姉の手を握りましたの。

その一瞬、ワルツの調べもダンスの輪も、凍りついたように思えました。

姉は側妃とはいえ、中華皇帝の妻です。むろん夫以外の男性は何ぴとたりとも、その体に触れてはなりません。

だからダンスのお相手は溥儀《プーイー》だけ。それも、婉容《ワンロン》がいない場合に限られていました。

ダンスの好きな姉は、辛抱たまらなくなるとわたくしを誘います。そして誰よりも上手に舞い踊りながら、ときどきよろけたふりをして、婉容の背中に肘《ひじ》をぶつけたり、溥儀の足を踏みつけたりしたものでした。「あら、ごめんあそばせ」と。

舞踏会はいわゆる無礼講ですが、皇帝の妻たちを誘ってはなりません。それは日本でも西洋諸国でも、当然の礼儀であり暗黙の掟《おきて》だと思います。その証拠にパーティの客の半ばを占める外国人は、姉がどれほど退屈そうにしていても、けっして声をかけはしなかった。

まったく思いがけない、しかも突然の出来事でした。張学良《チャンシュエリャン》は否も応もなく姉の手を握ると、まるで魔王が少年を拐《かどわか》しでもするように、舞踏の森の中に紛《まぎ》れ入ってしまったのです。

あのときは誰もが、頭から冷や水を浴びせかけられたような気がしたはずです。でも、誰もが知らんぷりを決めた。王族も、外交官も、民国の役人も、清朝の遺臣も、日本の軍人たちも。

孫文《スンウエン》が死んで、すっかり重心を失った中国の将来は、およそ二通りしか考えようがなかったのです。ひとつは清朝が復辟して、日本やイギリスのような立憲君主制国家を打ち立てること、そしてもうひとつは、ナポレオンの登場でした。

その二つの未来が、広い中国の小さな天津租界の舞踏会場で、ふいにあらぬかたちでぶつかり合ってしまった。見て見ぬふりをするほかはありませんね。

あのとき、一等肝《きも》が据わっていたのは姉でしたわ。顔色ひとつ変えずに、微笑さえうかべてワルツを踊った。張学良との呼吸は、とうてい初めてのお相手とは思えぬぐらい、ぴたりと合っていました。

一曲のウィンナ・ワルツが、あんなにも長く感じられたためしはありません。見ているわたくしのほうが、もう息が詰まって卒倒してしまいそうでした。

わたくしの夫は、しきりに二階桟敷《さじき》の楽隊を気にしていました。彼はお人好しのお坊っちゃまですが、あんがい小才のきく人なのです。指揮棒を振る楽長を見上げて、この一曲でやめなさい、と身ぶりで言っていました。夫は慶《チン》王府の舞踏会の責任者なのです。

アメリカ人の楽長が気付いて、桟敷の上から肯《うなず》き返しました。これで一安心。あとはラスト・ダンスなど省略して、お開きの挨拶をすればいい。皇帝と二人の妻は、満場の拍手に送られてまっさきに退場するはずです。

ところが、そのときちょっとした手違いがありましたの。ホールの変事を察知した楽長のスタンド・プレイ。いかにもアメリカ人らしいおせっかいでした。

ワルツが終わったとたん、間髪を入れずに華やかなジャズが始まった。危険なダンサーたちの手を一秒でも早く切り離すために、あのころの天津租界で熱病のように流行していた、チャールストンを踊らせようという魂胆《こんたん》です。

世の中はもう、ウィンナ・ワルツの時代ではありません。天津租界のあちこちで夜ごと開かれるダンス・パーティの曲目のほとんどは、アメリカ製の陽気なジャズでした。だからホールはたちまち歓声に沸き返った。

楽隊も慶王府の専属ではありません。常ひごろは市井のダンス・ホールや映画館の楽士を務めている彼らは、それこそ水を得た魚のように、ブラスは総立ちになり、ストリングスは目を覚ましました。

せわしない二拍子のリズムに合わせて、人々は足をはね上げ、腰をくねらせます。誰が誰のお相手なのかもわからなくなりました。

「これでよろしいんじゃなくって。ほら、みなさまお帰りですよ」

夫にそう囁《ささや》きかけました。

「どなたもご満悦のようだね。なかなか洒落《しゃれ》た趣向じゃないか」

「では、このままお開きのお言葉を」

「そうだね。そうしよう」

ところが、散会の挨拶をするべく正面のマイクロフォンの前に立ったとたん、夫は棒杭みたいに立ちすくんでしまったのです。

いつの間にかダンスの輪がほどけて、ホールのまんまん中に張学良《チャンシュエリャン》と姉だけが、息を合わせてチャールストンを踊っていた。人々は玄人《くろうと》はだしの二人のダンスをぐるりと繞《めぐ》って、手拍子を合わせていました。あちこちから、「好《ハオ》！」と掛け声も上がります。

そして、人垣のうしろの大理石の円柱によりかかって、ひとりだけ拍手も声もなく、溥儀《プーイー》がぼんやりと佇んでいた。

濃い色眼鏡のせいでたしかな表情は読めません。ただ、あの醜いくらい厚い唇が、しどけなく半開きになっていただけ。

たぶん失望。猜疑。嫉妬。あらゆる負の感情がないまぜになった人間の貌《かお》。しかも気の毒なことに、彼はそうした当たり前の感情を何ひとつ理解していなかった。中華皇帝にとって、それらはそもそもありえぬものだったから。

婉容《ワンロン》がテールコートの袖を引いて退場を促しても、溥儀はまるで床に根を生やしたように、動こうとはしませんでした。

楽曲がようやく終わると、張学良《チャンシユエリヤン》は片膝をついて姉に礼を尽くしました。それから立ち上がってシャンデリアを見上げ、流暢な英語で言った。

「ザ・フリーダム・オブ・チャイナ！　ザ・リバティー・オブ・ティエンジン！　ショウ・イズ・オーバー。サンキュー」

中国に自由を。天津に自由を。しかし「ショウ・イズ・オーバー」がいったいどういう意味を持つのかはわからなかった。

「さあ、終わった、終わった。少帥《シャオシュアイ》に閉会の挨拶までしてもらうとはね」

夫はほっと胸を撫で下ろして、そう言いました。まったく、何ておめでたい人。「ショウ・イズ・オーバー」を文字通りに受けとめたのは、あなただけよ。

十三

「それはいったい、いつごろの出来事でしょうか」

文珊《ウエンシアン》の話が一息ついたところで、北村修治は訊ねた。「ショウ・イズ・オーバー」の意味は、時期によって微妙に変わると思えたからである。

皇帝一家が天津に移ったのは大正十四年、西暦一九二五年の二月。張作霖《チャンヅオリン》は翌一九二六年十二月に北京政権を掌握し、中原《ちゅうげん》の覇者となった。それから一年半の間、彼はいつ紫禁城の玉座に昇ってもおかしくはなかった。長男の学良《シュエリヤン》は自他ともに認めるその後継者だった。

「さあ。いつ幾日《いつか》と訊かれても記憶にはありませんけれど、まだ天津に移って間もないころだったと思います。ねえ、おねえさま」

文珊に問われて、姉は少し考えこむように首をかしげた。そうしたしぐさも物言いも、双児のようによく似た姉妹である。

「まだ張園《チャンユアン》にいた時分であることはたしかですね。漢卿《ハンチン》と初めて会ったのは天津に入った年の夏でしたから、その秋ぐらいでしょうか。あるいは、翌《あく》る年の秋かもしれません。いくらか肌寒い晩で、ドレスの上に外套を羽織っていたと思います。そう、マロニエやプラタナスの落葉が舞っていた」

北村は手帳を検《あらた》めた。一九二五年の秋、もしくはその翌年の秋。いずれにせよ、張学良にとっては奉天軍閥による天下統一が視野に入った時期であろう。だとすると、彼が口にした「ショウ・イズ・オーバー」は、戦乱の終焉《しゅうえん》を宣言したともとれるし、あるいは清朝復辟の悲願は一幕の劇にすぎない、と断言したようにも思える。

「でも、うまくいかなかった」

姉は顔を俯《うつむ》けて冷えた茶をすすり、淋しげにほほえんだ。文珊《ウエンシアン》も李春雲《リイチュンユン》も、つなぐ言葉を探しあぐねている様子である。

天津慶《チン》王府の舞踏会から七年か八年の歳月を経ても、国民の平安は訪れなかった。天下を目前にした張作霖《チャンツオリン》は、国民革命軍との決戦を回避して北京から謎の退却をし、本拠地奉天郊外の皇姑屯で列車ごと爆破されてしまった。

張学良《シュエリャン》は日本軍に故地を奪われ、蔣介石《ジャンジエシイ》に合流した。東北には満洲国が成立し、溥儀《プーイー》はその執政として迎えられ、日本は世界の非難を浴びている。

戦争はいつ終わるともなく続く。それも、かつての軍閥どもの馴れ合いの戦争ではなく、日本軍や共産軍を相手にした、情容赦のない殺戮戦《さつりくせん》に様相を変えて。

国民にとって今の中国は、まさしく光明の見えぬ地獄である。

「越発険悪《ユエファシエンオー》――」

誰に言うでもなく、李春雲が呟《つぶや》いた。

「どんどん悪くなる――今は亡き老仏爺《ラオフオイエ》の口癖でございました。戊戌《ぼじゆつ》の変法の折にも、日本との戦が始まった折にも、義和団の騒動のときですらけっして弱音を吐かれなかった西太后《シータイホウ》様は、奴才《ヌーツアイ》とふたりきりになりますとふいにちぢこまられて、溜息とともにしばしばそう洩らされました。越発険悪、ああ、どんどん悪くなる、とたしかに中国は、どんどん悪くなってゆく。光はささず、底は知れない。」

「お話を続けさせて」

沈鬱な卓を見渡して、文珊が言った。

あのころ、溥儀を始めとする小朝廷の人々が、張作霖を恃《たの》みとしていたのはたしかでした。

彼の率いる東北軍は、ほかの軍閥のような寄せ集めの軍隊ではありません。規律正しい陸軍のほかに、空軍も海軍も持っていて、将校はみな、奉天の士官学校で日本式の軍事学を修めていました。

彼らは三百年前に長城を越えてやってきた、わたくしたちの祖先を彷彿させた。

しかし張作霖《チャンヅオリン》は、紫禁城の玉座に昇ろうとはしなかった。中南海《チョンナンハイ》のほとりに住んで、「安国軍大元帥」を称しただけ。つまり、軍隊は統率するが、天下を取ったとは言わなかったのです。

わたくしの夫はこんなことを言いました。

「機が熟したならば、白虎張《パイフーチャン》は礼を尽くして万歳爺《ワンソイイエ》を迎えにくるつもりだろう」

また、義父の慶親王《チン》はこう言っていた。

「白虎張はおのれの分《ぶ》を弁《わきま》えている」

王族も遺臣たちも、およそ同じ考えだったと思います。張作霖の実力を怖れながら、馬賊の出自を侮《あなど》っていました。でもそれを言うなら、軍閥の領袖などみな似た者ですね。

英国租界の慶王府は、高貴な難民たちのサロンでした。芝生を敷きつめた広い庭は、朝早くから日の昏れるまで、白虎張の噂でもちきり。そこにはいつも、お茶の香りと希望の光が満ちていました。

白虎張が十万元の大金を届けてきた。

万歳爺はおんみずから、白虎張の忠心を嘉《よみ》された。

鳳輦還御《ほうれんかんぎょ》の日取りもすでに定まっている。

万歳爺が高みくらにおつきになり、そのかたわらに白虎張が立てば、服《まつろ》わぬ者はひとりとてあるまい。

白虎張は読み書きも満足にできぬらしいが、まこと頭がよい。旧《ふる》くは李自成《リイヅチヨン》、新しくは袁世凱《ユアンシイカイ》の過《あやま》てる轍《わだち》を踏まぬ。

――と、そのようなことを日がな一日弁じ合った末、しまいにはまるでお題目を唱えるようにこうしめくくります。

「天命はわれらにある」

わたくしも、すっかり信じておりましたのよ。いつの日か張作霖がすべてを解決してくれる、と。そして、そのいつの日かは、さほど遠い未来ではなくて、あすかあさってのような気がしていた。

不幸が突然訪れたように、幸福もまた何の前ぶれもなく、ふいにやってくるのだろうと思っていたのです。

ついでに、もうひとりの「張《チャン》」についてお話ししましょう。

日本人の姓の多くは二文字だと聞いていますが、漢族のほとんどは一文字ですね。とりわけ張姓は多い。ためしに路面電車の中で「チャン！」と呼んでごらんなさいな。何人かにひとりは振り返りますよ。

張宗昌《チャンツオンチャン》。あのころ天津の警備についていた東北軍の将軍ですが、もちろん張作霖とは赤の他人です。同姓の張景恵《チャンチンホイ》や張作相《チャンヅオシャン》のような、奉天以来の子分でもありません。もともと正体の知れぬごろつきであった者が、どう取り入ったのか張作霖《チャンヅオリン》に重用されていたのです。

一見したところ、容貌魁偉《ようぼうかいい》の大男で押し出しが利きます。そのくせおしゃべりで如才ないから、慶《チン》王府のサロンではあんがい人気者でした。

わたくしたちが張作霖に大きな期待を寄せていることを察知した彼は、一計を案じたのです。いえ、そもそもわたくしたちの期待を煽《あお》ったのが、彼なのかもしれません。

張宗昌は足繁く張園《チャンユアン》に通い、溥儀《プーイー》と側近の重臣たちに自分を売りこみました。たまたま天津の警備を担当しているのをよいことに、あたかも交渉の窓口であるかのように装《よそお》ったのです。

ことを急ぐためには、張景恵を抱きこまねばならない、などと言って何万元もの賄《わい》賂《ろ》を要求する。そして何日も経たぬうちにまたやってきて、張景恵だけではだめだ、張作相にも金を渡さねばならない、と言う。同様の話が馬占山《マーチャンシャン》だの湯玉麟《タンユエリン》だのと続けば、家臣たちはよほど怪しんだはずですが、溥儀が疑心を抱かぬのですから仕方ありません。

結局はそんなふうにして、張作霖の寄付した十万元――いえ、たぶんその何倍何十倍もの大金が、張景恵でも張作相でもない、もともとはどこの馬の骨ともわからぬ張宗昌の懐《ふところ》に入ってしまったのでしょう。

こんな話も、お姐《ねえ》様の口からは申し上げなかったはず。かりそめにもかつて夫であった人の名誉にかかわるから。

張宗昌は悪い人間ですが、その悪党を信用した溥儀は愚か者です。でも、姉のうちにはいまだ愚かな男を憐《あわ》れむ気持ちがあって、他言できないのだと思います。

三百年前に長城を越えた順治帝は、皇帝たる子孫への戒めとして「正大光明」の訓《おし》えを遺しました。その御筆は乾清宮の玉座の後背に、今も掲げられています。

たしかに、皇帝はそうあらねばなりません。でも、紫禁城を追われた廃帝にとって、それは父祖の遺訓などではなく、呪いの言葉にほかならなかったのです。哀れな溥儀《プーイー》は、張宗昌《チャンツオンチャン》にも、そのほか同類の政客たちにも、正大光明であり続けました。

わたくしが姉に離婚を勧めた真の理由は、一夫多妻という理不尽ではありません。夫に愛情を持たぬまでも、憐愍《れんびん》の情を抱き続けるのだとしたら、姉はまちがいなく死よりも怖ろしい地獄を、生きながら見ると思ったからです。

地獄へと続く姉のやさしさを奪う償《つぐな》いに、わたくしは心から愛する夫を捨てました。

ああ、話が湿ってしまいました。

わたくしらしくありませんね。明るさだけが取柄なのですから。

慶《チン》王府ではいつも笑っていました。笑っていないときは唄っていました。舅《しゅうと》も姑《しゅうとめ》も口やかましい人ではなかったので、叱られたためしはありません。

かつて清朝の外交を担当していた舅にとって、天津のイギリス租界は北京よりずっと暮らしやすかったのでしょう。不安な境遇にもかかわらずいつも上機嫌で、書斎の蓄音機からは絶え間なくジャズが流れていました。

口にこそ出しませんでしたがおそらく、大清の復辟よりもこの租界での生活がずっと続くことを、希《のぞ》んでいらしたのではないでしょうか。

ナインティーン・トゥエンティ・エイト。

一九二八年はわたくしたちにとって、動乱の一年でした。いえ、天津に移ってから三年もの間、平穏な日々が続いたことのほうが奇跡というべきでしょう。

天津租界に住まう王侯遺臣たちは、中国が北京政権と南京政権に分割されてもいい、と考え始めていました。そして、北半分の中国で大清の復辟が成ればよい、と。

今から思えばずいぶん虫のいい話ですが、慶王府のサロンに集う人々は、三年間の安息のうちに、そんなことを考えるようになっていたのです。李老爺《リイラオイエ》がわたくしたちのために建てて下さったあの白亜の豪邸は、たしかに王朝の優雅を保ち、外交の窓口ともなりましたけれど、また一方では幻想を培養する温室でもあったのです。

そうしたさなか、蔣介石《ジャンジエシイ》の率いる国民革命軍が、北に向かって動き始めました。

南京政府から見れば、張作霖《チャンヅオリン》の北京政権は反乱勢力に過ぎませんから、「北伐」ですね。しかし張作霖の庇護《ひご》を信じている天津の人々は、いよいよ南北の雌雄《しゆう》を決するときがきたのだ、と考えました。そして、張作霖大元帥の率いる安国軍は遥かに強大で、国民革命軍など歯牙《しが》にもかけまいと誰もが思っていた。

そもそも大清の遺臣たちには、戦争を論ずる資格がないのです。徹底した文治政治の結果、軍人は地位を貶《おとし》められ、実際に軍隊を統率するのは、たとえば曾《ツオングオファン》国藩や李《リイ》鴻章《ホンチャン》のような、科挙出身の文人将軍でした。だからしまいには、袁世凱《ユアンシイカイ》という根っからの軍人にいいようにされてしまったのです。

サロンに集う客たちはみな、張作霖《チャンヅオリン》にまつわる伝説の信奉者でした。彼らの考える張作霖はけっして安国軍大元帥ではなく、東北の総攬把《ツオンランパ》「白虎張《パイフーチャン》」だったのです。

それに較《くら》べれば、軍隊の実力がどうこうという以前に、国民革命軍の総司令官である蔣介石《ジャンジエシイ》は、まったく貫禄が足りない。つい先ごろまで、黄埔《ホワンプウ》軍官学校の校長だったというほかには、出自や経歴すらも伝えられていなかったのです。

わたくしなどは客人たちの話を洩れ聞きながら、何だか若い士官生徒たちが戦争に駆り出され、百戦練磨の馬賊たちにみなごろしにされてしまうように思えて、気の毒になったものでした。

そんなわけですから、慶《チン》王府にも動揺はなかったのです。むしろ、これで大清復辟の日が近付いた、と誰もが考えていました。

いちどだけ、不安な話を耳にしたことがあります。

蔣介石が兵を起こしてから間もなく、張　園《チャンユアン》の政治顧問をしていた梁《リアン》　文秀《ウエンシウ》が慶王府を訪れました。

　書斎での密談の折には、かたわらでお茶を淹《い》れるのが定めてわたくしの務めでした。義父の慶親王は茶芸を好む風流人で、賓客にはとっておきのお茶をふるまいます。ちょうど清明節に先んじて摘《つ》まれる明前茶が南から届けられたときだったので、わたくしがお点前《てまえ》を申しつかりましたの。

　梁文秀は光緒年間の状元という話で、なるほどいかにも孤高の士大夫らしい、風格ある老人でした。

「殿下は蔣中正《ジャンチョンジョン》を見くびっておられるようですが」

　梁文秀は明前茶の香りを讃《たた》えたあとで、いきなりそう切り出しました。

「おや。梁先生は蔣介石をご存じなのかね」

　よほど意外だったのでしょうか、義父は立ち上がって蓄音機を切りました。ジャズの歌声が途絶えると、いたたまれぬほどの静寂がやってきました。

　義父は洋服の足を組んで椅子に座り直し、梁文秀は白磁の茶杯を卓に置いて、身を乗り出しました。

「知り合いというほどではございませぬ。日本におりましたころ、いちどだけ見《まみ》えました」

それから梁　文秀《リァンウエンシウ》は、とつとつと奇縁を語り始めました。

戊戌の政変に敗れて東京に難を避けていたころ、彼の寄寓先に若き日の蔣介石《ジャンジエシイ》がひょっこり訪ねてきたというのです。それも、雨降る路地に蹲《うずくま》って、自分の帰りをじっと待っていたのだ、と。

辛亥の年のことだというから、そのときから算《かぞ》えてもかれこれ十七年前の出来事ですね。日本の軍隊に留学していた蔣介石が、革命の報せを聞いて帰国する途中に、梁文秀を訪問したのです。

「もしや、孫逸仙《スンイーシエン》の密使ですかな」

義父は首をかしげて訊ねました。

「いや殿下、そうではございませぬ。革命については何ひとつ語らず、ただ救国済民の志を分かち与えてほしい、と」

蔣介石は戊戌の「気」を欲して、梁文秀の掌を握っただけでした。

「ほう。しかし梁先生、たったそれだけのことで、蔣介石の何がおわかりになったのですかね」

疑わしげに義父は言いました。しばらく物思うように茶杯を覗《のぞ》きこんでから、梁文秀は答えた。

「私心なき青年でございました。戊戌の変法が敗《やぶ》れ、辛亥の革命が成ったのは、ひとえにそのちがいであったと思われまする。もし蔣介石が、四十の齢を越えた今も私心なく救国済民の志を抱いているとするなら、けっして無名の一軍人として見くびってはなりませぬ。そうした将の率いる十万の兵は、百万の安国軍に、あるいはよく抗しうるかと。むろん何らかの勝算なくば、寡兵《かへい》を挙《あ》ぐるはずもございませぬ」

義父は考えこんでしまいました。梁文秀も筆硯《ひっけん》の重さしか知らぬ文弱の人にはちがいないのですが、その申すところにはとても重みがあったのです。

梁文秀の危惧は現実となりました。

国民革命軍と安国軍が衝突すると、たちまち日本軍が出兵して、済南が戦場になったのです。そして、決戦をせぬまま張作霖《チャンヅオリン》は謎の退却をし、奉天郊外の皇姑屯で列車もろとも爆破されました。

白虎張《パイフーチャン》が死んだ。その報《しら》せがもたらされたときの混乱といったら、それこそ天が落ちてきたような有様でしたわ。彼は大清復辟の希望であり、わたくしたちの命綱でしたから。

初めは誰もが、国民革命軍の罠《わな》にかかったのだと考えました。新聞もそのように報じておりましたね。でもじきに、日本軍の謀略だという噂が広まって、わけがわからなくなった。

だって、日本は張作霖《チャンヅオリン》の後楯だと思っていましたから。そればかりか、溥儀《プーイー》は日本によって窮地を脱し、日本租界にある張園《チャンユアン》に匿《かくま》われていた。つまり、わたくしたちと張作霖と日本は、固い信頼の絆で結ばれていると思っていたのです。

済南で戦争が始まったのは五月の初め。皇姑屯の爆破事件が六月四日。そして蔣介《ジャンジエ》石《シィ》は、その後ほとんど銃火を交えることなく、北京に入りました。

わたくしたちは民国の力の及ばぬ天津租界から、一歩も出ることのできぬ虜《とりこ》となったのです。


幸福には限りがあるが、不幸には底がない。これより悪くはなるまいと思っても、凶事は続くものです。

また、幸福はあらかじめ予測できるが、不幸のかたちは思いがけない。七月になると、またしても想像を超えた怖ろしい出来事が起こりました。

愛新覚羅《アイシンギョロ》の祖宗の眠る東陵が暴かれ、宝物がことごとく盗み取られた。それも盗賊のしわざではありません。国民革命軍の将軍が指揮を執り、陵墓をダイナマイトで爆破したというのです。

あろうことか、祖宗のご遺体までもが辱《はずかし》めを受けたのですよ。とりわけ乾隆帝の皇后と側妃、そして西太后《シータイホウ》様のご遺体は白日のもとに引き出され、切り刻まれ、踏みつけられたそうです。

歴代の皇帝と妃嬪たちは、北京郊外の東陵と西陵に葬《ほうむ》られています。それぞれが途方もない広さですから、おそらく盗賊どもは最も副葬品が多いと思われる、東陵の乾隆帝とその妃たち、そして西太后《シータイホウ》様の御陵に的を絞ったのでしょう。盗掘にあたっては軍事演習と称してあたりの交通を遮断し、大軍を動員しました。もはや泥棒とは言えますまい。軍隊ぐるみの略奪です。

わたくしたちの憤《いきどお》りはなまなかではなかった。悲報に接した遺臣たちが続々と張園に集まり、乾隆帝と西太后様の位牌を祀《まつ》って、終日叩頭し、痛哭《つうこく》しました。

中国では、祖先の墓を暴かれることにまさる屈辱はありません。むろん、おのれに対するいかなる辱めにもまさります。

ましてや民国政府は、革命時の「清室優待条件」において、宗廟の奉祀と保全を確約している。その約束は皇帝一家が紫禁城から追放された折の、勝手きわまる「修正優待条件」にすら、変更はないのです。

その夏の張園《チャンユアン》には、目も開けられぬほど香が焚《た》き続けられ、夜も昼もない人々の慟哭《どうこく》が、塀の外にまで聞こえていました。

とりわけ婉容《ワンロン》の嘆きは深刻でした。西太后《シータイホウ》様をはじめ、皇后妃嬪の陵墓が辱められたのですから、それは彼女にとって、屈辱ばかりではない恐怖そのものだったのでしょう。

誰彼となく当たり散らすか、さもなくば大量の阿片を喫《の》んで正体をなくしているか、あの夏の婉容はそのどちらかでした。

彼女に較べれば、同じ恐怖に苛《さいな》まれる立場の姉は、しっかりしていました。たぶんあのころには、ゆくゆく自分が皇妃として葬られることなどないと、内心考えてらしたのではないかしら。

そうではなくって？　お姐様。

小朝廷は民国政府に対し、陵墓の回復と犯人の処分を求めて、断然の抗議をしました。

でも、返ってくるのはいいかげんな回答ばかりで、まったくお話にならない。実行者にちがいない孫殿英《スンデイエンイン》将軍ですら、逮捕はされなかったのです。ということはつまり、蔣介石《ジャンジエシイ》以下の計画的な犯行にちがいなかった。

義父は張園を見舞った折に、梁 文秀《リアンウエンシウ》を摑《つか》まえて罵《ののし》りました。

「状元の才子か戊戌変法の志士かは知らんが、少くとも人を見る目はないね。それとも墓泥棒の蔣介石から、老仏爺《ラオフオイエ》の真珠でも分けてもらったのか」

梁文秀には返す言葉もありませんよ。蔣介石がどれほどの国士であろうと、略奪にかかわったか、あるいは犯人を処分しなかったからには、何のかばい立てもできません。

わたくしたちの抗議は梨のつぶて。恥をすすぐこともできない。こうとなっては天を呪うほかはありませんね。

やがて誰が言い出したものやら、張園に道士が招かれて呪詛《じゅそ》などが始められました。

しかしいつまでたっても蔣介石の訃報は届かず、孫殿英が寝込んだという話も伝わってきません。

そのうち、道士たちもよほど立つ瀬がなくなったのか、呪詛は占術に変わった。占いの結果は未知ですから、いんちき道士たちも気楽なものです。しかし、次々と降りかかる凶事に脅えきっている張園の人々にとって、彼らの算ずる卦《け》はただならぬものに聞こえました。

張園《チャンユアン》は不吉な場所だ、と道士は告げました。それはそうでしょう。ご託宣を受けるまでもなく、張園が暗くてじめじめした建物であることぐらいは、誰もが感じておりましたもの。

そこで、租界のあちこちに空家を探しましたところ、日本租界のさほど遠くない協昌里《デイアオチャンリ》に、もってこいの屋敷が見つかりました。

陸宗輿《ルーツオンユー》という遺臣の持ち家で、「乾園《ガンユアン》」と名付けられた邸宅です。張園より敷地はいくらか狭いけれど、とても明るい雰囲気の屋敷でした。

溥儀《プーイー》も婉容《ワンロン》もひとめ見て気に入り、さっそく引越そうという話になった。乾園という名は、きっと乾隆様のお導きにちがいないと、みんなが同意しました。

でも、溥儀が言うには、乾隆帝の一文字を冠するのは畏れ多い、この名称は変えねばならないそうなのです。

天意に順《したが》い、乾園は「静園《ジンユアン》」に改められました。静かに復辟のときを待つのだと、溥儀は言った。

何が静かなものですか。その年の夏に引越した静園には、さらなる底なしの不幸が姉を待ち受けておりましたのよ。

小朝廷が静園に引越しましたのは、翌《あく》る一九二九年の夏の盛りでした。思いがけずに時日を要した理由は、いくつかあります。

まず第一に、前年があまりにも凶事続きだったので、悪い運気を引きずってはなりません。道士がうやうやしく玉皇上帝《ユイホアンシャンディー》にお伺いを立てたところ、己巳《つちのとみ》の年の夏に潜竜養徳《せんりゅうようとく》の気が顕《あらわ》れるというご託宣が下ったそうです。「潜竜養徳」とは、うまい言葉を考えついたものですね。いかないんちき道士でも、もう復辟などはむりだとわかっていましたから、「皇帝がひそかに徳を養う」などという言い方をしたのでしょう。

第二の理由は婉容のわがままでした。新しい住居を自分の趣味にかなうよう改築したのです。英国ふうの権威的な張園とはさかさまの、光に溢《あふ》れて風通しのよい、地中海に面した南ヨーロッパにあるような邸宅を、と。皇后の希望を満たすためには、相応の時間と莫大《ばくだい》な費用がかさみました。

時間がかかるというのは、多くの人々にとって好都合なのです。べつだん急ぐ必要はないのだし、うらぶれた小朝廷とはいえ皇帝のご動座なのですから、お金をかけようとすればきりがありませんね。だからその間に、さまざまの業者や仲介人が、「正大光明」な皇帝からお金を毟《むし》り取ることができました。

静園《ジンユアン》の所有者であった陸宗輿《ルーツォンユー》という遺臣には、会ったためしがありませんが、義父や夫は「売国奴《マイグオヌー》」だと言っておりました。何でも長いこと駐日公使を務めていて、日本政府からのあのどうしようもない二十一箇条要求を容認した、張本人だという話でした。国を売るほどの悪者ならば、廃帝からあれこれお金を毟り取るなど朝飯前、というところでしょうか。

そうこう大散財をしたあげく、ようやく皇帝のご動座と小朝廷の引越しをおえたのが、一九二九年の夏の盛りだったのです。

今はいったい、どなたがお住いなのかしら。もし天津にお出かけの機会がありましたなら、満洲に搦《から》め取られてしまった溥儀《プーイー》と婉容《ワンロン》の夢の御殿のそののちの運命を、伝えていただきたいと思います。

婉容のわがままは十全に叶えられました。わたくしは地中海も南ヨーロッパも存じませんけれど、まさしくかくやは、と思えるほどの、お伽話《とぎばなし》のような邸宅でしたわ。

まず門構えひとつにしても、張　園《チャンユアン》のようにいかめしい鉄扉ではございません。日本租界の鞍山路に面して、暖かな感じのする木彫りの大扉があり、日昏れになると両袖に掲げられた青銅の門灯に、いかにも富貴な家庭の幸福をともすような、オレンジ色の灯《ひ》が点じられました。

　その門の先は広い前庭で、囲いの壁は張園ほど高くはないかわりに、プラタナスやマロニエの大樹が目隠しになっていました。

　まんなかに大理石の噴水があり、庭の中の木々はザクロとサルスベリです。陽当たりがいいので、芝生はいつも青々と生気に満ちていました。空は広く、風がここちよく吹き抜けた。

　張園のような尖塔はありません。そのかわり、主楼の正面だけが三階建で、左右に二層の建物が翼を拡げていた。全体の印象は柔らかくて、政庁でも宮殿でもない、富豪の邸宅の趣きです。

　瀟洒《しょうしゃ》という表現が最もふさわしいでしょうか。潜竜養徳の場所であるかどうかはともかく、婉容にとってはこのうえ望むべくもない家であったのはたしかです。

　ひとつぐらいは彼女をほめておきましょうね。わがままで嫉妬深く、大清の復辟などよりイギリスへの亡命を熱望していたあの阿片中毒の女は、ふしぎなくらいセンスがよかった。美しいものを見極める目がたしかでした。

　たぶん、富裕な満洲貴族の家に生まれ育ったせいでしょう。改築をおえた静園に初めて伺ったとき、いかに贅の限りを尽くしたとはいえ、その出来ばえにはほとほと感心させられました。これぱかりは、没落した貴族には真似ができない、と。そして同時に、この静園にはいよいよ姉の居場所がなくなるだろうと思いました。そこは明らかに、溥儀《プーイー》と婉容《ワンロン》の家だったから。

ところで、あの二人は愛し合っていたのでしょうか。

たしかに傍目《はため》には仲睦まじかった。溥儀は婉容に対してやさしくふるまっておりましたし、婉容は溥儀にべたべたと甘えていました。でも、やはり当たり前の夫婦の情が通っているとは思えなかった。いわゆる「琴瑟相和《きんしつあいわ》し」という夫婦には見えず、むしろ映画の中の西洋人を、たがいが演じているように思えたのです。

たとえば、こんな二人の会話を記憶しておりますの。

静園の閑《のど》かな午下《ひる》り、近しい人々とテラスでお茶を飲みながら談笑しているうち、ふいに婉容がしおらしげにこう言った。

「陛下。わたくし、きっぱりと阿片を断とうと思いますの」

どうして人前でそんな話を切り出すのだろうと、不審に思いましたわ。その場には姉とわたくしのほかに、わたくしの夫も、醇《チュン》親王家の妹たちまでもが同席していたのです。

突然の告白にみなが声を失って、午下りの庭に目を向けたり、俯いてお茶を啜《すす》ったりしました。婉容の阿片中毒は誰もが気にかけてはいたのですが、皇后の性癖なのですから軽々に諫言するわけにもいかなかったのです。

溥儀はちょっとびっくりしたように訊き返しました。

「それはまた、どうしてだね」

いっそうしおらしく婉容が答えました。

「阿片を喫《の》んでいると、子供ができないと聞きましたので」

いよいよ誰も口を挟めませんね。大婚からかれこれ七年も経とうというのに、溥儀は子を授かりません。むろんそれは婉容や姉のせいではなく、溥儀が男性としての能力もしくは正常な興味を欠いているからなのです。つまり、婉容が多くの証人たちの前で、とんでもない嫌味を言っていると、誰もが考えたのでした。

少し考えるふうをしたあとで、溥儀が何を言ったと思いますか。

「いや、子ができぬのは阿片のせいではないよ。世の中には阿片を嗜《たしな》みながら、子供を授かる夫婦がいくらでもいる。むしろ度を越さなければ、酒と同様に薬にもなるというものだ。だから君も、きっぱりと断つ必要はない。少し控え目にすればいいではないか」

「まあ、何とおやさしいお言葉――」

婉容《ワンロン》は感極まったように溥儀《プーイー》の手を握り、溥儀はそのしおたれた肩を抱き寄せました。

溜息も出ませんね。そのやりとりが、まっとうな夫婦のものだとは思えなかったから。二人は大勢の親類たちを観客に見立てて、映画の一場面を演じているにちがいなかった。

寛容な夫と貞淑な妻。中国のどこにもいるはずのない、ヘンリーとエリザベス。

「ご無礼いたします」と言い置いて、姉は部屋から出て行ってしまいました。当然ですね。姉にしてみれば、それはただのお芝居ではありません。

思わず後を追おうとするわたくしの腕を、夫が引き留めました。ここは淑妃《シューフエイ》文繡《ウエンシウ》の妹であってはならぬ、慶《チン》親王家の嫁としてふるまいなさい、という意味ですね。

大婚の折の年齢は溥儀と婉容が十七、姉が十四。でも、七年の歳月を経れば三人は立派な大人です。形ばかりの夫婦は、抜き差しならぬ関係になっていました。そして、そのしがらみには誰も口を挟めません。

そもそも皇帝が複数の妻を持つ理由は、皇統をつなぐためなのです。だから溥儀が男性としての能力を欠いている以上、側妃などは必要ありません。おそらく誰もがそう思っていた。思っていても噂だにできない。玉体に重大な欠陥があるなどと、誰のどの口が言えましょう。

わたくしの夫は、愛する妻がせめてそのしがらみに巻きこまれぬよう、心を摧《くだ》いていました。

「静園《ジンユアン》にはなるべく伺わないように」と、夫から申し渡されたときは、悔しくて涙が出ました。だって、返す言葉もございませんでしょう。夫はわたくしを護ろうとしており、その心に順《したが》うならば、わたくしは不幸な姉を見捨てねばならないのですから。


静園は来客の誰しもが羨《うらや》むほどの邸宅でした。いかにも都を追われた廃帝の家族が慎しやかに暮らす、ロマンティックな館に見えたことでしょう。

でも、その鴇色《ときいろ》の壁の内側には、どろどろの澱《おり》が積み重なっていたのです。

東陵を暴かれた大事件は何の解決もせず、溥儀は朝な夕な祭壇に叩頭《こうとう》してご先祖様に詫び続け、いんちき道士たちは蔣介石《ジャンジエシイ》と国民革命軍を呪い続けていました。

大清復辟の恃《たの》みであった張作霖《チャンヅオリン》が死に、あろうことか息子の張学良《チャンシユエリャン》が旗の色を変えて蔣介石に服《まつろ》ったのは、さらなる衝撃でした。やがて日本の軍人やら外交官やら政客やらが、しきりに出入りするようになった。彼らの思惑などは存じませんが、こうとなってはほかに復辟をなすすべもなく、溥儀にとっての一縷《いちる》の光明だったのでしょう。

大清の遺臣たちはそれぞれの人脈をたどって、復辟の道を探っていたのです。だから次第に、国民党や東北軍に近しい人々は居場所を失って去って行きました。つまり、清国の外交官として長く日本に駐在していた鄭孝胥《チョンシャオシュ》や、やはり日本に長く亡命していた梁文秀《リアンウエンシウ》などが残ったのですから、そのようになるのも当然ですね。ましてや静園《ジンユアン》は日本租界の中心にあり、鞍山路の槐《えんじゅ》の並木道を隔てた門の向かいは、日本人小学校なのです。

そして、溥儀《プーイー》は復辟のことしか考えられなくなり、婉容《ワンロン》は阿片に溺れ、姉はいよいよ冷遇されてゆきました。誰しもが羨む静園の実情は、そうしたものだったのです。三人の夫婦が、それなりに仲睦まじく外出することもなくなりました。彼らの関係が悪くなったというより、天津租界と社交界が、彼らを貴賓として遇さなくなったのです。

そんなある日のこと、めっきりと来客の少なくなった慶《チン》親王府に、思いがけぬ人物が訪ねて参りましたの。

齢のころなら六十のあとさき、背は低いけれど恰幅《かっぷく》のよい老人で、従者のひとりもなく門前で人を呼んだのです。

「載振《ツァイチエン》殿下はご在宅かね。お忙しければ溥銳《プールイ》殿下でもかまいません」

いくら何でも、そんな口の利きようはありますまい。三ツ揃いの背広の肥《こ》えた懐に、爆弾か拳銃でも呑んでいるのかと思った衛兵が、剣つくに追い返そうとしてもいっこうに怯《ひる》まないのです。

「好《ハオ》。好。お役目はご苦労だが、けっして怪しい者ではありません。奉天の豆腐屋がご挨拶に伺ったとお伝え下さい」

衛兵所からそのままの報告を受けたとたん義父の慶親王は顔色を変えて、みずから門まで迎えに出た。

来客の名は張景恵《チャンチンホイ》。あの張作霖《チャンヅオリン》の一の子分として勇名をはせた、満洲馬賊の大頭目です。わたくしも北京の胡同《フートン》に住んでいた時分から、「好大人《ハオダアレン》」という通り名ぐらいは知っておりました。子供らが馬賊ごっこをするとき、「白虎張《パイフーチャン》」の次に人気のある役回りが「好大人」でしたから。

でも、少しも怖い感じはしなかった。丸い顔をお豆腐のように膨《ふく》らませて、にこにこと笑っていました。

「ああ、こちらが淑妃《シューフェイ》様の妹御でらっしゃるか。姐様によく似て、何ともお美しい」

好大人《ハオダアレン》の言葉は、聞きとりづらいぐらいの東北訛《なま》りでした。その物言いがまた、いかにも豆腐屋のおじいさんなのです。まさかこの人がかつては馬賊の大頭目で、奉天軍の重鎮であるとは思えなかった。

いかに租界のうちとはいえ、彼ほどの大物が供連れもなしに出歩くはずはありませんね。

「なんのなんの。わしは命を狙われるほどの者ではありませんよ。それに、老帥《ラオシュアイ》と同じ列車に乗っていながら、かすり傷しか負わなかった。わしにはまだやることがあるという意味ですな。だから、刺客の弾に当たってくたばるわけはありません」

その堂々たる物腰には、義父も夫もすっかり感心して、やはり馬上で命のやりとりをした男はちがうと、のちのちまで語りぐさにしておりましたっけ。

まだ残暑のさめやらぬ、秋のかかりの夕昏どきでした。庭を見おろす回廊に籐椅子を据えて好大人と義父と夫は長い話をいたしました。

お茶を淹れながらわたくしの耳にした話は、審《つまび》らかにしてもかまわないでしょう。

義父はまず、張学良《チャンシュエリャン》の消息を訊ねました。すると好大人は太い溜息をついて、こう答えたのです。

「少帥《シャオシュアイ》とは袂《たもと》を分かちました。東北は独立すべきなのです。多年にわたり干戈《かんか》を交えた国民革命軍に今さら合流するなど、わしには考えられん。かつて老師とともに長城を越えた古い子分どもは、あらまし同じ思いで少帥と義絶いたしました。ならば潔《いさぎよ》く身を引いて、もとの豆腐屋に戻るべきなのでしょうが、九死に一生を得たのはまだやることがあるのだろうと思い直しましてな。こうしてお伺いした次第なのです」

義父はしばらくの間、茶を啜《すす》り莨《タバコ》をくゆらして庭を眺めておりました。いったい何の相談やらと、思いめぐらしていたのでしょう。

「少帥のお気持もわからんではありません」

と、沈黙に耐えかねるように夫が言いました。

「好。もちろんわしも、わからんではない。やつのことは誰よりもよく知っている。昔はこの背中に負って戦場を駆けたのです。その漢卿《ハンチン》と袂を分かつのは、雨亭《ユウティン》に死なれたのと同じくらいつらい」

そう言いながら、好大人の瞼《まぶた》にはみるみる涙がうかぶのです。軍閥の将軍と呼ばれる人々は、みな虚栄心のかたまりですが、彼はまったく昔かたぎの壮士《チヨアンシ》でした。

少帥の気持ちは、どなたにでもおわかりになるでしょうね。張作霖《チャンヅオリン》の暗殺は国民革命軍のしわざと喧伝《けんでん》されておりましたが、日本軍の謀略であることは明らかなのです。親の仇に与《くみ》して東北を独立させるくらいなら、蔣介石《ジャンジエシイ》の軍門に降《くだ》ったほうがよいとするのは道理でしょう。

「で、将軍のご来意は――」

ようやく義父が訊ねました。

「好《ハオ》。宣統《シュアントン》陛下におかせられては、東北にご動座願いたい」

まるで刃物でも抜くように、好大人《ハオダアレン》はきっぱりとそう言いました。

べつだん思いがけぬ話ではなかった。日本の軍事力を背景にして東北が独立を宣言し、溥儀《プーイー》が何らかの形で復権するという噂は、たびたび耳にしておりましたから。しかし、張景恵《チャンチンホイ》という実力者の口から改まって聞けば、茶を淹れる手も震えました。もう噂でも何でもない。それは現実なのです。

義父は張景恵の真意を確かめるようにふくよかな顔を見つめ、それから芝生の緑がまばゆい庭に目を向けました。三人が三人、そうしてまた黙りこくってしまった。

慶《チン》王府の庭に海河《ハイホー》の涼やかな風が渡り、鈴懸《すずかけ》の大樹には椋鳥《むくどり》の群が、凶々《まがまが》しく騒いでおりました。

義父も夫も口数の多い人ではありません。きっと張景恵も、日ごろは「好好」と他人の話を聞くばかりの人なのでしょう。大変な話を口にし、耳にしながら、まるで立ちすくむように黙ってしまった男たちが、もどかしくてならなかった。

　わたくしにとっては、復辟などどうでもよいのです。静園《ジンユアン》の中にすら身の置きどころがなくなってしまった姉が、皇帝の動座などという大ごとに耐えられるはずはないと思いました。そのころわたくしは、夫から静園への出入りを差し止められていて、姉の消息といえば何日かに一度届く、切々たる手紙で知るばかりでした。

　生きる望みさえ失った姉の手紙が心に甦《よみがえ》るほどに、わたくしはとうとうしびれを切らして口を利いてしまいましたの。

「日本は万歳爺《ワンソイイエ》を利用しようとしています。言うことを聞かなければ、きっと張作霖《チャンヅオリン》のように殺されてしまいます」

　義父も夫も同じような懸念を抱いていたのでしょうか、わたくしの無調法をあえて咎《とが》めようとはしませんでした。

「好。ご立派な奥方だ」

　張景恵はわたくしを見つめて続けました。

「しかし、妃殿下。日本からそのような申し出があった以上、玉体の危機は天津租界にあっても同じことですぞ」

　考える間もなく血の気が引きました。あの馮玉祥《フォンユイシャン》のクーデターの折に、皆殺しの目に遭《あ》ってもふしぎではなかった皇帝一家は、日本公使館に保護され、天津の日本租界に匿《かくま》われているのです。つまり、言うことを聞かない皇帝など殺す必要もない。やはり他国の内政に干渉すべきではないと宣言して、溥儀《プーイー》を蔣介石《ジャンジエシイ》に引き渡すだけでもいい。いえ、かつて馮玉祥《フォンユイシャン》がそうしたのと同様に、皇帝一家を天津租界の外に追い出すだけでいいのです。

夫がようやく物を言った。

「なるほど。窮鳥《きゅうちょう》懐に入らば猟師も撃たず、ということですか」

「不対《プートエ》」と義父が顎を振りました。

「そうではないよ。梟鸞《きょうらん》は翼を接《まじ》えず、であろう」

どちらの譬《たと》えも的を外していますね。溥儀は窮鳥にちがいありませんが、懐に飛びこんだところで猟師が撃たないとは限りません。悪鳥と高貴な鳥が、翼を触れ合わせぬという道理ももはや通用するわけはない。

学問のない張景恵《チャンチンホイ》には意味がよくわからなかったらしく、苦笑しながら答えました。

「わしにはちんぷんかんぷんだが、それほど難しい話ではありますまい。日本が万歳《ワンソイ》爺《イエ》を利用するつもりなら、万歳爺も日本を利用すればいい。ほかの方法はすべて

──」

そこで張景恵は笑みを鎖《とざ》し、椋鳥の群れ騒ぐ鈴懸の樹に瞳を据えて、怖いことを言った。

「滅亡《ミエワン》。大清は消えてなくなる」

わたくしたちは滅亡の危機に瀕していながら、実は誰もその言葉を実感していなかったのですよ。でも、奉天郊外の自警団から身を起こし、白虎張《パイフーチャン》とともに広大な東三省を手中にした彼は、数限りない滅亡を目のあたりにしてきたにちがいなかった。

その物言いが、好大人《ハオダアレン》の真心であったのか、それとも恫喝《どうかつ》であったのかはわかりませんけれど。

わからないことよりも、わかっていることをお話ししましょうね。

北村先生《ペイツンシエンシヨン》のお訊ねは、姉の離婚についてでした。

でも、話は脱線したわけではございませんのよ。張景恵の意を汲《く》んだ義父が、溥儀の実父である醇《チユン》親王を説得し、事態は動座に向かって進み始めたのです。そうとなれば、わたくしは姉の知れ切った不幸を、どうにかしなければなりません。

手紙を読む限り、静園《ジンユアン》における姉の立場はいよいよ悪くなるばかりでした。溥儀の不安の矛先は姉に向けられ、皇帝の寵《ちょう》を失ったと見た女官や太監《タイチエン》たちまでが、姉につらく当たるようになったのです。

姉は自殺を図りましたのよ。このしっかり者の、どのような困難にも屈せぬはずの姉が。

ある晩、姉のたったひとりの味方である梁《リアン》　文秀《ウエンシウ》の妻が、慶《チン》王府に忍んで参りましたの。まさか姉が自殺を図ったなどとは公言できませんから、彼女は平静を装って、万歳爺《ワンソイイエ》のお召しだと言った。

自動車に乗ったとたん、事実を告げられて仰天いたしました。姉は手紙に、いっそ死んでしまいたいなどと書いておりましたけれど、まさか本気だとは思っていなかったのです。

夜更けの静園《ジンユアン》はてんやわんやの大騒ぎでした。皇帝のお召しにはちがいありません。姉の自殺未遂に動顛《どうてん》した溥儀《プーイー》が、わたくしを呼ぶよう命じたのですからね。

玄関のホールで、寝巻姿の溥儀がおろおろしておりました。とっさに跪《ひざまず》いて叩頭いたしますと、まるで子供みたいに地団駄を踏んで叱りつけるのです。

「儀礼などどうでもよい。いったいおまえの姉は、何を考えているのだ。それほど死にたければ、海河《ハイホー》に身を投げて補陀落《ふだらく》浄土まで流れてゆけばよいではないか。まったくどうしようもない女だ。没法子《メイファーツ》、没有法子《メイヨウファーツ》！」

かりそめにも皇帝であり、帝王学を体している溥儀は、声高に人を罵ることがありません。天機を損《そこな》うというのは、家臣にとって万死にも価するからです。だから、そのときわたくしは竦《すく》み上がりましたけれど、また一方では、彼がとうとう当たり前の男におちぶれてしまった、と感じました。この人には、もはや天命などないのだ、と。

東北に迎えられようが復辟が成ろうが、この男とともにある限り姉の幸福はありえない。待ち受けている運命は滅亡にちがいないと確信したのです。

階段を昇りかけますと、しどけなくガウンを羽織った婉容《ワンロン》が廊下によろめき出て、とうてい正気とは思えぬ野卑な声で溥儀を罵りました。

「奉天にはあの死に損ないを連れて行ってちょうだい。皇后の宝冠は喜んでお譲りするわ！」

二階の寝室では、太監たちに両手を押さえられた姉が、涙を拭うこともできずに泣き叫んでおりました。そしてわたくしの顔をひとめ見るなり、奇妙なことを言った。

「お救い下さい、老仏爺《ラオフオイエ》。どうかこの憐れな孫を、極楽へとお導き下さいまし」

老仏爺は西太后《シータイホウ》様の尊称ですね。もはやこの世に恃《たの》みとする人のない姉は、わたくしの姿に慈母のおもかげを見たのでしょうか。幾葉かの写真でしか知らぬ、きっと正大光明にちがいなかった、西太后様《シータイホウ》にすがるほかはない姉がかわいそうでなりませんでした。

その夜にいったい何があったのかは存じません。知りたくもありません。姉は思い余って胸に鋏《はさみ》を突き立てようとしたすんでのところを、太監《タイチエン》たちに取りおさえられたのでした。

もしかしたら、老仏爺《ラオフオイエ》の御みたまが、姉の命を救って下さったのかもしれませんね。

そう、みなさまは意外な話に思われましょうが、実は婉容《ワンロン》も離婚を考えていたのですよ。

もし彼女が阿片中毒ではなく、生来の聡明さをいくらかでも残していたならば、たぶん姉よりも先に静園《ジンユアン》を去っていたと思われます。

それができぬ理由が今ひとつ。彼女の父親の存在でした。

栄源《ロンユアン》は満洲正白旗人であり、多くの貴族が没落してゆく中で、さまざまの事業を成功させた資産家でした。娘の婉容が天津のミッション・スクールで立派な教育を施《ほどこ》されたのも、父親の財力があったればこそなのです。もし世が世であれば、皇后の父としていよいよ繁栄し、位人臣をきわめたというところでしょうね。

大婚ののち、栄源はさまざまの特権を賜《たまわ》り、「承恩公」という格別の爵位まで授かって、内務府大臣に名を列《つら》ねました。もっとも、時はすでに民国の世の中なのですから、それらはどれも名誉のほかに、さほど意味のあるものではありません。

しかし、皇帝一家と小朝廷が天津に移ると、人々は俄然、栄源を頼みとするようになりました。彼は天津の名士なのです。

朝服や長袍《チャンパオ》よりも、背広姿のほうが似合います。目鼻立ちが整っていても表情に乏しいので、人柄はよくわかりません。つまり、遺臣というよりも、官を辞して一旗上げた事業家が、思いがけずにこんなことになってしまった、とでもいうような人物です。

「栄公《ロン》は気の毒だ。親類になってしまったせいで、下りるに下りられん」

というのは義父の言です。でも、いかがでしょうか。やはり清室の外戚という立場は、彼の事業に大きく寄与するところはあっても、損はなかったと思います。ですから、もし万が一、溥儀《プーイー》と婉容が離婚するようなことになったら、栄源にとっては痛手にちがいありません。

　彼は清室財産の管理人でもありました。経理には長じているし、もともとお金持ちですから不正を働く心配もないので、いつの間にかそういう役回りになったのです。廃帝とはいえ、民国が提示した優待条件のおかげで、溥儀《プーイー》の私有財産は保証されています。その莫大な私産の管理人は、彼のほかには考えられません。

「下りるに下りられん」という義父の言には、そうしたさまざまの意味が含まれていたのでしょう。

　天津は婉容《ワンロン》が育った街です。そして憧れやまぬ外国に向かって開かれた、希望の窓でもありました。だから天津を捨てて東北に行くなど、たとえそれが大清の復辟に通ずる道であったとしても、耐えがたいことだったのです。

　彼女の言葉を思い返して下さいな。

「奉天にはあの死に損ないを連れて行ってちょうだい。皇后の宝冠は喜んでお譲りするわ！」

　阿片が言わせたのではなく、本音であったと思います。東北に向かうくらいなら、離婚をしてでも天津にとどまろうと婉容は考えていたのでしょう。でも、その意志を貫くだけの力が彼女にはなく、むろん溥儀は許さず、栄源《ロンユアン》も説得を重ねたにちがいありません。

そうこう思いめぐらすうちに、わたくしは決心したのですよ。姉を生き地獄から救い出すのは、今しかない。身代わりとなって首を刎《は》ねられるつもりで、姉を取り戻そう、と。

承恩公栄源の人となりは、いまだによくわかりません。彼は天津の事業を抛《なげう》ち、溥儀や婉容とともに東北へと向かったのです。

わたくしの見てきた限り、政治家も軍人もおしなべていいかげんな連中ですが、事業を営む人はえてして責任感が強いですね。おそらく、自分がいなければすべてがめちゃくちゃになってしまうと考えたのでしょう。あるいは単純至極に、娘を思う父の心であったのかもしれませんが。もしそうだとすれば、今さら婉容が羨しくてなりません。

白い肌もすっくりと伸びやかな体も、婉容は父親によく似ていました。たぶん、もともとの性格も。

離婚。それは法律上の夫婦が、婚姻を解消することですね。

では、側妃である姉の場合はそう言えるのでしょうか。中華民国の民法は、一夫一婦制を規定しているのです。はなから違法である夫婦関係に、離婚というものがありうるかどうか、まずそれが疑わしい。

姉は法律によって守られなければなりません。溥儀《プーイー》にはその後の姉の生活を保証する義務があります。それに、法律の庇護《ひご》がなければ身の危険もありましょう。

幸い、紫禁城を追われるときに、民国政府が勝手に押しつけた「修正優待条件」の第一条には、このような条文がありました。

「大清宣統皇帝は本日より永久に皇帝の尊号を廃し、法律上において中華民国国民と同等の一切の権利を有する」

要するに、皇帝を一国民の身に堕《お》とすという宣告なのですが、まこと噴飯もののこの条文も、いざこうした段になると好都合だったのです。

姉は中華民国の一国民として、離婚訴訟を起こすことができる。ましてや婚姻そのものが違法であり、溥儀には夫としての落度があまたあるのです。統一はいまだしといえども、中華民国政府が存在する限り、姉はこの優待条件の第一条を逆手に取って、自由を獲得することができるはずでした。

力較べをすれば、女はけっして男にかなわない。でも、法律は公平なのです。たとえ皇帝と皇妃であろうと、この中華の大地に生きる溥儀と姉は、公平に戦うことができる。そして、非はすべて思い上がった男と、因習にあるのです。

十四

「お話も酣《たけなわ》でござりまするが、奴才《ヌーツアイ》は厠《かわや》を使わせていただきます。いやはや、齢をとると辛抱たまりませぬ」

李春雲《リイチユンユン》が椅子から立ち上がった。

「では、お待ちいたしましょう、李老爺《ラオイエ》」

文珊《ウエンシアン》の気遣いに、李春雲は苦笑を返した。

「いえ、それには及びませぬ。事の顚末《てんまつ》につきましては、すでによく存じ上げておりますゆえ」

卓から後ずさると、老人は両膝を屈して叩頭《こうとう》し、居間から退出した。かつて若き日には、西太后《シータイホウ》に対して尽くされたにちがいない所作はみごとだった。

こうした四合院《スーホーユアン》の構えであっても、北京の住居は厠を備えていない。せいぜい一筋の胡同《フートン》に、ひとつの共同便所があるくらいのものである。いきおい男の立小便どころか、女が堂々と路上で用を足す姿も珍しくはなかった。それでもさほど不衛生と思えぬのは、糞尿を集める子供らがいるからだった。

近在の農家に肥料として売り、あるいは乾燥させて燃料にするという。商売というほどのものではあるまいが、子供らの小遣いぐらいにはなるらしい。

おかげで衛生は保たれ、糞までが役に立ち、たくましい子供も育つのだから、うまくできた話ではある。

ガラス越しの院子《ユアンツ》に老人のうしろ姿を見送りながら、彼もまた糞拾いの子供のひとりであったことを、北村は思い出した。

「李老爺《リイラオイエ》は話の先を聞きたくないのでしょう」

文繡《ウエンシウ》が呟《つぶや》いた。北村もそう感じていた。皇帝と皇妃の離婚は、愛新覚羅《アイシンギョロ》家の私的な出来事だからである。帝国の崩壊はともかくとしても、太監《タイチエン》という使用人として、ましてや大総《ダアツオンクワン》管という家令として、詳細など知りたくはないのだろう。

「もしや、李老爺の妹さんが離婚に加担なさいましたか」

思いついて北村は訊ねた。静園《ジンユアン》の中で、文繡の味方は彼女ひとりだった。ならば何らかのかたちでこの離婚劇にかかわったはずである。李春雲《リイチュンユン》は話のなりゆきを見越して、席を外したとも思えた。

「当然的《ダンランダ》――」

もちろんですとも、と文珊《ウエンシアン》が答えた。

「でも、李老爺はそのことを気になさってはいないと思います。西太后《シータイホウ》様の霊代とまで言われた人なのですから、けっして私情を交えたりはしません。北村先生《ペツンシエンション》もご存じでしょうけれど、あの離婚劇はさんざ世間を賑《にぎ》わせて、賛否両論が沸き立ちましたね。もちろん、李老爺は離婚否定論者でしょう。だから話の続きなど聞きたくはない。あるいは、わたくしたちが話しづらかろうと考えて、中座なさったのでしょうね」

明察だ、と北村は思った。姉妹の話を聞きながら、ときおり李春雲が不快そうな溜息をつくのを感じていたからである。

一昨年の夏の終わり、中国の新聞は一斉に記事を書き立てた。廃帝のゴシップに遠慮はいらなかった。論調はさまざまで、「妃の革命」として賞讃する新聞もあれば、「放肆《ファンスー》」だの「任性《レンシン》」だのと、真向から非難する記事も少なくなかった。

上海の茶館で庶民の議論に耳を傾《かたむ》けていても、意見は真ッ二つに分かれていた。つまるところ、革命派と守旧派の意識の対立だった。

「ひとつ質問があります」

北村は関心事について訊ねた。

「私は当時、上海の支局にいたのですが、同日付の各紙に記事が出たのには驚きました。ゴシップにしては足並みが揃いすぎています。種明かしをお聞かせ下さい」

姉妹は顔を見合わせて笑い、文繡《ウエンシウ》が答えた。

「北村先生《ペツンシエンシヨン》がお察しの通りですわ。弁護団が天津のプレス・クラブで、記者会見をいたしましたのよ。噂として拡まるよりは、きちんとした記事にしていただいたほうがよいと思いましたので」

北村はペン先を止めた。記者会見の目的はべつにあると思ったからだった。

「新聞記事とすることで、御身の安全を図ったのではありませんか」

復辟《ふくへき》をめざす王朝にとっては、致命傷ともなりかねぬ醜聞である。事実、ある新聞はこう論じた。

廃后向廃帝提出離婚・此之謂平民化——「廃后が廃帝に対して離婚を申し出た。これは彼らがみずから平民となったという意味である」。

すなわち、革命政府寄りの新聞は、清王朝が復辟を断念した、というふうに報じたのである。

そうした報道は十分に予見できよう。承知の上で記者会見をした理由は、ひとつしか考えられぬ。文繡は事実を国民に広く知らしめることで、刺客から身をかわした。

「もしそうだとしたら、北村先生は不本意ですか」

答えるかわりに、文繍は切り返してきた。

「いいえ。新聞の使い方としては、それもありうると思います。けっして不本意ではありません」

「好《ハオ》。ならばわたくしからお訊ねしましょう。記者会見には日本の新聞社も列席していたと聞いておりますが、ただの一行も記事にならなかったのはなぜでしょうか。イギリスもフランスもアメリカも、このゴシップには飛びつきましたのよ。でも、日本の新聞は書かなかった。その後の続報も何ひとつ。だから、北村先生は二年を経た今になって、その事実を記事になさろうとしている。日本の読者にとっては、とても意外で新鮮なニュースですからね」

思いがけぬところを突かれた。言いわけのしようもない。

記者会見の席につきながら、日本の新聞社は一行の記事も書かず、通信社は一通の電報すら打たなかった。珍しいことではない。軍の圧力によって、報道が封じられたのである。

上海支局には何ひとつ伝わらず、北村も現地新聞の記事で知った。日本の新聞社はこのニュースを、単なるゴシップとして黙殺したのだと思いもしたが、それにしてはこちらも各紙の足並みが揃いすぎていた。

廃帝と側妃のごたごたなど、たしかにどうでもいい話である。ならば規制されるいわれはなく、自粛する理由もない。

ふしぎに思って北京総局に電話を入れると、こんな答えが返ってきた。

――奉天特務機関長の土肥原《どひはら》大佐から直々《じきじき》の申し入れがあってな。宣統皇帝の醜聞はいっさい書いてくれるな、というわけだ。マァ、その先は想像してくれたまえ。近々結論が出るだろう。

淑妃《シューフエイ》文繡《ウエンシウ》が天津の静園《ジンユアン》から失踪したのは、一昨年、昭和六年の八月末である。それからしばらくの間、中国の新聞は連日のように紙面をさいて記事を掲載し続け、日本の新聞はいっさい触れなかった。

九月十八日に満洲事変が勃発した。奉天郊外の柳条湖で、日本の国策会社である満鉄の線路が爆破され、中国軍の犯行と断定した関東軍が出動して、張学良《チャンシユエリヤン》軍との間に戦端を開いたのである。

戦局は一方的だった。数にまさる張学良軍はほとんど応戦せずに、本拠地の奉天を放棄した。関東軍は戦線を拡大して、わずか四日間のうちに南満洲の主要都市と鉄道沿線を掌握した。

そして十一月には、宣統帝がひそかに天津を脱出し、満洲に迎えられたのである。

「結論」が出た。日本軍が張学良軍を満洲から追い出し、新しい親日国家を樹立した。宣統帝溥儀《プーイー》を盟主とする「満洲国」である。

そうした経緯を考えれば、すべてが日本側の謀略であったことは明らかで、実行の直前に未来の盟主の体面が傷つくことを、関東軍は怖れたのであろう。

特務機関は諜報活動や謀略工作を任務とする。奉天特務機関長の土肥原がみずから報道規制に乗り出したのは、離婚騒動が単なるゴシップにはとどまらぬ、と判断したからだった。

文繡も文　珊《ウェンシアン》も、すでにそのあたりは読み切っている、と北村は思った。

「記事にしなかった理由は、お察しの通りだと思われます。しかし、私は是非を口にする立場ではありません。それをご承知の上で、お話を続けていただけましょうか」

「対《トエ》。没関係《メイクワンシー》」

文繡はにべもなく、「さしつかえないわ」と答えてくれた。

「わたくしにとって、政治はひとつの環境にすぎませんの。いえ、世の中のすべての女性は、同じだと思います。愛するべき人と愛し合えるかどうか。あるいは、その愛が真実であるかどうか。わたくしはそれしか考えていなかった。大清の復辟も、国家の行方も、男の人が考えればいい。女の領分は、真実の愛を求めることです」

そこまで言うと、文繍《ウェンシウ》は今し目覚めたように院子《ユアンヅ》の小さな空を見上げた。北京の裏街の空は、ひといろの絵具を塗ったような青さだった。

「西太后《シータイホウ》様の御みたまが、そう諭して下さいましたのよ。ひどい仕打ちに耐えられず、みずから死のうとしたあの晩から、ずっとわたくしに寄り添っていて下さったの。初めは夫をかばっていらしたけれど、そのうちとうとう、こうおっしゃった。あの子の運命につき合う必要はないわ。さよならしなさいって――」

李春雲《リイチュンユン》が胡同《フートン》から戻ってきた。しかし屋内には入ろうとせず、梅の花の下の陽だまりに籐椅子を据え、窓に背を向けてしまった。

じきに太監《タイチエン》が膝掛けを捧げ持ってきたが、李春雲は「かまうな」とばかりに掌を打ち振り、足元になついてきた仔猫を膝に抱いた。

「万歳爺《ワンソイイエ》を見限ったわたくしを、やはり赦《ゆる》しがたいのでしょうね。強情なお方ですこと」

離婚劇の語り手は文繍に代わった。

この先の話は、当事者のわたくしからいたしましょう。

妹が代弁してくれたのは大助かりでした。李老爺《ラオイエ》には遠慮がありますから。西太后様の霊代を前にして、夫を捨てた話などできません。

もしかしたら李老爺は、そのあたりを感じ取って、わたくし自身から語らせようとなさったのかもしれませんね。あるいは、西太后様の御みたまが、そうせよとお命じになられたのか。

ほら、ご覧下さいな。膝の中の仔猫に何か語りかけているのは、西太后様とお話しになっているのです。

そう。わたくし、夫を捨てましたのよ。

大清十二代の最後の皇帝。いいえ、五千年も続いた中華帝国の最後の皇帝。そのことだけでも、彼は人類史における最悪の運命を背負った人間でした。あの人に較べれば、ジュリアス・シーザーもナポレオンも、ルイ十六世だってまだしもましというものです。

もちろん、結論はいまだしですね。東三省は独立を宣言して、彼はとにもかくにも満洲国執政という名の盟主に祀《まつ》り上げられました。おそらく、さほど遠からずに帝政が布《し》かれ、ふたたび皇帝として即位するのでしょう。

でも、大清の復辟であるはずはない。歴史的な偉業をなしとげる人物ならば、それにふさわしい人格者でなければなりません。

彼の人となりについては、これまでの話であらましおわかりでしょう。人格者どころか、人間に等しく備わる能力をことごとく欠いた、かわいそうな人です。未来のことなどわかりませんが、あの類《たぐ》い稀《まれ》なる凶相が、怖ろしい結末を暗示しているような気がしてなりません。

だから離婚の決心を固めたとき、夫に対して良心が咎《とが》めるところはなかった。むしろ気がかりだったのは、夫のもとにとどまる婉容《ワンロン》の身の上でした。

彼女はイギリスへの亡命を熱望していました。しまいには、ひとりでも行くと言い出した。それは離婚をしてでも、という意味ですね。阿片に溺れながらも、その夢を捨ててはいなかったと思います。

でも、わたくしが逃げ出せば彼女はとどまるほかはない。見果てぬ夢をとざしてしまったのは、わたくしでした。

妹にせかされても、なかなか決心がつかなかったのは、婉容を犠牲にして自由を求めるおのれが赦《ゆる》せなかったからです。

心に棲《す》まう天使と悪魔が、かわりばんこに囁きかけるのですよ。

天使が言う。

「ほんの子供のころから、苦楽を共にした家族じゃないの。皇帝の二人の妻である前に、婉容とあなたは姉と妹だったはずよ」

背いたとたんに、悪魔が現れます。そして、きっぱりと言う。

「くたばるのは一人でたくさんだよ」

でも、わたくしには、そうした囁きのどちらが天使でどちらが悪魔なのかわからなかった。


わからないまま静園《ジンユアン》を逃げ出したのは、おととしの夏の午下《ひるさが》りでした。

西暦一九三一年八月二十五日。民国二十年の暦を認めていない静園では、宣統二十三年七月十一日にあたります。

自殺未遂の一件以来、妹は毎日のように静園を訪れました。溥儀《プーイー》がそう命じたのです。勅命なのですから誰はばかることはありません。だから計画を練る時間は十分にあったのです。

もちろん、わたくしたちには世間を謀《たばか》る知恵などないので、計画のあらましは弁護士たちの策でした。それを妹が静園に持ちこみ、唯一の味方である玲玲《リンリン》と三人で、具体的に練り上げたのです。

　概要はあらましこうしたものでした。

　まず、誰からも不自然に思われぬ理由をこしらえ、夫の自動車を拝借して外出する。静園《ジンユアン》は四六時中、厳重な警備がなされているので、まさか絵に描いたような脱出はできないからです。つまり、外出したまま失踪しなければなりません。

　静園は日本租界の協昌里《ディアオチャンリ》にあります。事実上、わたくしたちは日本の保護下にあるので、徒歩で外出すれば憲兵や私服警察官が護衛についてしまいます。だから自動車を使って、よその租界に出なければなりません。

　目的地はフランス租界の国民飯店。映画館や百貨店が軒をつらねる、天津随一の繁華街のただなかにある高級ホテルです。その三十七号室は、わたくしがいつ飛びこんできてもいいように、ずっと借り切ってありました。

　でも、居場所がわかっているのは危険ですね。計画によると、いったん国民飯店で弁護士たちと落ち合い、夫に対して離婚の宣言をし、法的な手続きを行ってから、べつの場所に避難するという話でした。

　そこがどこであるかは、妹も知らない。当事者すら知らない場所でなければ、失踪の意味がないからです。ただし、弁護士の言によると、「天に誓って信用の置ける支援者」なのだそうです。

わたくしたちは、夫に対して反旗を翻《ひるがえ》すだけではありませんのよ。夫を保護し、いずれは政治的に利用しようとする日本を敵に回すのです。海光寺の駐屯軍も、宮島街の警察も、張園《チャンユアン》の向かいの建物にあるという、特務機関も敵になるのです。広い天津フランス租界だからといって、彼らの追及を免れるわけではありません。探り当てたところで手出しのできない租界の中のどこかしらの、探そうにも探せず、探り当てたところで手出しのできない場所に、わたくしは匿《かくま》われなければなりません。

そして、姿をくらましたまま自由を勝ち取る。

はたしてそんな離れ業《わざ》が可能なのでしょうか。


「きょうがよろしいと思います」

階下からお茶を運んできた玲玲《リンリン》は、わたくしの書斎の扉を閉めるなり、声をひそめて言いました。

「ひどく蒸し暑くて、みなさまうんざりとしておいでです。ご料車も空いておりますし、夕涼みがてら慶《チン》王府にお出ましならば、不自然には思われません。淑妃《シューフェイ》様ご自身で、万歳爺《ワンソイイエ》にお許しをいただいて下さいまし」

静園《ジンユアン》の様子をそんなふうに観察できるのは、玲玲《リンリン》だけでした。きょうこそ千載一遇の好機だと、固い表情が言っていた。

自殺未遂の一件から、わたくしは静園の虜囚となっていました。妹は二度と妙な気を起こさぬための、介護者にすぎません。ですからチャンスを探り当てるのは玲玲の役目だったのです。

それまでにも、きょうこそはと思える日がいくどかありましたが、急な来客があったり、自動車が出払っていたり、夫が不機嫌であったりして、叶わなかったのです。ついに来たるべきときが来たのだと思いました。夏空を覆う天蓋《てんがい》が開いたのです。わたくしはちぢこまった翼を思い切り伸ばして、地を蹴るだけでよかった。

玲玲に訊ねておきたいことがありました。彼女にしても命の懸《か》かった話なのです。だからそれまでは、怖くて訊くに訊けなかった。

「あなたが手引きしていることを、梁老爺《リアンラオイエ》は知っているのですか」

とたんに、玲玲は白いうなじが立襟から抜き出るくらい、うなだれてしまいました。そして、俯いたまま小さく顎を振った。

「生まれて初めて、夫に秘密を持ちました」

ずいぶん苦労をしたであろうに、なぜか少女のような愛らしさを失わぬこの人を、わたくしのわがままで汚してしまったと思いました。

妻となって初めて、ではなく、生まれて初めて、と彼女は言った。

二人が夫婦となった経緯は聞いていました。玲玲が物心ついたとき、梁 文秀《リアンウエンシウ》は郷紳の倅としてその目の前にあったのです。そしてきっと、二人は言葉につくせぬ苦労をした。

でも、彼女はけっして泣かないのです。そのときも顔をもたげて唇を引き結ぶと、涙は眶《まぶち》にたたえられたまま、零《こぼ》れ落ちなかった。

「ご無礼を申し上げました。他意はございません」

秘密を持たずに連れ添った夫婦を、わたくしが羨むと思ったのでしょうか。

夫とわたくしは、よその夫婦と較べるほど親しくはありません。わたくしは夫を愛しているのかどうかよくわからなかったし、夫はそもそも、愛という感情を欠いていたのです。わたくしに対してばかりではなく、すべてにおいて。婉容《ワンロン》はむろんのこと、犬も花も、月も風も、彼は愛さなかった。

「どうして」

と、玲玲を問い質《ただ》しました。侍女としての忠義の心はありがたいけれど、それが夫への愛情にまさるとは思えなかったのです。

「史了《シーリャオ》ならきっとわかってくれるわ。どうして秘密にしたのですか」

玲玲《リンリン》はきっかりと目を据えて答えました。

「夫を信用していないわけではございません。梁 文秀《リアンウエンシウ》の妻であるより、あなた様の侍女でありたいと思うがゆえでございます」

得心がゆきました。玲玲は徹頭徹尾、あの梁文秀の妻だったのです。

そして、ほら——西太后《シータイホウ》様がこの世でたったひとりだけ十全の信を置いたという、あの老春児《ラオチュンル》の血を分けた妹でしてよ。


「外出のお許しをいただきとう存じます」

あれこれ言葉を選ばず、できる限り簡潔にそう言いました。

庭に面した大きなアーチ窓を開け放つと、客間は風が抜けます。夫は鄭 孝胥《チョンシャオシュ》と差し向かいに腰かけて、午後のお茶を飲んでいました。

何か好もしい報《しら》せでもあったのでしょうか、たしかに夫はいつになく上機嫌に見えました。もともと夏が好きな人なのです。ひどい寒がりで、秋には顔色まで悪くなるのに、痩《や》せた体には暑さが応《こた》えぬらしく、汗もかかずに涼しい顔をしていました。

「どこへ行くのだね」

少しも怪しむ様子はなく、夫はそう訊き返しました。わたくしは軟禁同然なのですから、よほど唐突な申し出でしょうに、あっさりと許しを乞《こ》うたのがかえってよかったのでしょう。

「妹と慶王府《チン》を訪ねたいと思います。すっかりごぶさたしておりますので」

一緒に行こう、などと言い出されたらすべては水の泡ですね。でも、鄭孝胥との話ははずんでいた。たぶん日本の軍人たちや、わけのわからぬ大陸浪人どもが運んでくる「満洲の夢」を、二人して膨《ふく》らませていたのでしょう。

「妃殿下がご一緒ならば、心配はございますまい」

鄭孝胥がほほえみながら言った。明るい性格の妹は、家臣たちの間でも評判がよいのです。暑いさなかに慶王府から日参して、失意の姉を励ましている功は、誰もが認めていました。

遺臣たちの間には、ずいぶんといがみ合いもあったのですが、静園《ジンユアン》に引越してから夫が最も信頼したのは鄭孝胥でした。なにしろ側近の中では、随一の日本通でしたからね。

「気晴らしにはそれもよかろう。慶王にはよろしく伝えなさい」

夫が賛同した。

「ご料車をお借りできますでしょうか」

庭の隅では運転手が、せっせと自動車を磨いておりました。夫がいくらかためらう様子を見せたのは、一日の予定を考えていたのでしょう。あたりは油蟬《あぶらぜみ》の声に満ちていて、ほんのわずかな時間がとても長く感じられました。

「かまわんが、日のあるうちにお戻りなさい」

夜には婉容《ワンロン》と街に出るのでしょう。あのころの夫は、婉容ばかりをひどく気遣っていて、しばしば夕食に連れ出していたのです。でも、わたくしにはもう、嫉妬の感情すら湧かなかった。

ご料車で外出する許しを得た。わたくしの出番はこれでおしまいです。あとは計画に身を委《ゆだ》ねればいい。

ほっと胸を撫でおろすと同時に、思いもよらぬ悲しみが、陽ざかりの庭をふいにとざす夜の帳《とばり》のように落ちてきました。

十四の齢から、かりそめにも夫であったこの人と、ここで別れるのです。おそらく、永遠に。

離婚調停が行われるにしても、それは双方の代理人がなすべきことで、皇帝が民国の法廷に姿を現すはずはありません。つまり、今このときが、永遠の別れなのでしょう。

　痩せたうしろかげを見つめながら、少し考えました。

　このやるせない悲しみのみなもとは、九年の暮らしへの未練ではない。楽しかった時代を、懐しんでいるわけでもない。だとするとやはりわたくしは、夫を愛していたのではないかと思ったのです。

　顔も見たくなかったはずなのに。いざお別れの段になると、静園《ジンユアン》の同じ空気を吸っているだけで、たまらなく不快であったというのに。貧相な背中が、髪を撫《な》でつけたポマードの匂いが、肩を聳《そび》やかす麻のシャツも莨《タバコ》の煙も、何もかもがかけがえのないものに思えてきたのです。

　世界一不幸な、その運命までもが。

「皇上陛下《ホアンシャンビイシア》――」

　思わず両膝をついて、そう呼びかけました。初めて会ったあの日、養心殿の書斎でそうしたように。ほんとうは「溥儀《プーイー》」と名を呼びたかったのですが。

「天恩を感謝いたします」

　叩謝天恩《コウシエティエンオン》。それは御前を辞去する折の決まり文句ですから、夫は気にも留めずに、鄭孝胥《チョンシャオシュ》と話を続けておりました。

静園《ジンユアン》は人の住まう家ではなかった。

贅《ぜい》の限りを尽くし、婉容《ワンロン》のすばらしい趣味をどれほど発揮させたところで、あの館は天津租界のただなかに置かれた、ひとつの箱にすぎなかった。

クリスマスが終われば、ぱたぱたと畳まれ、揉《も》みしだかれて屑籠《くずかご》に捨てられる、見た目がきれいなだけで何の意味もない箱。

静園を去る日に、わたくしはそんな空疎さを感じましたの。

客間を出て寄木《よせぎ》細工の床を歩み、磨き上げられた階段を昇れば、ステンドグラスが七色の光を映す、婉容の居室の扉があります。阿片の匂いが廊下にも漂っていました。

わたくしが捨ててゆく、もうひとりの家族。でも、わたくしたちがいったいどういう関係なのかは、とうとうわからずじまいでした。

「ごめん下さいませ、蕙心《フェイシン》でございます」

戸口で声をかけますと、少し間を置いてから「お入り」という気倦《けだる》そうな答えが返ってきました。

居間にはピアノと、英文のタイプライターを据えた両袖机が置かれています。いかにも彼女の居室にふさわしい調度ですが、使われた様子はありません。寝室からはむせ返るほどの煙が溢《あふ》れ出ていました。窓はすべて閉められたままで、うだるような暑さでした。

「風をお入れしましょう」

答えを待たずに、居間と寝室の窓という窓を開け放ちました。

「蟬《せみ》がやかましくって」

寝台に横臥して煙管《キセル》をくわえたまま、婉容が言った。

阿片は暑さ寒さを感じなくなると聞いた覚えがあります。もともとは痛み苦しみを和らげる麻酔なのですから、そういうこともあるのでしょうね。

張　園《チャンユアン》から引越してきたときには、愛らしい桃色だった壁紙も、脂《やに》にまみれて赤茶色に変わっておりました。紫檀《したん》の化粧台には、舶来の口紅やら香水やらが散らかっています。おしゃれな婉容は、阿片に溺れる毎日でも、お化粧には余念がないのです。

皇后のみしるしである鳳凰《ほうおう》の刺繡を一面に施したベッドカバーの上に、婉容はしどけなく横たわっていた。

膝を屈して礼を尽くすと、婉容はうっすらと目を開けて肯いた。

また少し痩せたみたい。寝巻の裾からこぼれる脚が、いっそう長く伸びたように見えました。

「好《ハオ》。ご機嫌だわ」

舌をもつれさせながら、ようやくのように婉容《ワンロン》は答えます。

それでも美しいのですよ。髪は黒々と豊かで、伏せた睫《まつげ》は扇のように長く、唇は珊《さん》瑚《ご》の色なのです。この人に訪れた女としての最も艶《あで》やかな季節は、阿片の毒にも冒《おか》されないのだと思った。たとえば、凩《こがらし》も避《よ》けて吹くという、香山《シャンシャン》の楓《かえで》のように。

ずいぶんいじめられ、憎みもしたけれど、やはり心の底ではずっとこの人に憧れていたのだと思いました。

けっして愛すべき人ではなく、また愛される人でもない。でもその美貌は、彼女の欠点のすべてを被《おお》ってまだ余りあるのです。だからわたくしは、輿入《こしい》れをしてからずっと、この人の物言い物腰や、お化粧や、ちょっとしたしぐさまで手本にしてきました。しばしば「真似をしないで」と叱られるくらいに。

たぶん殿方には、美貌の同性に憧れる女の気持ちはわからないでしょうね。

「どうしたの、改って」

夢見ごこちのまま、婉容は訊ねました。

「外出のお許しをいただきました」

とたんに婉容は、目覚めたように瞼《まぶた》を上げた。

「誰と」

「妹と」

ひとしきり煙を呑みこんで、婉容の表情が緩みました。外出のつれあいが夫でなければよいのです。

それからしばらくの間、何も言わず寝台のかたわらに跪《ひざまず》いていました。夫に背を向けるよりも、この人を置き去りにしてしまうほうがつらかったのです。

悪魔だか天使だかが、耳元で囁き続けました。

くたばるのは一人でたくさんだよ、と。

「蕙心《フエイシン》――」

「はい」

正気の声をかけられて顔を上げると、婉容の大きな瞳がわたくしを見つめていました。煙管の吸い口が唇から滑り落ち、まさかと思う間に秀でた鼻梁《びりよう》をよぎって涙が零《こぼ》れました。

「どこへでも行くがいいわ」

震えながら「はい」と答えました。その一言にこめられた、愛憎の重みに体が震え、心も慄《ふる》え上がってしまったのです。

十五

話をとざして、文繍《ウェンシウ》は俯《うつむ》いてしまった。

「ご無理はなさらないで、お姐様《ねえ》。話の続きはわたくしがお引き受けしますから」

しかし、妹の差し出したハンカチで目頭を押さえたあと、文繍は顔を上げて北村に向き合った。

「いいえ。日本の女性はみな読み書きができると聞いています。ならば、やはりわたくしの声で伝えなければなりません」

教育は漸次普及しているとはいうものの、中国はあまりに広く、統一はいまだしの状態である。ましてや中国には、女性に読み書きは不要とする伝統が根強かった。

一方の日本では、江戸時代の寺子屋においてすでに男女均等の教育がなされていた。昭和の今日でも高等教育を受ける女子は稀《まれ》だが、読み書きの程度が男子に劣るわけではない。

そう思えば、文繍の願いは痛切だった。皇妃の離婚という大事件を、中国人女性の多くは噂にしか知ることができぬが、日本人ならば記事を読むだろうと、彼女は考えたにちがいない。

「北村先生《ペツンシェンション》。わたくしの気持ちをわかって下さい。真実に国境はありません」

その一言は北村の胸を打った。

ジャーナリストに必要なものは人情ではない。むろん、国家の利益を優先するべきでもない。正義と良識――すなわち「真実」を世に知らしむることのみである。

今日の日本の新聞は、そうしたジャーナリズムの本義を全《まっと》うしているとは言いがたいが、自分が書き送る記事によってそうした風潮に一矢《いっし》を報《むく》いることができるかもしれない。

北村は速記文を書きこんだ取材手帳に「眞實」と大書した。

「いざ出奔する段になって、あなたが皇帝や皇后に心を残しているというのは意外でした」

たしかに、そのあたりの文繍の心理は捉えづらかった。

「そうでしょうね。わたくし自身も思いがけなかったのですから。血縁がなくとも、溥儀《プーイー》と婉容《ワンロン》はわたくしの家族だったのです。もちろん、顔を見ることとも、静園《ジンユアン》の同じ空気を吸っていることすらもたまらないくらい、彼らを拒否していたのですよ。でも、やはり別れのときに溢《あふ》れ出た感情は、家族を喪《うしな》う悲しさと、家族を捨てる罪悪感でした」

「罪悪感、ですか——あなたには何の罪もありませんよ。そもそも、一夫多妻のうえに妻妾同居という生活そのものが、まちがっているのです」

北村の弁護が嬉しかったのだろうか、文繍《ウエンシウ》は口元に羞《はじら》うような笑みをうかべて、「謝謝《シエシエ》」と呟いた。

「ところで、あなたはさきほど、天に誓って信用の置ける支援者、というようなことをおっしゃいましたね。静園《ジンユアン》から脱出したとしても、租界の外に出るのは危険です。かといって、他国の租界でも日本の官憲の力が及ばぬとは思えません。しかしあなたは、フランス租界の国民飯店で弁護士たちと落ち合い、離婚宣言と法的な手続きを行ってから、あなたや妹さんですら知らない、安全な場所に避難なさった。その支援者が誰なのか、とても興味を引かれます」

姉妹は顔を見合わせて笑った。

「どなただと思われまして？」

文 珊《ウエンシアン》がいたずらっぽくほほえみながら訊ねた。どうやらそれは意想外の人物で、なおかつこれまでの話に登場した誰かしらであるらしい。そして、弁護士団を雇うだけの資金があり、天津租界に日本の官憲が立ち入れぬ邸宅を持っている人物、ということになる。

「もしや、あなたのご主人でしょうか」

慶《チン》親王家の溥鋭《プールイ》殿下。その人となりは知らないが、これまでの話によると妻の文珊を溺愛する好人物である。

姉妹は同時に口元を被《おお》って笑った。ハズレである。

「わたくしたちは、慶王府に行くと偽《いつわ》って静園を出ましたのよ。少しはお考えになって」

「わたくし、溥鋭とは離婚いたしましたの。姉の手引きをしたと知って、義父もさすがに激怒しましたわ。夫が共犯ならば、勘当されています」

気はせくけれど、こうしたなぞなぞ問答は嫌いではない。莨《タバコ》をつけて、北村はしばらく考えた。

「あのお方ですかね」

ガラス戸の向こうでは、李春雲《リイチュンユン》が猫を抱いて籐椅子に腰を下ろしていた。院子《ユアンヅ》はころあいの陽だまりになっている。

「不対《プートエ》」

姉妹は楽しげに声を揃えた。

「大総管《ダアツォンクワン》がどうして、皇帝を裏切れましょう」

「そう。今だって離婚の顚末《てんまつ》を聞くに堪えず、ああしてひなたぼっこをしておりますのよ」

もはやお手上げである。北村は話の先を懇願した。

「どうか、お気を悪くなさらず。過ぎたこととはいえ、家族を捨てたあの日を思い返すのは、とてもつろうございますのよ。ですからほんの少し、おふざけをさせていただきました。支援者については、話の中でおいおい明らかにいたしますけれど、実名はお控え下さいませ。記事になさいますときは、わたくしの苦労を見るに見かねた天津の一市民、ということで」

「是《シィ》、知道了《チイタオラ》」

北村が真顔に返って答えると、淑妃《シューフエイ》 文繡《ウエンシウ》も相《そう》を改めて、運命の一日の続きを語り始めた。

麻雀牌の一索《イーソウ》が、どうして孔雀《くじやく》の柄なのかご存じですか。

索子《ソウヅ》の図柄は縄を表していますが、なぜか一索だけはみごとな羽を拡げた孔雀なのです。そのほかの数牌は、一萬《イーワン》も一筒《イートン》も特別な図柄ではありませんね。

そもそも萬子《ワンヅ》はお金の単位を、筒子《トンヅ》は貨幣の形そのものを、索子はお金を束ねる縄を意味しているそうです。三種類の数牌《かずはい》が一から九まで、つごう二十七。でも、なぜか一索だけがお金とは無縁の孔雀。変ですね。

一索だけはお金を束ねる縄ではなく、自由を奪われた孔雀を表わしているのです。麻雀という遊びが、いつから始まったのかは知りませんが、紫禁城の内廷で皇妃たちの無聊《ぶりよう》を慰めているうちに、みずからの運命をはかなむ、そんな図柄が出現したのでしょう。一本の縄を表す一索だけが孔雀に変わった。

わたくしは、その縄の縛《いまし》めを解いた、初めての女でした。

八月二十五日の午後、わたくしと妹は何食わぬ顔をして静園《ジンユアン》を出ました。風は死んでおり、誰もが物を考えたくないほどの蒸し暑い日でした。むろん大きな荷物など持たず、着のみ着のまま。いかにも慶《チン》王府を訪ねるというような身なりで。

お供は趙 長慶《チャオチャンチン》という若い太監《タイチエン》でした。厄介なことに、外出に際しては必ず太監が供をするのです。日ごろの手順は、何ひとつたがえてはなりません。

「淑妃《シューフェイ》様。お車の用意が斉《ととの》いました」

趙長慶《チャオチャンチン》に呼ばれて部屋を出ました。衣類や調度に未練を残す余裕などありません。ともかく身ひとつで、一秒でも早く静園《ジンユアン》を脱出することしか頭になかった。

幸い廊下にも階段にも人影はなく、館には蟬の声が満ちているばかりでした。

太監《タイチエン》には紫禁城以来の作法がございましてね。こうした際には、まず扉口に両膝を屈して「お出まし」を待ち、すぐにかたわらをすり抜けて、行く手に道を開きます。

わたくし、階段の踊り場で空足《からあし》を踏んでしまいましてね。心は平静を保っているようでも、体はそれくらい緊張していたのです。妹がすぐに腕を支え、「落ち着いて」と囁《ささや》きかけました。

頭上を見上げると、玲玲《リンリン》が片手を胸に当てて佇《たたず》んでいました。そのとき、口にしなかった彼女の計略が読めたのです。

わたくしと妹が出て行くのを待って、玲玲は梁文秀《リアンウエンシウ》にすべてを打ち明ける。そしてことここに至ったからには、皇妃の要求を吞むよう説得する。皇帝の師傅《しふ》を味方に引き入れるのです。

おそらく玲玲は、わたくしの自由を実現するためならば、自分自身の離婚も厭《いと》わぬ、というほどの覚悟を決めていたのでしょう。長年の間、計り知れぬ苦労を共にした夫婦であろうに、玲玲は梁文秀の妻であるよりも、義の道を踏む一人の女であろうとしました。

心のうちが読めても、ほんの一瞬だけ胸に手を当てて、肯き返すことしかできなかったのですが。

「咋《チャ》ー！　淑妃様、ご出立あそばされます」

車寄せには夫の御料車が止まっていて、運転手が向こう側で敬礼をし、趙長慶がドアを開けて跪《ひざまず》いています。今にも駆け出してしまいそうな体をどうにか鎮《しず》めながら、一歩ずつ車に近付きました。それは自動車のドアではなくて、自由に向かって開かれた扉でした。

間延びした時間が、ゆっくりと過ぎていった。一秒が一分に、一分が一時間に感じられるほどの。

そんなにも自由というものに恋いこがれていたのでしょうか。いえ、そればかりではありませんね。わたくしは、嘘の重みに圧《お》し潰されていたのです。

貧しい育ち方をしたわたくしと妹は、あんがいのことに嘘をついたためしがなかった。貧乏人にはその必要がないからです。食べるお金があるかないか。そんな単純な生活には、嘘をつく理由がありません。

また、わたくしが正しい血筋のおかげで迎え入れられた皇宮にも、嘘はありえなかった。

たぶん、紫禁城と胡同《フートン》の中間に住まう多くの人々は、生きるための嘘というものを知っているのでしょうが、わたくしはそうした当たり前の世間を、一足飛びに越えてしまったのです。

初めて嘘をついた。しかも、おそらく歴史に残るくらいの大嘘を。それがよいことなのか悪いことなのかもよくわからぬまま、時間だけが間延びをしてしまったのです。

ほんの少しずつ、わたくしの人生が動き出しました。夏の午後の光。大勢のラマ僧が誦《ず》す経文のような蟬の声。衛兵の捧げる銃剣の輝き。謙虚に後ずさるスペインふうの館。そしてとうとう、低い軋《きし》りを上げて大扉《おおど》が鎖《とざ》された。

とたんに、時間が縮まったのです。並木道を歩む人々が、大風に煽《あお》られたように吹き飛んで行った。

「では、慶《チン》王府に向かいます」

運転手が言った。

「その前に、国民飯店でお茶をいただきます」

わたくしがそう答えると、趙長慶《チャオチャンチン》がいくらか不安げに振り向きました。

「フランス租界の国民飯店でございましょうか。奴才《ヌーツァイ》は何もお聞きしておりませぬが」

「今思いついたのです。言われた通りになさい」

「かしこまりました、淑妃《シューフェイ》様」

イギリス租界にある慶王府に向かうには、フランス租界を横切りますから、回り道というより行きがけの寄り道ですね。思いつきにしても、べつだん不自然ではありません。

国民飯店はアメリカ資本によって建てられた、天津で最も豪華なホテルです。租界のホテルはたいてい街路に面して玄関があるのですが、国民飯店は円柱で支え上げた立派な門の先が広い庭園で、周囲を高い塀が続《めぐ》っておりましたから、フランス総領事館だと思いこんでいる人もいたぐらいなのです。

御料車を降り、回転扉を抜けると、わたくしと妹はロビーになど目もくれずに階段を駆け昇りました。

「淑妃様、淑妃様、お茶ならばこちらでございます」

変事を感じ取った趙長慶が、おろおろと呼び止めました。

「お部屋でお茶をいただくのよ。おまえもおいで」

三階の三十七号室はかぐわしいお茶の香りに満ちていました。味が濃厚で花の匂いのする安渓の青茶は、わたくしの好みです。

円卓を囲んで茶を喫していた三人の男が、いかにも待ちかねたとばかりに立ち上がりました。齢かさのひとりは灰色の衫《さん》に小帽《シャオマオ》を冠《かぶ》っており、二人は麻背広にきちんとネクタイを締めていました。

「儀礼は省略いたします。すべてをわれわれにお任せ下さい」

そこでわたくしはようやく、彼らが離婚訴訟の代理人たる弁護士たちだと知ったのです。その場で委任状に署名をいたしました。

わけもわからずに仰天して、部屋から逃げ出そうとする趙《チャオ》長慶《チャンチン》を、若い弁護士が引き戻しました。

「あなたには何の責任もないが、ことの成りゆき上、やっていただかなければならない務めがあります」

すると齢かさの弁護士が、まこと頼りがいのある、悠然たる物腰で宣言をいたしました。

「よくお聞きなさい。中華民国国民たる愛新覚羅《アイシンギヨロ》溥儀《プーイー》氏は、法律により禁じられている重婚の罪を犯しました。よって、額爾徳特文繍《オルドトウエンシウ》氏は婚姻の無効を法廷に訴えます。この訴状の写しを、ただちにあなたのご主人に届けなさい」

静園《ジンユアン》には何十人もの太監《タイチエン》がいたのですから、たまたまわたくしの伴をした趙長慶は、運が悪いとしか言えませんね。でも、同情はしなかった。あの自殺未遂以来、わたくしが皇帝の寵愛を失ったと見た太監や女官たちは、すっかり冷たくなっていたのです。

そんなことより、宣戦布告のような宣言が嬉しくてならなかった。それまではわたくしと妹と玲玲《リンリン》の間の密議であった計画が、法に護られて公然となったのです。

天津時代の太監たちはみな有能でした。読み書きが達者で、機転も利き、身体壮健な忠義者ばかりです。紫禁城にいた大勢の宦官《ホアンクワン》から選《よ》りすぐられたのですから、当然ですね。しかも彼らは六年もの間、天津租界の自由な空気になじんでいました。

ですからその折も、趙長慶は手渡された訴状をひとめ見たなり、すべてを理解いたしましたのよ。

たちまち両膝を屈して弁髪の頭《かしら》を垂れ、震え上がりながらこう言いました。

「淑妃《シューフエイ》様、これはあまりにも畏《おそ》れ多いことにござります。どうして万歳爺《ワンソイイエ》が、民国の法によって裁かれるのでござりましょうか。しかも、かつて無理無体に御城を追われ、長くご苦労を共になされたあなた様が、今さら民国の法に照らして万歳爺《ワンソイイエ》を許えるなど、奴才《ヌーツアイ》には悪い夢としか思われませぬ。もしこれが現《うつつ》であるなら、この一命に代えてでもお諫《いさ》めいたします」

趙《チャオ》太監《タイチエン》の諫言は胸に応《こた》えました。まるでわたくし自身の良心の声に思えましたから。

このような話、李老爺《リイラオイエ》にはとてもお聞かせできませんね。宮廷においては、たとえどんな事情であれ、太監の諫言など許されません。主人に対する「不可《プーコー》」は禁句ですから、たとえば履物の左右をたがえても、太監は「ちがいます」と言ってはならないのです。そうした場合には足元から目をそらして、「右を左に、左を右に」と独りごつように呟かねばなりません。咎《とが》められたのではなく、自身が気付いた、ということにするのですね。

ですから、もし諫言をするとしたら「死諫」です。その申すところが嘉納されるかどうかはともかく、諫めた太監はただちに自死するか、刑吏に引き渡されて首を刎《は》ねられるのです。

趙長慶《チャンチン》の言った「一命に代えて」は、そうした意味でした。

「どうかお考え直し下されませ。しからば奴才めも、このことは悪い夢と思い定めまして、いっさい口外いたしませぬ」

趙はわたくしの足元に叩頭《こうとう》し、また妹ににじり寄って、同じことを申しました。

弁護士たちはわたくしの顔色を窺《うかが》っておりましたわ。ある人の目は「考え直しますか」と言っているようでもあり、べつの目は「情にほだされるな」と命じているようにも見えました。

でも、わたくしは動《ゆる》がなかった。

「ただちに静園《ジンユアン》に戻り、愛新覚羅《アイシンギョロ》溥儀《プーイー》にありのままを伝えなさい。わたくしは中華民国の天津地方法院に対し、重婚罪の告訴と、婚姻事実無効の申し立てを行います。もしあなたが使者を拒《こば》めば、事態は混乱するだけです」

愛新覚羅溥儀という夫の名を口にしたのは、そのときが初めてでした。けっして中国人の名前ではありませんね。三百年前に、万里の長城を越えてやってきた異民族の末裔なのですから。そして、額爾徳特《オルドト》文繡《ウェンシウ》というわたくしの名も同じです。

文字すら持たなかった満洲族が、「アイシンギョロ」や「オルドト」という姓に、漢字の音を当てはめただけの苗字です。だから、意味もなさない。

そんなわたくしたちが、中国に君臨し、そして中国人に排され、あげくの果てに中国国民として、中国の法廷で争う。考えてみれば、ずいぶん滑稽な話ではございませんこと。

そのとき、ふと思いついたのですよ。

愛新覚羅《アイシンギヨロ》溥儀《プーイー》と郭布羅《ゴブロ》婉容《ワンロン》の夫婦が東北へと向かい、どこかに満洲族の王朝を再興するのは、理に適《かな》っているのではないか、と。

さて、いよいよ「天に誓って信用の置ける支援者」の名前をあかす段まで参りましたね。

わたくしと妹と玲玲《リンリン》が、どれほど悩んだところで離婚の方策など考えつきません。弁護士たちと協議して、具体的な計画を立てて下さったのはその人でした。もちろん、必要な経費もすべて提供してくれたのです。

国民飯店の三十七号室は、わたくしのために借り切ってあり、三人の弁護士もこの一件のためにずっと詰めていたのですから、それだけでもかかった費用はなまなかではありません。

そして、秘密を万全に守るために、支援者の名前はわたくしたちにも知らされていなかったのです。

趙長慶《チャオチャンチン》を乗せた御料車が国民飯店の門から走り出るのを見届け、齢かさの弁護士はカーテンを閉めて言いました。

「さあ、もはや一刻の猶予もありませんぞ。安全な場所に移らなければ」

質問をする間もありませんわ。幕は切って落とされたのです。この国民飯店の中にだって、日本の特務機関や国民政府のスパイが目を光らせているかもしれません。

三人の弁護士たちの手筈《てはず》は斉《ととの》っていました。齢かさのひとりがわたくしと妹を安全な場所に移し、ひとりは訴状を提出するために裁判所へと向かい、もうひとりはプレス・クラブに行って、この大スクープのための記者会見を準備するのです。

わたくしは誰が口をつけたかわからない茶碗で咽《のど》を湿らせ、廊下を走り、大理石の階段を駆け降りました。回転扉の向こうには、御料車より小さな黒塗りの乗用車が待っていました。

「あの、どちらへ？」

ようやくそう質問したのは、タイヤを大げさに軋ませて、乗用車が走り出してからでした。

折悪《おりあ》しく路面電車がやってきて、運転手がブレーキを踏んだ。何だかその一瞬の遅れが命取りになるような気がして、思わず妹と抱き合いました。

「ご心配には及びません。すぐに着きますので、お顔は伏せていらして下さい」

弁護士はフランス租界の人混みに目を配りながら、そう言いました。

わたくしと妹は座席に身を沈めて抱き合い、車はおそらく尾行を避けて、租界をぐるぐると走り回った。だから、いまだにその場所が天津のどこなのか、正確にはわかりません。

やがて車は見知らぬ館の庭に入り、鉄扉が鎖《とざ》されました。小ぢんまりとした白亜の西洋館で、庭の中央には三段の噴水が設《しつら》えられています。同じコロニアル様式の館が周囲に建てこんでいる様子から、フランス租界のどこかしらに思えました。

租界というのはまことにふしぎな場所ですね。中国の中の異国であり、またそれら異国もお国がらが明らかで、国境こそないけれどはっきりと空気がちがうのです。そして、それぞれの租界に建つ貴人の邸宅は、やはり主の権威で身を鎧《よろ》った異界なのです。つまり、天津、租界、館、という順序で世界が入籠《いれこ》になっている。

外国商人。したたかな資産家。軍閥の領袖。大清の諸王や遺老。国民政府の実力者たち――そうした本来は相容《あいい》れぬはずの人々が、素知らぬ顔で館を並べています。たがいに干渉することなく、まるでそのひとつひとつが、主権を認められた公使館か何かのように。

「すべては代理人たるわれわれにお任せ下さい。この館から一歩でも出れば、御身の安全は保障いたしかねます。よろしいですね」

わけのわからぬまま、わたくしたちは肯きました。すると、いよいよわからないことには、わたくしと妹を噴水の脇に降ろすやいなや、弁護士を乗せた車は館を出て行ってしまったのです。

「ようこそお越し下さいました。さあ、どうぞお入りなさい」

聞き憶えのある声に振り返れば、玄関の扉のきわに、黒いサテンの満洲服を着た女性が佇んでいました。馬月卿《マーユエチン》。あの東北王《トンペイワン》、張作霖《チャンヅオリン》の第六夫人です。いえ、彼女の夫は三年前に亡くなっておりましたから、正しくは未亡人のひとりですね。

正直を申しまして、罠《わな》に嵌《は》められたと思いましたのよ。これまでの話にもあった通り、溥儀《プーイー》と張学良《チャンシユエリヤン》は抜き差しならぬ関係でしたから。つまり、皇帝の権威を失墜させるために、彼がこの離婚を支援したのだと考えたのです。

でも、もうどうしようもない。離婚劇は開幕したのです。

「漢卿《ハンチン》は関係ありません」

わたくしが訊ねる前に、馬夫人はぴしゃりと機先を制しました。

「彼は今、それどころじゃないわ。戦争の真最中に腸チフスにかかって、北京の病院にいます」

張学良《チャンシュエリヤン》の易幟《えきし》断行によって、中国は形式的に統一を果たしましたが、内戦はいっそう激しさを増しておりました。彼は青天白日旗を掲げ、国民党軍の副司令として陣頭に立ったのです。そして重い病にかかり、入院中だった。

わたくしと妹はとまどいながら、大理石の階段を昇りました。小ぢんまりとした邸宅に似合う、浅くて低い階段です。掃除は行き届いており、そちこちに花が植えられて、慎ましい寡婦の家を感じさせせました。いえ——きっとそうではなく、亡き白虎張《パイフーチャン》が親子ほど齢の離れた彼女を住まわせるために建てた、「別宅」です。

「あなたは、善意の女性としてわたくしに手を貸して下さるのですね」

サルスベリの白い花に思わず目を奪われながら、わたくしは訊ねました。花影の馬《マー》夫人が答えます。

「善意の人などではなくてよ」

彼女はわたくしと妹の腰を両手に抱いて、館の中にいざないました。ほの暗いホールには、乾いた冷気が満ちていました。

「夫がアメリカ製の冷房装置を入れてくれましたの。東北育ちの夫は、北京や天津の暑さに辟易《へきえき》しておりました」

玄関の扉が閉められると、涼やかな風がたちまち肌を乾かしました。

「善意でないというなら、理由を聞かせて下さい」

ホールの脇は広い客間でした。ソファに腰を下ろすと、やはり飾りのない黒い満洲服を着た侍女が、ソーダ水を運んできました。

ここは妾宅ではないと思った。彼女の夫は一軍閥の領袖などではなく、文字通りの東北王《トンペイワン》だったのです。つまり、この白亜の館は妃嬪のひとりが住まう御殿で、ソーダ水を運んできた女も、女中ではなく女官でした。

「理由、ですか。それは少しお考えになればわかりそうなものですけれど」

「だとしたら、やはり善意でございましょう。あなたは同じ境遇のわたくしを、不憫《ふびん》に思ったのですね」

きっぱりそう申しますと、馬夫人は少女のような円《まる》い目をいっそう瞠《みひら》いて、ソーダ水を噴きこぼさんばかりに笑いました。

「お言葉ですが、妃殿下。私は主人から愛されておりましたのよ。北京の公邸に運ぶ予定の冷房装置を、ここに取り付けてしまうくらい」

理由がわかった。彼女は善意でわたくしを救おうとしたのではない。

「私は皇帝陛下を憎んではおりませんし、妃殿下にことさら同情しているわけでもございませんの。愛する夫を殺し、夫の国を奪わんとする日本が許せないのです」

あのころすでに、今日の東北情勢は誰もが予見していたでしょうね。旗の色を変えて民国に合流した張　学　良《チャンシュエリャン》を、「満洲は生命線」とまでいう日本が放っておくはずはありません。いずれは謀略によって兵を挙げ、東北を手中に収めるつもりだろうと。

そして天津の溥儀《プーイー》を担《かつ》ぎ出し、日本の思いのままになる「満洲国」をでっち上げるだろう、と。

その遠大な計画において、溥儀の醜聞は痛手となるかもしれない。馬夫人はそう考えて、支援者を買って出たのです。

「わたくしを利用したのですか」

「それはおたがいさまでございましょう、妃殿下」

「夫を――いいえ、溥儀や婉容《ワンロン》を貶《おとし》めたくはありません。わたくしは自由を欲しているだけです」

「おやおや。相手を貶めずに離婚が叶うなどと思いまして。皇帝と皇后の非道を訴えなければ、自由は得られません。これは戦争です。肚《はら》をおくくり下さい」

ごもっともでございますね。わたくし、肚をくくりましたわ。情けをかければ負けると思ったから。裁判に敗れれば、無一文で放り出されてどこかで殺されるか、さもなくば静園《ジンユアン》に連れ戻されて、満洲まで曳《ひ》かれてゆくほかはないのです。

天に誓って信用の置ける支援者。たしかにそうですね。わたくしは自由を得るために溥儀を貶めねばならず、馬月卿《マーユエチン》は皇帝の権威を貶めようとしているのですから。

探そうにも探せず、探り当てたところで手出しのできない場所。それもまた、この館のほかにはありません。まさか亡き東北王《トンペイワン》の妻が手引きをしたなどと、誰も思いつきませんし、わかったところでどうしようもない。

「這個是戦争《チエーガシイチャンチョン》」

これは戦争です、と馬夫人はきついまなざしをわたくしと妹に向けて、もういちど言いました。

彼女の人生について、わたくしは多くを知りません。年齢もわたくしたちとはそう違わぬはずなのに、満洲服の足を組んで細巻きの莨《タバコ》をくわえたおもざしには、いかにも愛憎の弾丸が飛び交う女の戦場を駆けてきた、したたかで妖《あや》しい色香が満ちていました。

いかがですか、北村先生《ペツンシエンション》。

これで大方の謎は解けましたでしょう。わたくしの離婚騒動は、あなたがお考えになっているほど単純ではございませんのよ。まかりまちがえば、世界地図も歴史も書き替えられてしまうほどの大事件でしたの。

でも、日本の言論統制には驚かされましたわ。中国の新聞はこぞってゴシップ記事を書き立てたのに、日本の新聞はただの一行も触れなかった。

それどころか、離婚劇はむしろ逆効果をもたらしたようですね。裁判が何の決着も見ぬ九月十八日に、日本軍は奉天郊外の柳条湖で鉄道爆破という謀略事件をしでかしました。

あれはおそらく、溥儀《プーイー》の名前が貶められることを怖れた特務機関が、事を急いだと思われるのですが、さてどうでしょうか。

十六

あのオルレアンの少女のように、女が幾万もの軍隊を率いて戦をすることなど、はたしてできるのでしょうか。

巧みなプロパガンダがよほど効を奏して、彼女こそ神に信託された指揮官なのだと全軍が思いこまなければ、まずありえない話ですね。それに第一、わたくしたちはキリスト教徒ではありません。

　これは戦争です、と馬月卿《マーユエチン》は言った。彼女にしてみれば夫の仇討ち。わたくしにとっては自由を得るための戦。目的はちがうけれども、女にしかできぬ方法で戦争をしよう、と彼女は言ったのです。

「誰が何と言おうが、東北は張作霖《チャンツオリン》の築いた国家です。大清復辟を餌にして、皇帝を東北に連れ去り、日本の思い通りになる国を作ろうなんて許せません」

　冷房の効いたほの暗いホールの、革張りのソファに長い脚を組んで座り、馬月卿は
わたくしを諭しました。

「ですから妃殿下。私は善意の人などではございませんのよ。今さら故地を回復できるとは思わない。でも、日本の野望を阻《はば》むことぐらいは、できるかもしれません」

　つまり、この離婚劇を利用して溥儀の権威を失墜させ、国家の盟主としてふさわしからぬ風評を立てよう、ということですね。

　汗が乾くほどに体が冷えて、鳥肌が立ちましたわ。

「わたくしは、そのように大それたことまで考えてはおりません」

　そう答えると、馬夫人は喫《す》いさしの莨を卓上の灰皿で揉み消して、わたくしを睨みつけました。

せん。

「あなたを蕙心《フェイシン》と呼んでもいいかしら。齢上の女として」

対《トエ》、と答えました。妃殿下などという尊称は捨てたのですから、いっこうに構いません。

「蕙心。あなたは男と女のことを何も知らない。知り合うのは簡単でも、別れるときには命が懸《か》かるものよ。ましてや皇帝と皇妃の離婚なんて、一国を敵に回すような話じゃないの。私からすれば、あなたのほうがよっぽど大それた女だわ」

馬《マー》夫人は柳眉をひそめて、わたくしと妹を指さしました。

「あなたも。あなたも。海河《ハイホー》に浮かびたくなかったら、言う通りになさい。この戦争は負けられない」

そのときふと、かつて彼女自身が語った過去を思い出したのです。

初めて出会ったのは、白虎張《パイフーチャン》の招きに応じて溥儀《プーイー》とともに訪れた曹《ツァオ》家の邸宅でした。糠雨《ぬかあめ》の降るテラスで蓄音機から流れるジャズを聴きながら、彼女が洩《も》らした一言がふいに思い起こされたのです。

(淑妃《シューフェイ》様のお齢ごろには、天津の街角で唄っておりましたのよ)

どこかの劇場で、芝居の幕間に歌声を披露していたのでしょうか。それとも、租界の大道芸人だったのでしょうか。

たくさんの恋と、等量の憎しみとが彼女を磨き上げたのだと思った。そして、そう思いつくと同時に、彼女を信じる気持ちになったのです。

「負けませんか」

と、妹が涙声で訊ねました。

「さあ、それはわかりません。でも、心細いでしょうから、はっきりとこう言っておきます。私は張作霖《チャンツオリン》の妻で、張学良《チャンシユエリヤン》の義母でしてよ。だからおそらく、勝てないまでも負けはしません」

そう言うと馬月卿《マーユエチン》は、くれないの唇を綻《ほころ》ばせてほほえみました。

「これって、夫の口癖でしたのよ」

勝てなくても負けない。いい言葉ですね。


わたくしたちはそれから一年余りの間、そのフレンチ・コロニアルの洋館から一歩も出ずに過ごしました。

不憫《ふびん》なことに、妹もそのまま慶《チン》王府を出奔してしまったのです。老親王や妃殿下ともうまく行っていたし、夫婦仲もすこぶる円満であったのに、わたくしに寄り添う道を択《えら》んでくれた妹には頭が上がりません。

邸宅の門の脇には石造りの守衛室があって、いかにも東北軍の選《え》りすぐりと思われる屈強で礼儀正しい男たちが五人ばかり、私服で詰めていました。

でも、彼らが拳銃を抜いたためしは一度もなかった。つまり、その邸宅の主が誰であるのかは公然としているらしく、日本の私服警官も密偵も近付くことがなかったのです。護衛官たちの出番といえば、せいぜい物売りや物乞いを追い払うぐらいですね。

玄関を入ると右側がダンス・パーティも開けそうなホールで、左が食堂と応接間。二階が馬《マー》夫人とわたくしたちの寝室。そして三階は、広い遊戯場になっていました。

豪華なシャンデリアに紅紫檀のバー・カウンター。カード・テーブル。玉撞《たまつ》き台。麻雀卓《マージャン》――かつては天下を窺《うかが》っていた東北軍の将星たちが、夜な夜な集まっていたそうですが、白虎張《パイフーチャン》の亡くなった今では物悲しい夢の跡でした。

でも、その遊戯場のおかげで、わたくしたちは一年余りもの間、退屈せずに過ごせましたのよ。

少しのお金を賭けてカード遊びをしたり、玉を撞いたり、カクテルを飲んだり。ときには蓄音機のレコードをかけて、馬夫人がうっとりするようなジャズ・バラッドを、唄ってくれましたっけ。

バーテンダーは護衛隊長の陳《チェン》中佐でした。三十代なかばの、とてもハンサムな将校ですが、若い時分に負傷した片方の足が不自由なので、もう戦場には立てないとぼやいていました。

馬夫人の話によると、白虎張が馬賊の頭目だったころには、身のまわりの世話をする従兵だったそうです。やさしい顔立ちをしているけれど、実は白虎張に仕込まれた拳銃の達人で、いったい何十人の命を奪ったか知れない。たしかにそう言われてみれば、ふとした目配りや身のこなしに、ただならぬものを感じました。

そのくせたいそう手先の器用な人で、カクテルも上手にこしらえるし、ダンスのお相手だってしてくれるのです。

長いこと外出ができなければ、美容院にも行けませんね。ところが、陳中佐は自前の散髪道具を持っていて、髪も切り揃えてくれるし、研《と》ぎ上げた剃刀《かみそり》で眉やうなじも当たってくれる。それもそのはず、馬賊に志願する前は床屋の徒弟だったそうです。

護衛官たちは日ごろ背広姿で勤務しています。でも、隊長の陳中佐は朝の六時に起床すると、必ず東北軍の灰色の軍服を身にまとい、拍車の付いたぴかぴかの乗馬靴をはいて邸にやってきます。

そして、応接室の壁に掲げられた扁額の前に立つと、折目正しい敬礼をしてしばらく微動だにしません。

ようやく直ると、また不自由な片足を曳《ひ》いて守衛室に戻り、背広に着替えて一日の勤めにつくのです。それが律義で器用な陳一豆《チエンイードウ》中佐の、欠くべからざる朝礼でした。

扁額には「天理人心」と書かれてありました。あの白虎張《パイフーチャン》の真筆でございましてよ。

科挙をめざす五歳の幼な児でも、今少しはましだろうと思えるほどの拙《つたな》さでしたけれど。でも、拙いなりに、いえ、拙いがゆえに、心動かされる筆跡でした。

「天理人心」という言葉は存じません。ただし、「天理人欲」ならば礼記《らいき》の中にあります。天の条理と人の私欲、という意味ですね。

大昔は人欲を醜いものとして否定しましたが、近世になると天理にそった欲望ならば肯定されるようになりました。つまり、「天理人欲」という礼記の訓《おし》え自体が、時代とともに解釈を変えたのです。

さて、そのように考えますと、張作霖《チャンヅオリン》が書いた「天理人心」の意味は難しい。

天のことわり、人のこころ。

北村先生《ペツンシエンシヨン》。日本の知識人は総じて中国人よりも漢籍に詳しいと聞き及んでいます。あなたはどう読み解かれますか。

出典通りの「天理人欲」ならばわかりやすい。

古代においては、「天の条理に対し、人欲は無力で愚かしい」とされ、また近世に至っては、「天の条理にかなう欲でなければならぬ」という戒《いまし》めに解釈されました。

でも、「天理人心」では皆目わかりません。

馬《マー》夫人の邸に匿《かくま》われている間、日に一度は応接間の椅子に腰をおろして、その扁額を見つめました。どうしても意味がわからないのに、その幼児のように拙い文字が、わたくしの胸に迫るのです。何かとても重大な伝言が、そこに記されているような気がしてならなかった。

そこで、とうとうある朝、儀式をおえて応接室から出かかった陳中佐を呼び止めて訊ねましたの。

「上将軍《シャンジャンジュン》のこのお言葉は、いったいどういう意味なのですか」

よほど思いがけぬ質問だったのでしょう、中佐は気の毒なくらい困惑して、「無学な自分にはとてもわからない」というようなことをくり返しました。床屋の徒弟から馬賊に身を投じた彼は、大親分の白虎張と同様、読み書きが不得手だったのです。

冬の朝の光が応接間のステンドグラスから、淡やかに射し入っておりましたっけ。

陳《チエン》中佐はそれこそ粗相《そそう》を咎められた徒弟のように、じっと俯いておりました。しばらくそうしたあと、小気味よく拍車を鳴らして回れ右をし、今度は忠実な従兵のように、「天理人心」の扁額に向き合った。

そのとき口にした陳中佐の言葉の逐一が、わたくしは忘れられません。

「上将軍《シャンジャンジュン》には――」

と言いかけて、中佐は四角い顎《おとがい》を振りました。

「総攬把《ツオンランパ》には、たいそうかわいがっていただきました。だのに、十分なお務めが果たせず、今も悔いております」

彼の胸の中の主は、今も「張作霖大元帥《チャンヅオリン》」ではなく、「東北の総攬把白虎張《パイフーチャン》」だったのでしょう。

ふと気付けば、陳中佐は揺るぎない不動の姿勢をとったまま、咽仏《のどぼとけ》をひくひくと動かして涙を流しているではありませんか。

東北軍の高級将校を相手に、とんでもないことを訊いてしまったと思いました。敬愛する親分の命を奪われたうえ、戦わずしてふるさとを追われた無念は、いかばかりであったでしょう。

「あなたのせいじゃないわ」

わたくしはせめて宥《なだ》めるつもりで、そう声をかけました。すると彼は、傷ついた片方の足を責めるように、がつんと地団駄を踏んだ。

「いえ。自分はかつて上海の駅頭にて、護《まも》るべき大切な人を見殺しにしてしまいました。護衛の務めを果たすことができませんでした。ですから、妃殿下の御身は一命を賭《と》してお護りします」

彼の人生に何があったのかは存じません。でも、あの邸の安息は、陳中佐のそうした気概がもたらしてくれているのだと知りました。

「このお言葉について、本官の考えるところを申し上げます」

陳中佐は扁額をきっかりと見上げて続けました。

「いかなる運命であろうと、人間はおのれの力で覆すことができる。だから口が裂けても、没法子《メイファーツ》と言ってはならない――ほんの子供の時分から、いくども聞かされた言葉であります。字の書けぬ人が書き、字の読めぬ者が読むのはさぞ滑稽でしょうが、だからこそそういう意味にちがいないと、本官は信じます」

中佐が立ち去ってしまったあとも、わたくしは長いこと扁額を見上げておりました。

張作霖はもともと親も家も金もない、貧しい流民の子であったと聞いています。その人はきっと、礼記の一文字を書き換えて、孔子の訓えにまさる座右の銘としたのでしょう。

糠雨の降るあの日、曹家《ツアオ》を訪ねたわたくしと夫は、どうして張作霖《チャンヅオリン》を信用しなかったのだろうと悔やみました。たぶんそれがたった一度きりの、運命を覆す好機であったでしょうに。

お恥かしい限りですが、溥儀《プーイー》にもわたくしにも、彼を出自の卑《いや》しい一介の武弁として、疎《うと》んずる気持ちがありました。


話を本筋に戻しましょう。皇帝と皇妃の離婚という、まさしく前代未聞の出来事が、いったいどのように運んだのか。

どうぞ遠慮なく記事になさいまし。日本の不幸な女性たちにとっては、最も興味深いところでございましょうから。ただし、さしあたっての問題は、満洲国の執政に就任した溥儀の醜聞を、日本の官憲が看過するかどうか。過去の話ではあっても、何しろ満洲は日本の生命線でございますからね。

八月二十五日の出奔ののち、馬月卿《マーユエチン》が付けてくれた三人の辣腕《らつわん》弁護士たちは、毎日のように邸を訪れて会議を開きました。

策略の要点は、およそこのようなものでした。

まず第一に、溥儀は民国の法廷において争うことはできない。なぜならばそれは、彼自身が民国の法に順う民国国民であると認めることになるからです。やがては大清の復辟が成る、という前提に立ち信念に則《のっと》れば、彼は超然たる「皇帝」でなければならない。訴訟の勝ち負けではありません。訴訟そのものに応じてはならないのです。

さて、だとすると民国国民として裁判に臨《のぞ》まんとするわたくしは、はなから優位に立っていることになりますね。こちらには法という理がありますが、あちらには合理的な根拠が何もないのです。たがいの立場から考えても、攻守は最初から明らかでした。

第二に、馬夫人が支援者である限り、わたくしには時間の制約がありません。しかし、東北において復辟を成さんと目論《もくろ》んでいる溥儀は、ともかく早々にこの問題を解決しなければならないのです。たとえ彼や重臣たちが意地を張り続けたところで、パトロンである日本が督促するに決まっています。一国の執政として迎える人物の醜聞は、時間がかかればその分だけ拡まってしまう。まかりまちがえば話が水になるかもしれませんから、溥儀は決着を急がねばなりません。しかも、なるたけ穏便に。

第三に、婉容《ワンロン》の存在です。弁護士たちは静園《ジンユアン》の内部事情をよく知っていて、彼女のわがままな気性や、どうしようもない阿片中毒者であることや、実父の承恩公栄源《ロンユアン》が清室財産の管理人であることなども知悉《ちしつ》しておりました。

もし婉容《ワンロン》が癇癪玉《かんしやくだま》を破裂させて、みずからも離婚を言い出したりしたら、それこそ収拾がつかなくなりますね。側妃ばかりか皇后にまで愛想をつかされた皇帝を、誰が尊敬するものですか。

以上のような要点を正確に踏まえた、弁護士たちの作戦はまこと巧妙でした。裁判に必要な書類をすべて天津地方法院に持ちこみながら、正式な提訴の手続きはしない。法に庇護《ひご》された状態で、わたくしの身の安全を計ったまま、溥儀《プーイー》の弁護団と交渉を開始したのです。つまり、和戦両様の構えですね。

そして、こんな提案をするのです。

「必ずしも離婚の要求はしない。文繡《ウエンシウ》氏は妻妾同居の生活が耐え難いのであって、徒《いたず》らに溥儀氏の体面を傷つけたり、混乱を招いたりすることは本意ではない。よって、天津租界内にしかるべき別宅を設け、溥儀氏が月に数日の夫婦生活を過ごすこと、また扶養金として五十万元を支払うことを条件に、訴訟を取り下げる用意はある」

これはとうてい無理な話ですね。何よりも婉容が承知しません。五十万元の扶養金というのも、途方もない金額です。考えても下さいな、静園《ジンユアン》の毎月の経費がせいぜい一万元ほどでしてよ。

さて、この提案に対する溥儀側の回答はこのようなものでした。

「離婚は許されない。愛新覚羅《アイシンギョロ》家には前例がないからである。その事実は暗黙の家法として有効であるから、一方的な離婚の申し立ては許されるはずがない。もし仮に、皇帝の謙譲なる大御心《おおみこころ》により、中華民国の法律を優先せしめるとしても、婚姻は民国民法の公布以前であるのだから、事実に対する法的効力を持たない。有効であるというなら、民国全土に慣習上存在する正妻以外の夫人たちは、ひとり残らず離縁されねばならず、ひいてはあらゆる伝統的慣習は、法の名のもとにことごとく否定されねばならぬではないか。また、五十万元の扶養金については、多寡を論ずるまでもない。離婚をせずに別宅を設けて婚姻関係を維持しながら、生活費ではなくまとまった扶養金を要求することは、大いなる矛盾である。よって、この提案は承服できない」

さすがは清室御用達の弁護士たちですね。苦しいながらも、一応の理屈は通しました。

もちろんわたくしには、別宅を設けて結婚生活を続けようなどという気はさらさらありません。けっして呑めぬ提案をつきつけて、先方の様子を窺《うかが》い、有利な条件を引き出そうという策略です。

わたくしの弁護士たちは、いずれも日本に留学して法学を修めた経験がありました。齢かさのひとりは奉天出身で、張作霖《チャンヅオリン》政権の留学生です。若い二人は民国の官費留学生という話でした。

中国人は物事をえてして大雑把に処理しがちですが、日本人はそうではありませんね。彼らのてきぱきとして精密な行動は、いかにも日本流に思えました。そして、相当に陰湿な計略も。

たとえば、交渉に入るより先に記者会見を開き、まず事実を喧伝《けんでん》するなどという方法は、およそ中国の常識にはかかりません。どのような諍《いさか》いであろうと、相手の面子《メンツ》を慮《おもんぱか》るのは中国人の掟《おきて》です。だから早くも出奔の翌日に各紙を賑《にぎ》わせた「大事件」は、出奔の事実以上に静園《ジンユアン》を動揺させ、溥儀《プーイー》を激怒させたはずです。

世界に向かって開かれた中国の窓であり、かつて開明派の李鴻章《リイホンチャン》が本拠地とした天津には、租界の内外にかかわらず自由の気風が満ちていました。なかんずく新聞も大いに発達していたのです。民国政府には、報道に干渉する余裕などありません。むろん何を書かれようが、溥儀が反論するはずもない。わたくしの弁護士たちは、交渉に入るより先に世論を味方につけたのでした。

そう、興味本位のゴシップ記事でいいのですよ。巷《ちまた》の話題にさえなれば、やがてはゴシップと言い切れぬ論評が登場し、投書が寄せられ、重大な社会問題に姿を変えてゆく。

封建支配階級の弾劾。悪習の打破。女性の権利。自由と平等。皇妃の革命――わたくしの行動はそうした活字に鎧《よろ》われて、北京や上海にも飛び火しました。

そうこうするうちに、先方の弁護団も法律家としての体面上、黙っていられなくなったらしく、おそらくは溥儀の意思に反して新聞記者のインタビューに応じました。

その記事を読んだとき、こちらの弁護士たちはみな「好《ハオ》」と肯《うなず》きましたよ。向こうが世論に参入してきたのでは、思うつぼです。

内容はさきに申しました溥儀側の基本的な考え方に加えて、こんな論理が開陳されていました。

「文繡《ウエンシウ》氏が中華民国民法に照らして重婚の不正と無効を申し立てるのであれば、そもそも婚姻の事実を否定していることになる。すなわち、本件は離婚ではなく、関係の一方的離脱に過ぎぬ。深遠宏大なる皇帝陛下の御宸念《ごしんねん》は、その希望をさまたげはしないが、九年の長きにわたって贅沢の限りをつくしながら、さらに金銭を要求することに同意はできない。いったい世間のどこに、家出をして行方も知れぬ家族を養う親があろうか。文繡氏の主張する権利は、放蕩《ほうとう》息子の非道なわがままと同様である」

さすがでございますね。わたくしを「妻」と考えずに「家族」と定義すれば、たしかにそういうことになりましょう。この論理に説得された読者も多いと思われますが、何よりも先方が新聞紙上で公然と反論をしたことが、こちらにとっては好都合でした。

インタビューに応じた弁護士は、溥儀《プーイー》からも重臣たちからも、さぞこっぴどく叱られたでしょうね。同じ舞台に上がってしまったのですから。

すると、その後じきにわたくしの遠縁にあたるという人物の公開書簡が、ある新聞に掲載されました。

「わが妹、蕙心《フエイシン》よ。おまえが万歳爺《ワンソイイエ》に対し奉り離婚の要求をしていると聞き、ことのほか驚いている。わが家は長きにわたり大清の恩顧《こうむ》を蒙り、先祖は一品の官にまで昇った。かかる行為はわが額爾徳特《オルドト》一族に生まれた者の、なしうるところではあるまい――」

それはそれは、長くてていねいな手紙でしたわ。内容はわたくしの反省を促し、ただちに静園《ジンユアン》に戻って皇帝の許しを乞え、というものでした。

ところが、わたくしはその差出人の名前を知らないのです。額爾徳特の姓を持つ族兄ならば、わたくしを「妹」と呼ぶのはかまいませんが、どうにも腑に落ちない。

見え透いた策略ですね。溥儀の弁護団がろくでなしの親類にお金を摑《つか》ませたか、いえ、たぶん彼らが作文をして、ろくでなしの名を借りたのでしょう。

いずれにせよ、これには溥儀も重臣たちも文句はつけられません。なかなかの妙案でございますね。

そこで、こちらもただちに会議を開きまして、わたくしの名で公開書簡を返すことにいたしました。もちろん、文章は弁護士が書きましたが。

「尊敬する文綺《ウエンチイ》にいさん。わたくしはあなたをよくは知りませんが、おっしゃるところは承知できませんので、ここに反論をさせていただきます。中華民国憲法第六条によると、国民は男女の分け隔てなく平等です。しかしわたくしは、九年にわたって平等の扱いを受けてはおりません。あなたのお叱りは、旧来の礼に則《のっと》っているばかりで、民国の法を無視した説教です。いやしくも民国国民であるのなら、今少し法律の勉強をなさってから物をおっしゃって下さい。さもないと、名誉ある額爾徳特の一族が、世間の笑いものになってしまいましてよ――」

やはり長い長い手紙でしたわ。このやりとりはたちまち中国全土の新聞に掲載されて、いっとき静まりかけていた「妃革命」の騒動が、また蒸し返されましたの。

雑誌には高名な学者の論評が載り、べつの学者が猛然と反論をし、北京や上海に身を寄せていた清朝の遺臣たちが、ぞろぞろと天津に集ってきました。すると、南開大学の革新的な学生たちがデモ行進を始め、婦人団体がそれに同調した。離婚騒動のゴシップは、泥沼を飛び越えて社会問題にまで発展したのです。もはやわたくしと溥儀《プーイー》のごたごたではない。法律と慣習、自由と束縛、家父長制の是非、法と礼の対立です。

ねえ、北村先生《ペツンシエンシヨン》。新聞記者のあなたは、こうした世論の盛り上がりを、未熟な国家の姿だと思いますか。それとも、かくあるべしと思われますか。

さて、離婚劇もいよいよ大団円を迎えますね。

すでにお話しした通り、九月十八日には日本軍が奉天郊外の柳条湖で鉄道を爆破し、張学良《チヤンシユエリヤン》の軍隊に戦争をしかけてきました。

しかし張学良は日本軍の挑発に乗らず、奉天には戻らなかったので、東北には主がいなくなりました。こうなると、溥儀の「ご動座」は時間の問題です。

出奔から二ヵ月が経ち、弁護士たちのかけひきもたけなわの十月なかば、思いもよらぬ仲裁人が馬月卿《マーユエチン》の館を訪れました。

さすがの陳《チエン》中佐も門前払いを食わすことのできぬ相手です。

背広姿の恰幅のよい紳士が二人。供も連れずに租界の並木道を徒歩でやってきた。もっとも、変装をした護衛はあちこちから目を光らせていたのでしょうけれど。

誰だと思われまして？

ひとりは溥儀の叔父にあたる、載濤貝勒《ツァイタオベイレ》。溥儀と同じ醇《チュン》親王家に生まれ、鐘端《チョンドアン》郡王家の跡を継いだ皇族です。西太后《シータイホウ》様の時代から大臣を歴任したこの叔父に、溥儀はことのほか敬意を払い、「濤貝勒」だの「濤七爺《タオチイエ》」だのと呼んでおりました。

もうひとりは、日本軍の土肥原賢二《どひはらけんじ》大佐。表向きは「関東軍司令部付」という肩書きですが、実際の役職は「奉天特務機関長」すなわち、溥儀を東北に迎え入れる謀略の指揮官です。

わたくしはご両方に面識がありましたから、陳中佐の身体検査を受ける二人の姿を窓ごしに見たとたん、これは戦を終わらせるための軍使だな、と思いました。

二人は馬夫人の待つ一階の応接室に通されました。あのほの暗い、葡萄《ぶどう》色の絨毯《じゅうたん》に黒革のソファが置かれた広い客間です。

電話で弁護士たちが招集されました。彼らが揃うまで、わたくしと妹は一階に下りるわけにはいきません。いえ、彼らが集まってもおよその協議が終わるまでは、声がかからなかったのです。

なすすべもなく時が移ろい、窓辺はいつしかたそがれてしまいました。幼いころ、そうして北京の昏《く》れなずむ空を眺めたように妹と肩を並べれば、街路樹のプラタナスは黄色く色付いて、気の早いいくひらかは路上に乾いた音をたてて転げておりましたっけ。

「あなたを、巻き添えにしてしまった」

肩を抱き寄せてそう詫びると、仲のよかった舅《しゅうと》姑《しゅうとめ》や夫のことを思い出したのでしょうか、妹は顔を被《おお》ってしまいました。

わたくしとちがって、妹には何の不満もなかったはずです。そして、これが最も良心の咎《とが》めるところなのですけれど、慶《チン》親王夫妻も、お人好しの溥鋭《プールイ》も、妹に対する落度は何ひとつなかった。

わたくしには家族を捨てる理由があったが、妹にはなかったのですよ。この子は一生、裏切り者の汚名を背負わなければならないのかと思うと、申しわけなさで胸が張り裂けそうになりました。

「そうじゃないのよ、ねえさん」

涙声で言いながら、妹は言葉を詰まらせ、窓辺に豁《ひら》かれた租界の鴇色《ときいろ》に染まったなかぞらに、指先で「自由」と書きなぞりました。

自由《ツーヨウ》。

何てすばらしい言葉。それこそが索条に縛《いまし》められた孔雀《くじやく》の、心から希《ねが》っていたもの。

それさえあれば何もいらない。ドレスもティアラも、宝石を鏤《ちりば》めた黒貂《くろてん》の冠も、緞《どん》子《す》の旗袍《チーパオ》も。もちろん、お金も名誉も。

わがままではないわ。だって、わたくしたちは、貧しくとも自由に満たされた、花《ホワ》市胡同《シーフートン》のあばら家で育ったんだもの。

「ねえさん、一緒に北京に帰ろう」

妹はわたくしを奮い立たせるように、うなだれた肩を揺すってくれました。

わたくしと溥儀《プーイー》の離婚は、裁判所を煩《わずらわ》せることなく、十月二十二日に成立いたしました。

和解の条件は以下の通りです。
一、協議成立の日より、双方の婚姻関係は完全に消滅する。
二、溥儀は文繍《ウエンシウ》に対し、五万五千元の終身生活費を支払う。

三、文繡《ウエンシウ》は実家に戻り、自由な生活を保障される。
四、文繡は日常使用していた衣類や日用品を持ち出すことができる。
五、今後、双方はたがいの名誉を毀損《きそん》しない。
六、文繡は天津地方法院に預託した訴状の一切を回収し、二度と訴訟を起こさない。

この結果は、完全な勝利と言ってもよろしいでしょう。

一方、溥儀《プーイー》自身はこの結論が不満であったらしく、数日を経ぬうちに仰々しい朝服を着た使者が、勅諭を奉じて館を訪れましたの。

「汝、淑妃《シューフエイ》文繡はみだりに天津行在所《あんざいしょ》を離れ、旧来の慣例に著《いちじる》しく違反した。よって、淑妃の位号を廃し、身を庶人に下す。謹んでこの旨を受けよ。特に諭す」

要するに溥儀は皇帝の面目として、和解したのではなく罰を下したのだ、という形式を踏みたかったのです。ちなみに勅諭の日付は「宣統二十三年九月十三日」、すなわち小宮廷の中にだけ流れている大清の年号と旧暦でした。

溥儀が天津を脱出して東北へと向かったのは、その結論を見てからいくらも経たぬ、十一月の初めでございました。

聞くところによれば、土肥原大佐の仕組んだ暴動の混乱に紛《まぎ》れて、彼は自動車のトランク・ルームに身をひそめ、海河《ハイホー》に待ち受けていた小舟に乗って東北へと脱出したそうです。

その顚末を耳にしたとき、とても淋しい思いがいたしました。添いとげることのできなかった妻としてではなく、勅諭にいう「庶人」として。

この国は幾千年もの間、それはあまたの王朝が消長をくり返しましたけれど、天を戴く皇帝を欠いたためしがなかったのですよ。革命ののちも、彼は皇帝であり続けたのです。

その皇帝のいまさぬ国が、虚しいものに思えてならなかった。

彼がみずから進んで東北に向かったのか、それとも運命に搦《から》め取られてしまったのか、わたくしにはわかりません。

婉容《ワンロン》は重臣たちとともに、いくらか遅れて溥儀の後を追ったと聞いています。わたくしに後悔はございませんが、少くともわたくしのせいで、彼女が永遠に自由を喪《うしな》ってしまったことはたしかだと思います。

こうして瞼《まぶた》をとざせば、つらいばかりではなかった家族との日々が、舞い落ちる枯葉のように翻《ひるがえ》ります。

でも、天の理《ことわり》を人の心でどうにか覆したのですから、けっして振り返ってはなりません。

満洲の春はいまだしでございましょう。寒がりの溥儀《プーイー》と婉容《ワンロン》が、身を震わせてなければよいのですが。もしお仕事で長春に向かわれることがあれば、二人の消息などを知らせて下されば幸いです。

おや、李老爺《リイラオイエ》は毛布にくるまって、うたた寝をしてらっしゃいます。いくら閑《のど》かなお日和《ひより》でも、そろそろ寒くなる時刻ですわね。お風邪など召されぬうちに、お引き取り願いましょうか。

では、北村先生《ペーツンシエンション》。さらなるご活躍を心よりお祈りしております。

再見《ツアイチエン》。改日再会吧《カイリーツアイホエバ》。

また、いつか。

（第2巻につづく）

清朝関係略系図

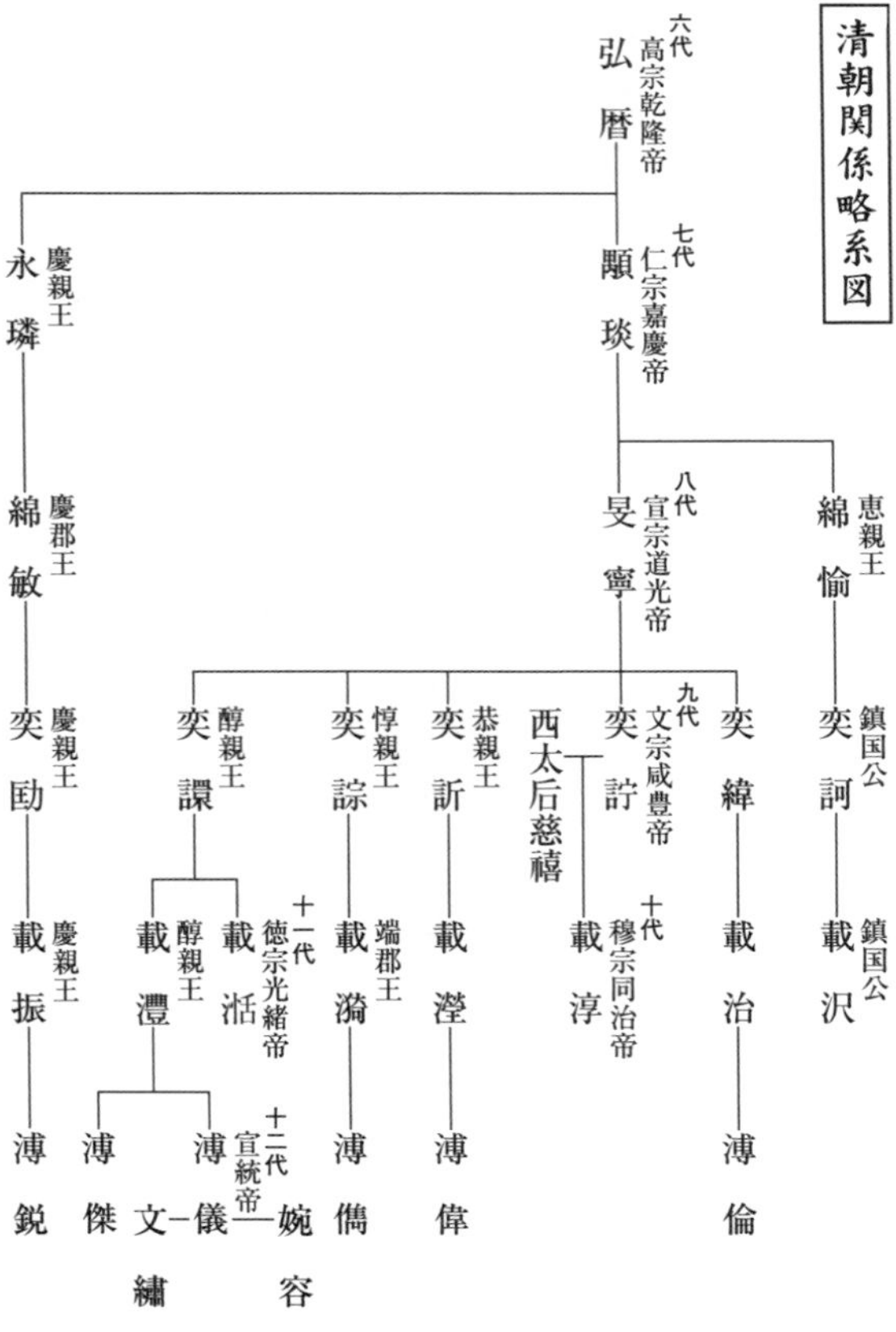
六代 高宗乾隆帝 弘暦
七代 仁宗嘉慶帝 顒琰
慶親王 永璘
八代 宣宗道光帝 旻寧
恵親王 綿愉
慶郡王 綿敏
九代 文宗咸豊帝 奕詝
西太后慈禧
奕緯
鎮国公 奕訶
恭親王 奕訢
惇親王 奕誴
醇親王 奕譞
慶親王 奕劻
十代 穆宗同治帝 載淳
載治
鎮国公 載沢
載瀅
端郡王 載漪
十一代 徳宗光緒帝 載湉
醇親王 載灃
慶親王 載振
溥倫
溥偉
溥儁
十二代 宣統帝 溥儀
溥傑
溥鋭
婉容
文繡

紫禁城平面図

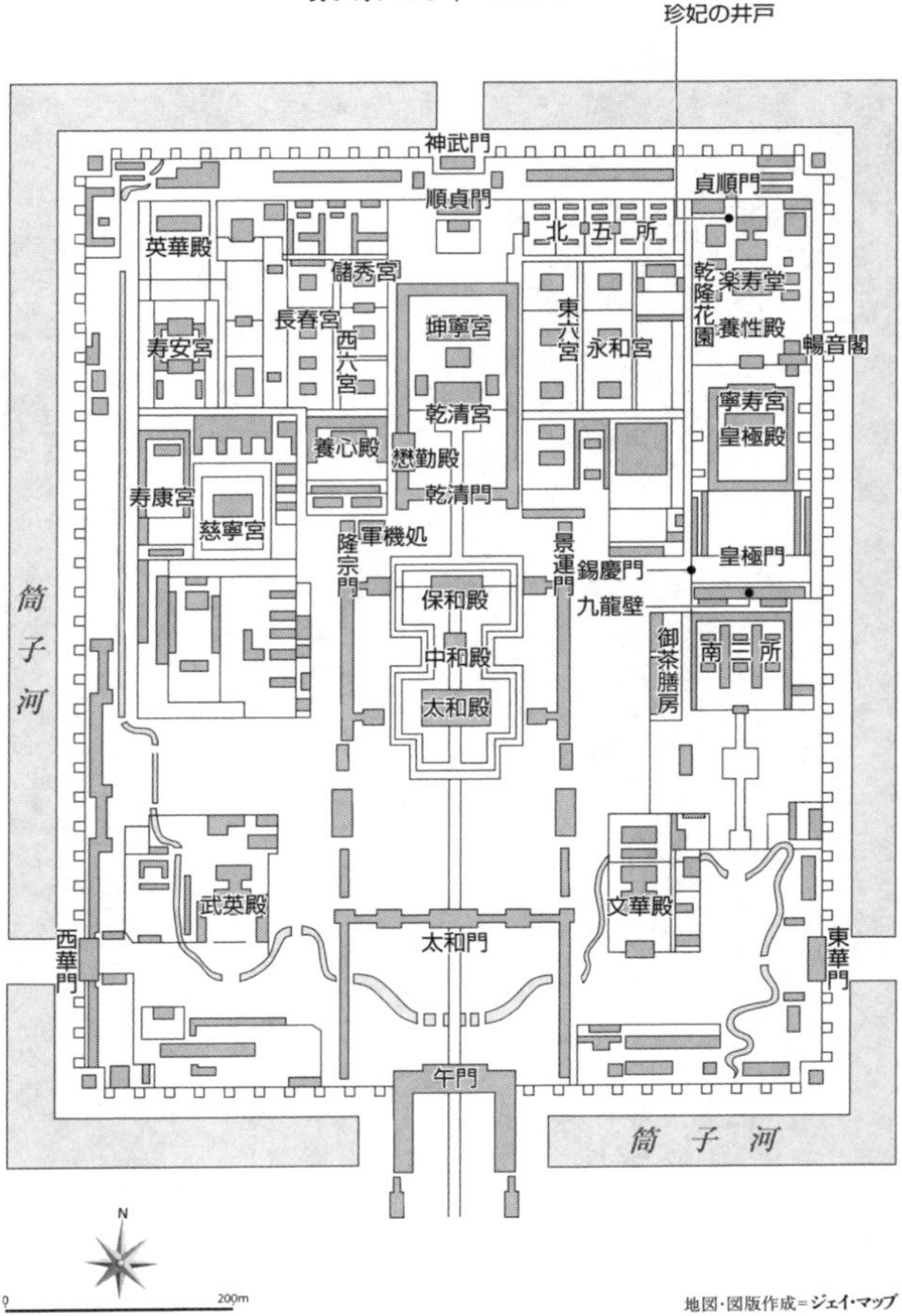

地図・図版作成＝ジェイ・マップ

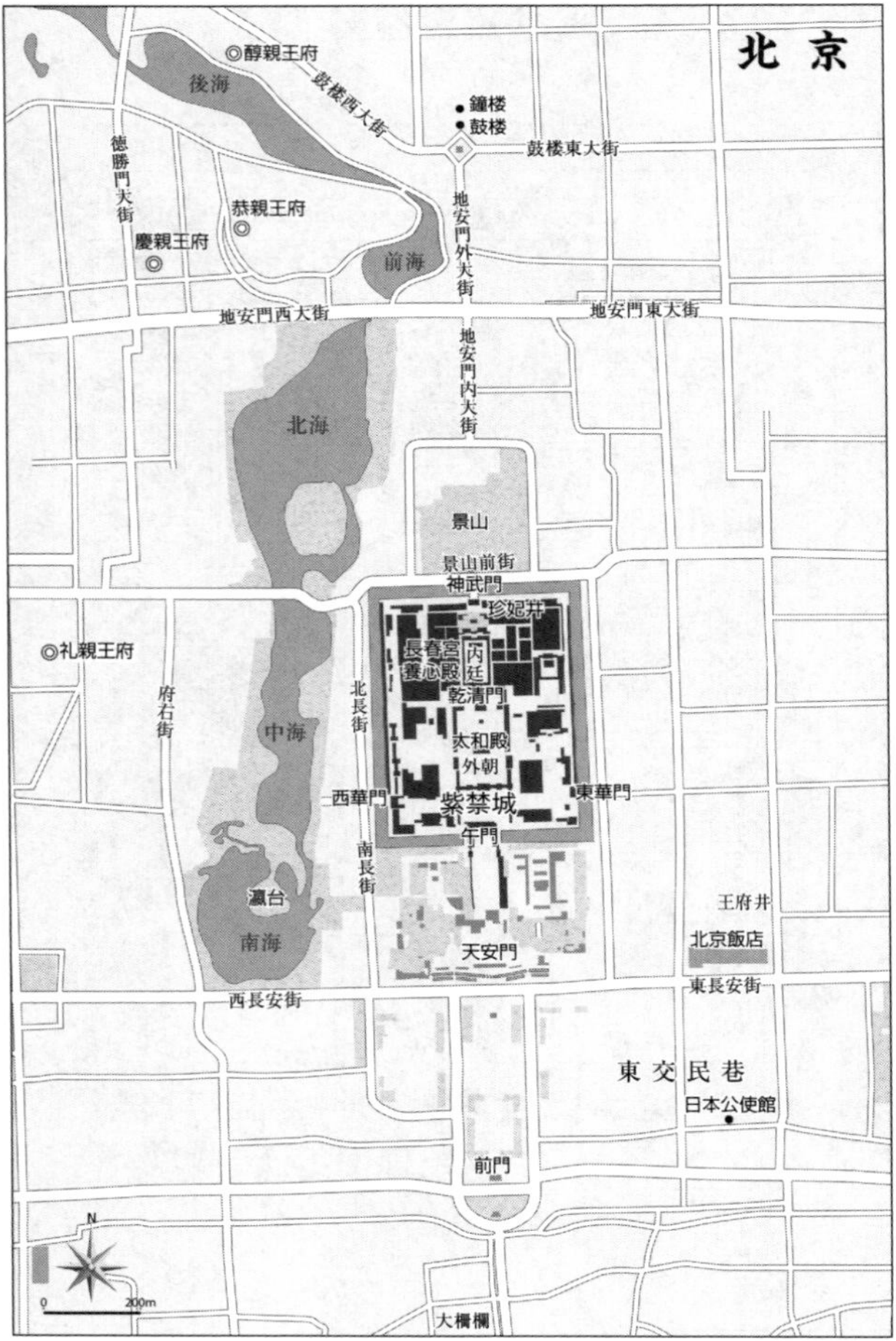
北京
醇親王府
後海
鼓楼西大街
鐘楼
鼓楼
鼓楼東大街
德勝門大街
恭親王府
慶親王府
地安門外大街
前海
地安門西大街
地安門東大街
地安門内大街
北海
景山
景山前街
神武門
珍妃井
礼親王府
長春宮
養心殿
内廷
乾清門
北長街
府右街
中海
太和殿
外朝
西華門
東華門
紫禁城
午門
南長街
瀛台
王府井
南海
天安門
北京飯店
西長安街
東長安街
東交民巷
日本公使館
前門
N
0
200m
大柵欄

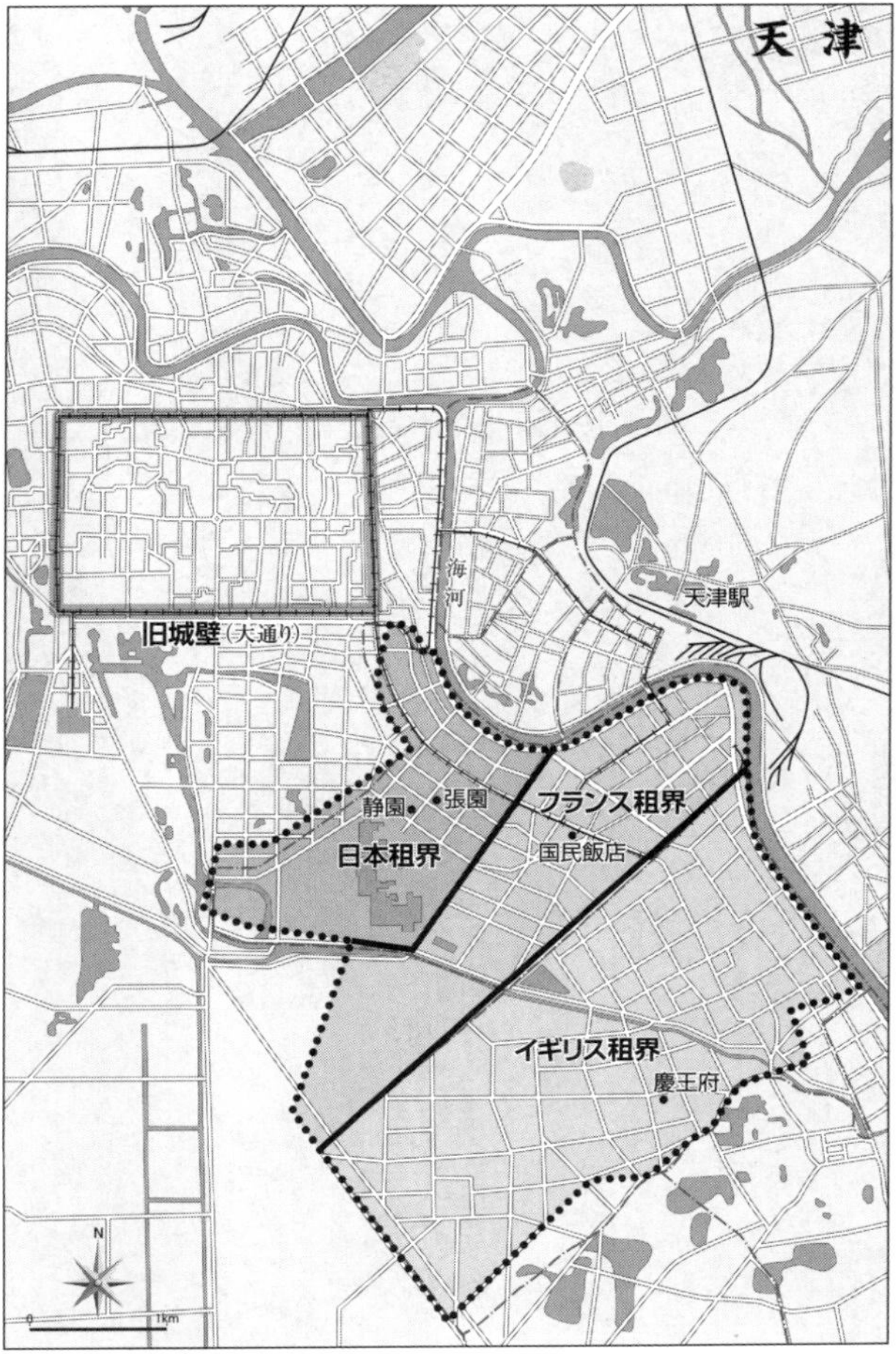

天津
旧城壁（大通り）
海河
天津駅
静園
張園
フランス租界
国民飯店
日本租界
イギリス租界
慶王府
N
0
1km

本書は二〇一六年十月に小社より刊行されました。
初出「小説現代」二〇一三年十月号〜二〇一五年二月号

|著者|浅田次郎　1951年東京都生まれ。1995年『地下鉄《メトロ》に乗って』で第16回吉川英治文学新人賞、1997年『鉄道員《ぽっぽや》』で第117回直木賞、2000年『壬生《みぶ》義士伝』で第13回柴田錬三郎賞、2006年『お腹《はら》召しませ』で第1回中央公論文芸賞と第10回司馬遼太郎賞、2008年『中原の虹』で第42回吉川英治文学賞、2010年『終わらざる夏』で第64回毎日出版文化賞、2016年『帰郷』で大佛次郎賞をそれぞれ受賞。『蒼穹の昴』『珍妃の井戸』『中原の虹』『マンチュリアン・リポート』『天子蒙塵《てんしもうじん》』（本書）からなる「蒼穹の昴」シリーズは、累計533万部を超える大ベストセラーとなっている。2019年、「蒼穹の昴」シリーズをはじめとする文学界への貢献で、菊池寛賞を受賞した。その他の著書に、『日輪の遺産』『霞町物語』『歩兵の本領』『一路』『天国までの百マイル』『おもかげ』『長く高い壁』『大名倒産』『流人道中記』など多数。

天子蒙塵《てんしもうじん》　1
浅田次郎《あさだじろう》

講談社文庫
定価はカバーに
表示してあります

2021年5月14日第1刷発行

発行者——鈴木章一
発行所——株式会社　講談社
東京都文京区音羽2-12-21　〒112-8001
電話　出版（03）5395-3510
　　　販売（03）5395-5817
　　　業務（03）5395-3615

デザイン—菊地信義
本文データ制作—講談社デジタル製作
印刷———大日本印刷株式会社
製本———大日本印刷株式会社

Printed in Japan

ISBN978-4-06-522820-3

講談社文庫刊行の辞

二十一世紀の到来を目睫に望みながら、われわれはいま、人類史上かつて例を見ない巨大な転換期をむかえようとしている。

世界も、日本も、激動の予兆に対する期待とおののきを内に蔵して、未知の時代に歩み入ろうとしている。このときにあたり、創業の人野間清治の「ナショナル・エデュケイター」への志を現代に甦らせようと意図して、われわれはここに古今の文芸作品はいうまでもなく、ひろく人文・社会・自然の諸科学から東西の名著を網羅する、新しい綜合文庫の発刊を決意した。

激動の転換期はまた断絶の時代である。われわれは戦後二十五年間の出版文化のありかたへの深い反省をこめて、この断絶の時代にあえて人間的な持続を求めようとする。いたずらに浮薄な商業主義のあだ花を追い求めることなく、長期にわたって良書に生命をあたえようとつとめるところにしか、今後の出版文化の真の繁栄はあり得ないと信じるからである。

同時にわれわれはこの綜合文庫の刊行を通じて、人文・社会・自然の諸科学が、結局人間の学にほかならないことを立証しようと願っている。かつて知識とは、「汝自身を知る」ことにつきていた。現代社会の瑣末な情報の氾濫のなかから、力強い知識の源泉を掘り起し、技術文明のただなかに、生きた人間の姿を復活させること。それこそわれわれの切なる希求である。

われわれは権威に盲従せず、俗流に媚びることなく、渾然一体となって日本の「草の根」をかたちづくる若く新しい世代の人々に、心をこめてこの新しい綜合文庫をおくり届けたい。それは知識の泉であるとともに感受性のふるさとであり、もっとも有機的に組織され、社会に開かれた万人のための大学をめざしている。大方の支援と協力を衷心より切望してやまない。

一九七一年七月

野間省一

講談社文庫 最新刊

浅田次郎
天子《てん し》蒙塵《もう じん》 (一)(二)
清朝最後の皇帝・溥儀が、満洲国の皇帝になるまでを描く「蒼穹の昴」シリーズ第五部！

綾辻行人
暗闇の囁き〈新装改訂版〉
暗い森。白亜の洋館。美しく謎めいた兄弟の周囲で相次ぐ〝死〟の背後には、何が――？

神楽坂 淳
うちの旦那が甘ちゃんで 10
芝居見物の隙《すき》を衝く「芝居泥棒」が横行。月也と沙耶は芸者たちと市村座《いちむらざ》へ繰り出す。

高田崇史
オロチの郷、奥出雲〈古事記異聞〉
有名な八岐大蛇《やまたのおろち》退治の真相とは？ 出雲神話に隠された敗者の歴史が今、明らかになる。

堂場瞬一
ピットフォール
一九五九年、ＮＹ《ニューヨーク》。探偵は、親友の死の真相を追う。傑作ハードボイルド！〈文庫オリジナル〉

夏原エヰジ
Ｃｏｃｏｏｎ４〈宿縁の大樹〉
運命に、抗《あらが》え――。美しき鬼斬り花魁《おいらん》の悲しい定めが明らかになる、人気シリーズ第四巻！

堀川アサコ
幻想商店街
商店街の立ち退き、小学校の廃校が迫る町で、一人の少女が立ち上がる。人気シリーズ最新作。

輪渡颯介
呪い 禍〈古道具屋　皆塵堂〉
なぜか不運ばかりに見舞われる麻四郎《あさしろう》の家系には秘密があった。人気シリーズ待望の新刊！

斎藤千輪
神楽坂つきみ茶屋２〈突然のピンチと喜寿の祝い膳〉
腹ペコ注意！ 禁断の盃から蘇《よみがえ》った江戸時代の料理人・玄《げん》が料理対決!? シリーズ第二巻。

創刊50周年新装版

伊集院 静
機関車先生〈新装版〉
瀬戸内の小島にやってきた臨時の先生と生徒たちとの絆を描いた名作。柴田錬三郎賞受賞作。

遠藤周作
深い河《ディープ・リバー》〈新装版〉
生きることの意味、本当の愛を求め、母なる河ガンジスに集う人々。毎日芸術賞受賞作。

内館牧子
別れてよかった〈新装版〉
どんなに好きでも、別れ際は潔く、美しく。いい女には、もっと素敵な恋が待っている。

講談社文庫 最新刊

砂原浩太朗　いのちがけ〈加賀百万石の礎〉
前田利家に命懸けで忠義を貫き百万石の礎を築いた男・村井長頼を端正な文体で魅せる。

作画：蔡　志忠　訳：和田武司　監修：野末陳平　マンガ　孔子の思想
二五〇〇年の時を超え、日本人の日常生活に溶け込んできた『論語』の思想をマンガで学ぶ。

秋川滝美　マチのお気楽料理教室
気楽に集って作って食べて。郷土料理で旅気分も味わえる、マチの料理教室へようこそ。

西村　健　目　撃
電気料金を検針する奈津実の担当区域で、殺人事件が発生。彼女は何を見てしまったのか。

伊藤理佐　みたび！　女のはしょり道
ラクしてちゃっかり、キレイでいたい。子育てママあるあるも満載のはしょり道第3弾！

赤神　諒　大友落月記
「二階崩れの変」から6年。大国・大友家でまたお家騒動が起こった。大友サーガ第2弾！

小前　亮　劉《りゅう》　裕《ゆう》〈豪剣の皇帝〉
町の無頼漢から史上最強の皇帝へ。千人の叛《はん》乱軍《らんぐん》を一人で殲滅《せんめつ》した稀代の剛勇の下剋上！

講談社タイガ

凪良ゆう　すみれ荘ファミリア
すみれ荘管理人の一悟と、小説家の奇妙な同居生活。本屋大賞受賞作家が紡ぐ家族の物語。

西尾維新　モルグ街の美少年
美少年探偵団の事件簿で語られなかった唯一の事件——美しい五つの密室をご笑覧あれ！

降田　天　ネメシスⅣ
天狗伝説が残る土地で不審死。だが証拠はない。探偵事務所ネメシスは調査に乗り出す。

藤石波矢　ネメシスⅤ
暴露系動画配信者の冤罪を晴らせ。嘘と欺瞞《ぎまん》に満ちた世界でネメシスが見つけた真相とは？

あさのあつこ　NO.6 beyond〔ナンバーシックス・ビヨンド〕
あさのあつこ　待　っ　て　る〈橘屋草子〉
あさのあつこ　さいとう市立さいとう高校野球部　(上)(下)
あさのあつこ　甲子園でエースしちゃいました〈さいとう市立さいとう高校野球部〉
あさのあつこ　お　れ　が　先　輩　？〈さいとう市立さいとう高校野球部〉
阿部夏丸　泣けない魚たち
朝倉かすみ　肝、焼　け　る
朝倉かすみ　好かれようとしない
朝倉かすみ　ともしびマーケット
朝倉かすみ　感　応　連　鎖
朝倉かすみ　たそがれどきに見つけたもの
朝比奈あすか　憂鬱なハスビーン
朝比奈あすか　あの子が欲しい
天野作市　気　高　き　昼　寝
天野作市　みんなの旅行
青柳碧人　浜村渚の計算ノート
青柳碧人　浜村渚の計算ノート　2さつめ〈ふしぎの国の期末テスト〉
青柳碧人　浜村渚の計算ノート　3さつめ〈水色コンパスと恋する幾何学〉
青柳碧人　浜村渚の計算ノート　3と$\frac{1}{2}$さつめ〈ふえるま島の最終定理〉
青柳碧人　浜村渚の計算ノート　4さつめ〈方程式は歌声に乗って〉
青柳碧人　浜村渚の計算ノート　5さつめ〈鳴くよウグイス、平面上〉
青柳碧人　浜村渚の計算ノート　6さつめ〈パピルスよ、永遠に〉
青柳碧人　浜村渚の計算ノート　7さつめ〈悪魔とポタージュスープ〉
青柳碧人　浜村渚の計算ノート　8さつめ〈虚数じかけの夏みかん〉
青柳碧人　浜村渚の計算ノート　8と2分の1さつめ〈つるかめ家の一族〉
青柳碧人　浜村渚の計算ノート　9さつめ〈恋人たちの必勝法〉
青柳碧人　霊視刑事夕雨子《ゆうこ》1〈誰かがそこにいる〉
青柳碧人　霊視刑事夕雨子2〈雨空の鎮魂歌《レクイエム》〉
朝井まかて　花《はな》　競《くら》　べ〈向嶋なずな屋繁盛記〉
朝井まかて　ち　ゃ　ん　ち　ゃ　ら
朝井まかて　す　か　た　ん
朝井まかて　ぬ　け　ま　い　る
朝井まかて　恋　　歌
朝井まかて　阿《お》蘭《らん》陀《だ》西《さい》鶴《かく》
朝井まかて　藪医《やぶい》　ふらここ堂
朝井まかて　福　　袋
歩《あゆみ》りえこ　ブラを捨て旅に出よう〈貧乏乙女《ぜろか》の"世界一周"旅行記〉
安藤祐介　営業零課接待班
安藤祐介　被取締役《とりしまられやく》新入社員〈大翔製菓広報宣伝部〉
安藤祐介　お　い！　山　田
安藤祐介　宝くじが当たったら
安藤祐介　一〇〇〇ヘクトパスカル
安藤祐介　テノヒラ幕府株式会社
青木　理　絞　首　刑
麻見和史　石　の　繭〈警視庁殺人分析班〉
麻見和史　蟻《あり》　の　階　段〈警視庁殺人分析班〉
麻見和史　水晶の鼓動〈警視庁殺人分析班〉
麻見和史　虚　空　の　糸〈警視庁殺人分析班〉
麻見和史　聖者の凶数〈警視庁殺人分析班〉
麻見和史　女神の骨格〈警視庁殺人分析班〉
麻見和史　蝶　の　力　学〈警視庁殺人分析班〉
麻見和史　雨色の仔羊〈警視庁殺人分析班〉
麻見和史　奈落の偶像〈警視庁殺人分析班〉
麻見和史　鷹《たか》　の　砦《とりで》〈警視庁殺人分析班〉
麻見和史　凪《なぎ》　の　残　響〈警視庁殺人分析班〉
麻見和史　深紅の断片〈警防課救命チーム〉
有川　浩　三匹のおっさん

講談社文庫　目録

有川　浩　三匹のおっさん　ふたたび
有川　浩　ヒア・カムズ・ザ・サン
有川　浩　旅猫リポート
有川ひろ　アンマーとぼくら
有川ひろ ほか　ニャンニャンにゃんそろじー
荒崎一海　門前仲町〈九頭竜覚山　浮世綴㈠〉
荒崎一海　蓬莱橋雨景〈九頭竜覚山　浮世綴㈡〉
荒崎一海　寺町哀感〈九頭竜覚山　浮世綴㈢〉
荒崎一海　小《お》名《な》木《き》川《がわ》〈九頭竜覚山　浮世綴㈣〉
荒崎一海　一色町雪花〈九頭竜覚山　浮世綴㈤〉
朱野帰子《かえるこ》　駅物語
東　浩紀　一般意志2・0〈ルソー、フロイト、グーグル〉
朝倉宏景　白球アフロ
朝倉宏景　野球部ひとり
朝倉宏景　つよく結べ、ポニーテール
朝井リョウ　スペードの3
朝井リョウ　世にも奇妙な君物語
有沢ゆう希　末次由紀 原作　〈小説〉ちはやふる　上の句
有沢ゆう希　末次由紀 原作　〈小説〉ちはやふる　下の句

有沢ゆう希　末次由紀 原作　〈小説〉ちはやふる　結び
有沢ゆう希　ろびこ 原作　〈小説〉となりの怪物くん
有沢ゆう希　小説　パーフェクトワールド〈君といる奇跡〉
有沢ゆう希　原作：金田一蓮十郎　脚本：徳永友一　小説　ライアー×ライアー
蒼井凜花　女唇《ルージュ》の伝言
秋川滝美　幸《こう》腹《ふく》な百貨店
秋川滝美　幸腹な百貨店〈デパ地下おにぎり騒動〉
秋川滝美　幸腹な百貨店〈催事場で蕎麦屋呑み〉
東　芙美子　原作 雲田はるこ　脚本 羽原大介　小説　昭和元禄落語心中
赤神　諒　神遊の城
赤神　諒　大友二階崩れ
赤神　諒　酔象の流儀　朝倉盛衰記
彩瀬まる　やがて海へと届く
浅生　鴨　伴走者
天野純希　有楽斎の戦
青木祐子　コーチ！〈はげまし屋・立花ことりのクライアントファイル〉
五木寛之　ソフィアの秋
五木寛之　狼のブルース
五木寛之　海峡物語

五木寛之　風花のひと
五木寛之　鳥の歌(上)(下)
五木寛之　燃える秋
五木寛之　真夜中の望遠鏡〈流されゆく日々'78〉
五木寛之　ナホトカ青春航路〈流されゆく日々'79〉
五木寛之　旅の幻燈
五木寛之　他力
五木寛之　こころの天気図
五木寛之　新装版　恋歌
五木寛之　百寺巡礼　第一巻　奈良
五木寛之　百寺巡礼　第二巻　北陸
五木寛之　百寺巡礼　第三巻　京都Ⅰ
五木寛之　百寺巡礼　第四巻　滋賀・東海
五木寛之　百寺巡礼　第五巻　関東・信州
五木寛之　百寺巡礼　第六巻　関西
五木寛之　百寺巡礼　第七巻　東北
五木寛之　百寺巡礼　第八巻　山陰・山陽
五木寛之　百寺巡礼　第九巻　京都Ⅱ
五木寛之　百寺巡礼　第十巻　四国・九州

講談社文庫　目録

五木寛之　海外版 百寺巡礼 インド1
五木寛之　海外版 百寺巡礼 インド2
五木寛之　海外版 百寺巡礼 朝鮮半島
五木寛之　海外版 百寺巡礼 中　国
五木寛之　海外版 百寺巡礼 ブータン
五木寛之　海外版 百寺巡礼 日本・アメリカ
五木寛之　青春の門 第七部 挑戦篇
五木寛之　青春の門 第八部 風雲篇
五木寛之　親鸞 青春篇 (上)(下)
五木寛之　親鸞 激動篇 (上)(下)
五木寛之　親鸞 完結篇 (上)(下)
五木寛之　五木寛之の金沢さんぽ
井上ひさし　モッキンポット師の後始末
井上ひさし　ナ　イ　ン
井上ひさし　四千万歩の男 全五冊
井上ひさし　四千万歩の男 忠敬の生き方
井上ひさし・司馬遼太郎　新装版 国家・宗教・日本人
池波正太郎　私　の　歳　月
池波正太郎　よい匂いのする一夜

池波正太郎　梅安料理ごよみ
池波正太郎　わが家の夕めし
池波正太郎　新装版 緑のオリンピア
池波正太郎　新装版 殺しの四人〈仕掛人・藤枝梅安(一)〉
池波正太郎　新装版 梅安蟻地獄〈仕掛人・藤枝梅安(二)〉
池波正太郎　新装版 梅安最合傘〈仕掛人・藤枝梅安(三)〉
池波正太郎　新装版 梅安針供養〈仕掛人・藤枝梅安(四)〉
池波正太郎　新装版 梅安乱れ雲〈仕掛人・藤枝梅安(五)〉
池波正太郎　新装版 梅安影法師〈仕掛人・藤枝梅安(六)〉
池波正太郎　新装版 梅安冬時雨〈仕掛人・藤枝梅安(七)〉
池波正太郎　新装版 忍びの女 (上)(下)
池波正太郎　新装版 殺しの掟
池波正太郎　新装版 抜討ち半九郎
池波正太郎　新装版 娼婦の眼
池波正太郎　近藤勇白書 (上)(下)〈レジェンド歴史時代小説〉
井上　靖　楊　貴　妃　伝
石牟礼道子　新装版 苦《く》海《がい》浄《じょう》土《ど》〈わが水俣病〉
いわさきちひろ　ちひろのことば
いわさきちひろ・松本　猛　いわさきちひろの絵と心

いわさきちひろ 絵本美術館編　ちひろ・子どもの情景〈文庫ギャラリー〉
いわさきちひろ 絵本美術館編　ちひろ・紫のメッセージ〈文庫ギャラリー〉
いわさきちひろ 絵本美術館編　ちひろの花ことば〈文庫ギャラリー〉
いわさきちひろ 絵本美術館編　ちひろのアンデルセン〈文庫ギャラリー〉
いわさきちひろ 絵本美術館編　ちひろ・平和への願い〈文庫ギャラリー〉
石野径一郎　新装版 ひめゆりの塔
今西錦司　生物の世界
井沢元彦　義経幻殺録
井沢元彦　光と影の武蔵〈切支丹秘録〉
井沢元彦　新装版 猿丸幻視行
伊集院　静　乳　　房
伊集院　静　遠い昨日
伊集院　静　夢は枯野を〈競輪躁鬱旅行〉
伊集院　静　野球で学んだこと ヒデキ君に教わったこと
伊集院　静　峠　の　声
伊集院　静　白　　秋
伊集院　静　潮　　流
伊集院　静　機関車先生
伊集院　静　冬の蜻蛉《とんぼ》

講談社文庫　目録

2021年3月12日現在